火雨刀

화 우 도

화우도 5

풍운강 新무협 판타지 소설

초판 1쇄 찍은 날 § 2005년 7월 9일
초판 1쇄 펴낸 날 § 2005년 7월 19일

지은이 § 풍운강
펴낸이 § 서경석

편집장 § 문혜영
편집책임 § 한지윤
편집 § 장상수 · 서지현 · 최하나

펴낸곳 § 도서출판 청어람
등록번호 § 제1081-1-89호
등록일자 § 1999. 5. 31
어람번호 § 제2-0643호

주소 § 경기도 부천시 원미구 심곡1동 350-1 남성B/D 3F (우) 420-011
전화 § 032-656-4452 팩스 § 032-656-4453
http://www.chungeoram.com
E-mail § eoram99@chollian.net

ISBN 89-5831-621-7 04810
ISBN 89-5831-490-7 (SET)

Fantastic Oriental Heroes

풍운강 新무협 판타지소설

5

내 아 혀

도서출판 청어람

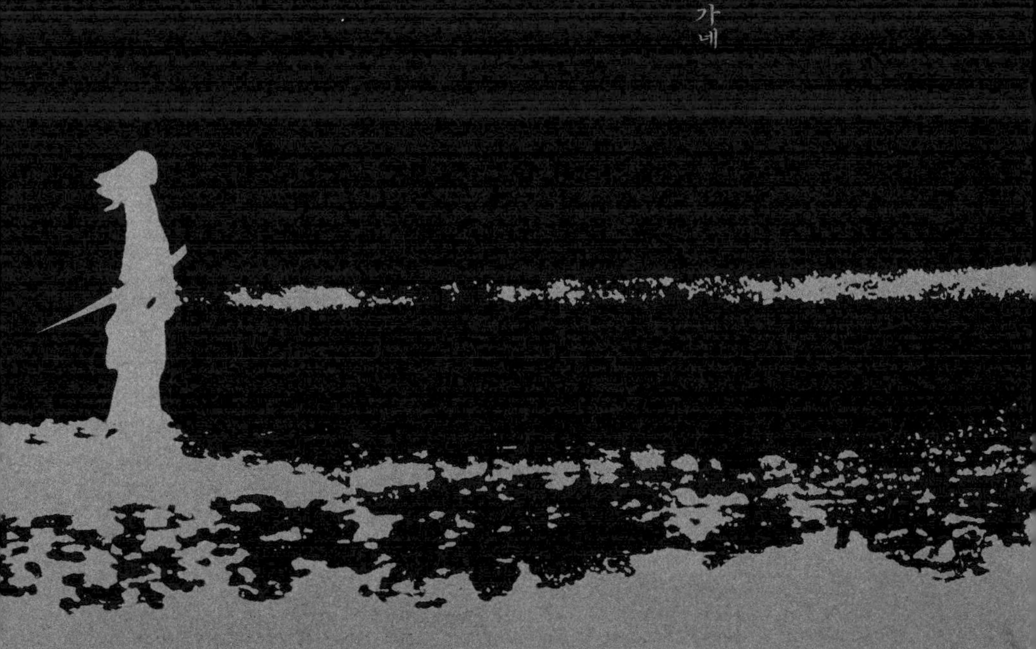
청평조
清平調詞

구름 닮은 옷차림 꽃과 같은 생김새
봄바람 난간을 스쳐 가고 이슬 맺힌 꽃 짙어만 가네
만약 군옥산 머리에서 만나지 않았다면
정녕 요대의 달빛 아래거 만날 수 있으리

雲想衣裳花想容
春風拂檻露華濃
若非群玉山頭見
會向瑤臺月下逢

목차

제1장 **묘한 것**

산은 계속 오름세였다.

급격한 산세, 수천 장 높이의 고산이다.

세간에서는 공산으로, 강호무림에서는 촉산으로 일컬어지는 이매가의 대본영. 촉산은 산자락마저도 일반인은 엄두도 내지 못할 만큼 험준했다.

그래도 길은 있었다. 이매가에서 이백 년을 닦아온 길이다. 산을 깎고 절벽에 철교를 놓아 연결했다.

그야말로 잔도다. 걷는 것조차 힘든 길, 바람은 호곡성으로 사위를 넘나들고 한겨울의 추위는 산과 더불어 맹위를 떨쳐 낸다.

등정길도 아니었다. 한 번 가면 돌아옴을 기약할 수 없는 죽음의 길이다. 그래서 그런 것일까, 앞장서 길을 트고 있는 선봉의 악치나 그 뒤를 따르고 있는 허치조차도 묵묵히 말이 없었다. 심지어는 떠버리

아구까지도 입을 봉하고 있었으니 그 적막이 오죽했으랴.

그러나 후미는 달랐다. 멀찌감치 노소 둘이 딱 붙어서 걷고 있었는 데 누가 보면 정분이라도 났다 하리만큼 분위기가 있었다. 표정도 그 랬고 줄곧 오가는 말도 그랬다.

"야, 정말 좋았겠다. 그, 그래서?"

"그래서는. 그냥 그랬다 이거지."

떨떠름하면서도 시큰둥한 여치의 반응에 그 노인,

"어흐흐… 결국은 포동포동한 아기들이 득시글득시글한 곳에서 실 컷 놀았다 이거지?"

"수양을 했다니까?"

"수양 좋아하네. 야, 그건 그렇고 나도 어떻게 좀 안 될까? 너처럼 허여멀쑥게 조금만 가꾼다면… 으흐흐, 너도 알다시피 내가 좀 준수했 었냐."

"놀고 있네."

"크크… 너 같은 하수도 그리되는데 나라고 안 될 것 없지. 아암, 절 대로 없고말고."

"꿈깨라. 너같이 속이 시커먼 놈은 골백번 죽었다 깨어나도 어림없 으니까. 그리고 너 자꾸 하수, 하수 그러는데 조심하는 게 좋을 거다. 나… 왕년의 내가 아니야."

"크크… 그래 봤자지 뭐. 그깟 알량한 태청정도야."

"알량? 그러는 네놈의 썩은 칼춤은 뭐가 그리 대단타고……."

"이 자식이. 너 쓴맛을 한 번 더 볼래?"

백년지기와도같이 구수하게.

그러던 것이 갑자기 살벌해졌다.

여치, 그가 걸음을 멈추며 노인을 노려봤다.

노인도 질세라 눈알을 부라렸으며 그 순간에 불똥이 튀나 했더니 그건 아니었다. 여치가 설레설레 고개를 저었다.

"관두자."

"흐흐… 관두지 않으면?"

"이미 다 버렸거늘… 너라고 못 버렸겠느냐?"

"뭐, 버려?"

"버리면 얻는다."

"뭐?"

노인의 기세가 칼날처럼 예리해졌다.

그러나 여치는 이미 고개를 돌리고 있었다. 이어 늦었다 싶었는지 앞으로 쑥 행보해 나갔다.

"버리면 얻어?"

화두같이 아리송한 그 말, 하나 노인에게는 자못 충격이었다. 칼날 같던 기세는 순간적으로 사그라졌고 진한 의혹이 그를 대신했다.

"저 자식이 정말……?"

잠시 멍해 있던 그, 뭐가 그리도 개운치 않았는지 잔나비처럼 고개를 외로 꼬고 있다가는 훌쩍 몸을 날려 여치와 어깨를 나란히 했다. 그리곤 모든 것을 까맣게 잊어버렸다는 듯이 방금 전과는 전혀 딴판의 얼굴을 했다.

"야, 그러지 말고 나도 좀 끼워주라."

"무얼?"

"크흐흐… 너 노는 병아리들 틈에 말이야."

"미친 자식. 다 늙어빠진 오이가 된 주제에 밝히기는……."

"똥 묻은 놈이 겨 묻은 놈더러 더럽다 한다더니만, 그러는 네놈의 나이는 어떻게 되더라?"

"시끄러, 임마. 애들 듣겠다."

"그래, 나보다 열 살이나 더 처먹은 놈이 껍데기만 싹 바꿔가지고 어린 병아리들 치마 속이나 들락거린 주제에 뭐, 밝혀? 뒷간의 개가 웃겠다, 이눔아."

"조용히 하라니까… 어, 억!"

지근거리는 노인이 싫었던지 튕겨지듯 막 눈앞의 암벽 모퉁이를 돌아가던 여치가 된소리를 내며 뻣뻣해졌다.

"야, 뭔데 그래?"

노인이 재빠르게 여치와 어깨를 같이했다.

그런 그의 안색도 덜컥 굳는다.

그 앞은 꽤나 너른 평지였다. 그 초입에 젊은것들이 죽 늘어서 있었다. 반은 마주 보고 있었고 반은 뒤통수를 보이고 있었는데, 그랬었는데, 이상한 것은 그것들의 눈치였다. 지근대는 말을 듣기라도 했나, 비비 꼬여 있는 눈초리들이 심상치가 않았다. 아니나 다를까,

"왜……."

여치가 뭐라 묻기도 전이었다.

"누가 누구보다 몇 살을 더 먹어… 었다고요?"

그놈이다. 초면에도 엄청 꼬장꼬장하게 따져 묻던 바로 그놈,

"뭐, 애들… 이요?"

이젠 그놈뿐만이 아니다. 뒤통수를 보이고 있던 것들까지 합세해 죄다 따갑기 그지없는 시선을 쏘아오고 있지 않은가.

"어, 어쩐지……."

"그럼 애늙은이가 아니고 진짜 늙은이였다는 거 아냐? 그 무슨 조로증인가 뭔가 하는 것이 아니고 말이지?"

"이제 생각해 보니 그게 병이라면 그 병 안 걸리는 놈도 있나? 허, 참… 이거 완전히 희롱을 당했구먼?"

"옛날 난향각의 난난이 년이 그런 말을 했을 때 진즉 알아봤어야 했는데."

"무슨 말?"

"아, 글쎄 홀딱 벗겨봤더니 허리 아래 아랫도리가 완전 쭈그렁 바가지였댔잖아. 그 말을 넌 벌써 잊어먹었냐?"

"우헤헤헤. 맞아, 맞아. 생각난다. 그래, 그런 일이 있었지."

난리들이 아니다. 하되, 놈들은 아직도 농담으로만 받아들이고 있었다. 들켰다 싶어 덜컥했던 노인이 히쭉 콧잔등을 찡그렸다.

"어이, 그런 일도 있었어?"

여치, 아무 말도 하지 못하고 고개만 푹 숙인다.

노인은 한숨을 쉬었다.

"정말 좋았겠다. 제기랄. 누구는 돌방 구석에서 빈대나 잡으며 천장만 보고 살았는데……."

그러다 한 놈을 봤다. 눈매가 서글서글하고 입매는 황소처럼 고집스럽게 생긴 놈, 신경이 쓰일 정도로 맑은 눈을 지니고 있는 녀석이었는데 놈이 쓱 자신과 여치를 한 번 훑어보고선 알 만하다는 듯이 이내 고개를 돌려 버리는 것이 아닌가.

'저놈…….'

그럴 줄 알았다는 뜻인가?

하여간에 놈의 반응만은 의외였다. 뜻밖이었다면 무언가 놀라는 시능이라도 있어야 할 것이 아닌가 말이다. 그런데도 저런 담담함이라니…….

'이미 알고 있었다 이 말이지? 한데 어, 어라, 저 물건들은?

노인의 눈이 번쩍했다.

녀석의 뒤통수와 곱상하게 생긴 계집아이의 얼굴 사이다. 십여 장 너머에 웬 것들이 보였다. 짙은 황토색 옷을 입고 있는 자들이었는데 숫자는 정확히 열하나였다.

길은 그것들이 막고 서 있었다.

여치도 그것을 본 모양이다. 그것으로라도 난국을 벗어나고 싶었는지 그가 갑자기 맹가와 웅거 사이를 비집었다.

"웬 놈들이지?"

그때서야 따가움이 가신다. 바늘에 실 간다고 노인도 냉큼 여치를 따라 앞으로 나섰고 그런 동안에 여시의 싸늘한 목소리가 일행의 귓전을 울렸다.

"당가(唐家)예요."

살기 물씬한 음성이었다.

당가. 사천당문. 독과 암기로 강호무림사의 한 장을 이루고 있는 사천의 명문세가. 원한을 맺으면 대를 이어서라도 그 끝을 보고야 만다는 무서운 독심과 천하제일독이라는 자부심으로 벌써 십삼대를 이어 내려온 전통의 무가가 바로 당문이다.

그러나 지금은 아니었다. 사천의 패자도 아니었고, 무림일독(武林一毒)도 되지 못했다. 사천당문은 이매십팔타의 하나에 불과했다. 당문이 촉산에 무릎을 꿇은 것은 백 년 전, 당시 당문을 이끌고 있던 당 노부인은 가문의 보전을 조건으로 영원한 충성을 맹세했다.

"저들은 당가주와 당문십절이라는 자들로……."

"모두 쓸개 빠진 놈들이지."

스산한 음성 하나가 냉큼 여시의 말허리를 잘랐다.

그 목소리의 임자는 다름 아닌 금웅 달단양이었다.

이매의 수하라면 창웅의 적이다. 고운 말이 나올 리가 없었다. 있어야 할 것은 오직 한바탕의 진한 살풍경일 뿐이다.

그때였다.

노인이 뒤를 돌아다보며 한 눈을 찡긋했다.

"요번 것은 노부가 해결할 테니 잘들 좀 봐주게. 특히 내 밥을 풀 때는 꼭꼭 눌러서 퍼주게. 몇 끼 먹어봤더니 영 양이 차질 않아서 말이야."

딱히 누구를 보고하는 말은 아니었으되 결국엔 허방산에게 가서 멎는 시선이다.

"나 같은 노장들은 밥심으로 사는 거라네."

늙으면 애가 된다더니만, 그러나 밥 타령은 중요한 일이었다. 더군다나 식칸을 책임지고 있는 아구의 입장에 있어서는.

그가 큰소리를 쳤다.

"좋소. 내 앞으로 노인에겐 대접으로 배식하겠소. 그것도 꼭꼭 누른 곱빼기로 말이오."

"으허허허… 고마우이."

노인은 붉은 입속을 보이며 여치의 옆구리를 쿡 찔렀다.

"하수, 잘 보아두어라."

"이, 이 자식이 또… 자식아! 하수라고 하지 말랬잖아."

"으히히… 임마. 한 번 하수는 영원한 하수인 거야."

약 올리듯 면전에서 토끼뜀을 깡충깡충,

"일단 몸부터 풀고… 으싸."

이윽고,

"어디 볼까?"

노인의 눈이 게슴츠레해졌다.

석상처럼 묵묵히 길을 막고 서 있는 자들은 모두가 사십 장년의 연배였다. 하나같이 결연한 표정이었는데, 그 하나로 그들은 자신들의 의지를 분명하게 밝히고 있었다.

"어?"

노인이 고개를 갸웃했다. 침침했나, 눈까지 비비며 쪼르르 방정맞은 걸음으로 몇 발짝. 노인은 검은 수염이 유달리 탐스러운 중년인 앞에서 걸음을 멈추었다.

"아닌데? 어디 보자. 언젠가 황하가에서 건방지게 주둥아릴 나불거리다가 내게 귀싸대기를 얻어맞고 물속에 처박힌 놈이 당… 뭐라 했더라? 맞아. 당풍인가 뭔가 하는 놈이었는데 넌 그놈이 아니잖아?"

"다, 당풍?"

질겁하는 자, 그가 바로 현 당가의 주인인 당천호였다.

나이 서른둘에 가주 직을 승계한 당문의 적자, 그는 지금 나이 마흔셋에 이른 인물로 별호는 미염공(美髥公)이었다. 미염공 당천호, 그의 눈이 휘둥그레졌다.

"그, 그분은 아버님이신데?"

그러던 그의 눈이 찢어질 듯이 치켜졌다. 갑자기 무슨 일이 떠오르기라도 했던 것처럼.

"서, 서, 설마 검왕 어르신네?"

검왕 단목추. 천하사왕의 하나이자 무림제일인으로 추앙받고 있는 그 이름이 튀어나오다니.

웅전무적 단목추……!

천하일백검파의 간판을 걸게 하고 자타가 공인하는 천하제일검으로 등극했던 그가 바로 저 철딱서니없는 노인네란 말인가.

일대가 갑자기 조용해졌다.

주책바가지. 노인이 어흠, 여봐란 듯이 수염을 쓰다듬으며 뒤를 돌아다봤다. 의기양양한 시선이 가고 있는 곳은 여치, 그러나 곁눈은 분명히 허방산이었다.

'어?'

시큰둥…….

그것은 둘 다 마찬가지였다. 기껏해야 그랬냐 하는 정도에 불과했다.

'고이헌 놈들…….'

은근히 부아가 치밀었다. 검왕이란 그 이름을 듣고도 놀라지 않다니, 한 놈은 그렇다 치자. 한데 그 무슨 돌로 만든 늙도 아니고, 간덩이가 배 밖으로 튀어나온 놈도 아니고 저 어린 아해는 왜 다른 아이들처럼 안면 가득 존모의 염을 담지 않느냐 이 말이다.

"야, 칼!"

그 말에 곰 한 마리가 잽싸게 튀어나간다.

"여, 여기."

웅거가 두 손으로 받쳐 올리는 것은 그 백 근이나 나간다는 시커먼 철검이었다. 노인이 단목추라면 그 칼이야말로 웅전이라 불리는 춘추제일검! 검이 뽑히면 풍운이 변색하고 말리라.

하지만 아니었다. 벌컥 열을 내며 칼자루를 잡아가던 손이 멈칫했다. 그리곤 슬그머니 내려간다.

"그래도 검왕의 체면이 있지, 아암… 저따위 얼라들을 상대로 내 어찌 칼을 뽑을 수 있으리오."

이어 팩 돌아선다. 이번엔 뒷짐을 진 팔자걸음으로 성큼성큼.

당천호의 삼 장 앞이다. 노인은 한껏 거드름을 피우며 턱 끝으로 당천호를 가리켰다.

"왕년의 인연이 있으니 한 번은 눈감아주겠다. 당가 애송이, 보아하니 이곳의 도깨비 놈들과 그 무슨 개똥 같지도 않은 관계를 맺고 있는 모양인데, 지금 당장 그 관계를 청산해라. 그렇지 않으면, 흥흥… 내 아주 자근자근 밟아버리겠다. 알겠느냐?"

"……!"

기가 막히는 모양이다. 또한 질린 기색이기도 했다. 저도 모르게 한 걸음을 물러섰던 당천호가 반항을 하듯이 거칠게 악을 썼다.

"그, 그럴 순 없습니다, 노사!"

"뭐, 뭐시라? 그럴 수 없어?"

"예. 이 일엔 가문의 존폐 여부가 달려 있는지라…… 화신을 막아낸다면 당문은 사마가의 억압에서 풀려나게 됩니다. 그것은 명왕이 제게 직접 한 약속, 그러니 제발 비켜나 주시……."

당천호는 더 이상 말을 잇지 못했다.

단목추 노인이 금방이라도 넘어갈 듯이 숨을 꺽꺽대고 있었던 것이다. 그 모습이야말로 분노가 극에 다다른 모습일지니,

"네 이 노오옴!"

"노, 노사……."

"당풍을… 당풍을 데려와라! 내 그놈부터 단단히 물고를 내고 말리라! 뭐가 어쩌고 어째? 그럴 수가 없어?"

아예 부들부들 떤다.

폭발 직전이다. 검왕이란 이름, 그 이름은 당가의 주춧돌마저도 콩가루로 만들어 버릴 수 있는 절대에 다름이 아니다. 당천호는 그 앞에 털썩 무릎을 꿇었다.

"서, 선부께선 이미 이십 년 전에 작고하셨습니다. 게다가 이 일은 노사 어르신과는 전혀 상관이 없는 일이오니……."

짝!

답은 따귀였다. 붉은 손도장 하나와 함께 당천호의 고개가 홱 돌아갔다.

"썩을 놈! 째진 입이라고 말은 잘하는구나."

"으……."

"노부를 아는 것 같으니 내 한 가지만 물어보겠다. 과거 네 아비는 영원히, 절대로, 아니, 당가 성을 쓰는 놈이라면 그 어느 누구도 노부를 거역하지 않겠다고 제 놈 조상의 이름을 걸고 맹세한 적이 있다. 알고 있느냐?"

"그 그런 말씀은 그, 금시초문……."

"금시초문 좋아하네. 썩을 놈… 모른다 이거냐?"

"예."

"그럼 가서 물어보고 올래?"

"예, 옛?"

죽은 사람에게 어찌 물어보고 온단 말인가. 이상한 생각에 당천호는 퍼뜩 고개를 들었다. 보니 노인은 벙긋벙긋 웃고 있다. 농락을 당하고 있는 것이다. 당천호의 이마에 순간적으로 핏대가 불거졌다.

"……!"

당천호는 천천히 일어섰다.

그도 노했다. 부르르 턱을 떨며 수염을 쓰다듬었다.

아득한 그 옛날, 이 촉 땅의 명장이었던 한수정후 관운장의 삼각수 수염과 같다 하여 얻은 별호가 바로 미염공이다. 자르르 윤기도 흐르는 것이 참으로 공깨나 들인 수염이었다.

단목추 노인이 피식 웃었다.

"그때도 네 아빈 천존화(天尊火)인지 뭔지 하는 불붙는 수염을 가지고 놀다가 이가 와장창 나갔지. 얘야, 네 아비가 합죽이가 되었던 것도 다 그 때문이었느니라."

"……!"

얼마나 질겁했는지 당천호의 손이 수염에 딱 달라붙었다.

천존화는 당문 최고의 비밀이었다.

수염은 진짜가 아니었고 머리카락처럼 가는 세침 안에 화기를 감춰 놓은 가짜 수염이었다. 그것이 바로 천존화. 오직 가주만이 익힐 수 있는 것으로 한 번 터지면 방원 오 장여가 불바다가 되고 만다. 그래서 천존화는 한 번 시전하면 반드시 상대를 죽이고야 만다는 절대필살의 암기였다.

그러나 상대는 대륙일정천이라 불리는 검왕이다.

당천호는 이러지도 저러지도 못했다. 망연자실, 수염만 붙잡고 있는데 진퇴양난인 것은 당문십절도 마찬가지였다. 가문비전의 십대암기를 완벽 그 이상으로 달통해 당가 전력의 오 할을 차지한다는 정예가 바로 그들이다.

하나 검왕이란 이름 앞에선 모두가 다 말라비틀어진 술방울 하나만
도 못했다. 천존화도 그랬고 십절도 그랬다. 언감생심, 뉘라서 감히 암
기 나부랭이를 꺼내 들 수 있단 말인가.

단목추 노인은 끌끌 혀를 찼다.

"멍청한 놈들. 내일이면 개박살나고 말 이놈의 도깨비굴에 무슨 미
련이 있다고, 에이⋯ 쯧쯧쯧⋯⋯."

"예?"

"지금부터 셋을 세겠다. 그때까지도 남아 있다면 내 기꺼이 네놈들
의 몸뚱이에 칼자국을 내주마! 자아⋯ 하나!"

울컥 짜증이 났나보다. 노인은 둘도 생략해 버렸다.

"세에⋯⋯."

역시 사람은 이름이라더니, 과연 그랬다. 셋이란 말이 채 끝나기도
전에 앞이 시원해졌다.

당천호를 비롯한 당문십절은 허겁지겁 산을 내려갔다.

다행이었다. 그들이 죽기 살기로 막아섰더라면 곤란깨나 겪었을 것
이다. 힌결같이 안도의 한숨을 내쉬는데 단목추 노인의 보란 듯한 거
드름은 바야흐로 절정에 달했다. 으쓱거리며 여치에게 다가오더니,

"으흐흐⋯ 어떠냐, 하수. 물론 감격했겠지?"

여치가 두 주먹을 불끈 쥐었다.

"진짜, 너?"

"어쭈구리⋯ 한판 붙어보겠다 이거냐, 시방?"

"못할 것도 없다. 새까맣게 어린 자식이 걸핏하면 하수⋯ 오냐, 어
디 다시 한 번 까보자!"

드디어 여치가 열을 냈다. 소매를 둥둥 걷어붙이며 삿대질도 서슴지

않는다. 하수라는 말이 그토록 가슴을 후벼 팠던 것일까. 여치는 얼굴이 새빨갛게 달아오르도록 화를 냈다.

아옹다옹하던 분위기가 아연 험악해졌다.

그것을 무산시킨 것은 허방산이었다. 그가 한심스럽다는 눈초리로 두 노소를 힐끗 쏘아보다가 그대로 둘 사이를 헤쳤다. 여시가 그 뒤를 이었고 웅거만 남고는 모두가 쉭쉭 바람 소리를 내며 지나쳐 갔다.

급기야는 이상하게 쭈뼛거리고 있던 웅거도 저만치로 돌아서 갔고. 얼마나 지났을까, 닭싸움을 하듯이 잔뜩 기세를 부풀리고 있던 여치와 단목추 노인도 제풀에 겨운 듯 눈에 힘을 풀었다.

"재미없다."

"그래, 관두자, 관둬. 이 나이에 무슨……."

"망할 자식."

"썩을 놈."

사실 싸울 틈도 없었다.

몇 걸음 걷지도 않았는데 지나왔던 길이 갑자기 사람들의 머리로 득시글거리기 시작했기 때문이었다. 제일 가까운 머리는 백발, 다음엔 흑발, 보다 먼 곳엔 맨송맨송한 대머리.

"사, 사조……."

"노신선이시다. 오오, 바로 그분이시다!"

"소싯적 모습을 하고 계시어 잠시 몰라 뵈었나이다. 제자 광양, 육십 년 만에 문안 여쭈옵니다, 청령 대사조."

"어서… 어서 엎드려 절하거라."

"무량수불……."

무당뿐만이 아니었다.

절하며 눈물을 흘리는 것은 아미도 마찬가지였다.

"아미타불… 아미의 멸진이 삼가 검선(劍仙)을 뵈오이다."

청령 진인은 구파일방의 제자라면 누구나가 존경해 마지않던 산문의 거인, 그는 검선이란 이름보다는 청령이란 자신의 도호를 더욱 소중하고 자랑스럽게 여겼던 법가의 지주였다.

그것이 진실.

여치, 그가 그였다.

"좋겠구나, 코흘리개. 졸개들 많아져서……."

"쩝."

"흐흐… 쟤가 그때 우리의 차 심부름을 했던 상청관의 주근깨 도동이었구면? 저 아이도 많이 늙었군, 머리가 하얀 것을 보니."

"단목노사… 노도(老道)를 기억하시는군요. 노도 광양이오이다."

"노도?"

"……!"

"쫙 찢어버릴까 보다. 감히 뉘 앞에서……!"

검선과 검왕.

두 사람은 인연은 속되지 않는다.

젊었을 적엔 같이 밤을 세워가며 검을 논했고 나이 지긋해서는 가히 무림의 쌍검봉(雙劍峯)이라 할 정도의 명성을 얻었다. 그러다 말도 되지 않은 사소한 시비 끝에 사이가 벌어지고 말았다.

무당산 상청관 뒤뜰에서였다. 무당 조사 삼봉 진인의 친필이 새겨져 있는 진무암이란 바위가 있었는데 한 칼 시범을 보인답시고 검왕이 그만 그 바위를 두 조각으로 만들어 버렸다.

그것이 사단이었다. 청령은 조사의 유진을 훼손시켰다며 불같이 노했고 급기야는 칼부림까지 하게 되었다. 그 결과는 검왕의 일초 승리, 극도의 패배감에 청령은 검을 꺾어버린 것은 물론 그 길로 홀쩍 자취마저 감추어 버렸다. 그것이 무당에서 검선 청령 진인을 잃어버렸던 진정한 이유였다.

묻지도 않고, 설명하지도 않는다.

여치가 왜 청령인지, 검왕자 단목광의 조부가 무슨 일로 나타났는지 허방산은 물어보지 않았다. 그리고 검선과 검왕도 굳이 설명하진 않았다. 셋 다 그저 묵묵히 걷기만 했다.

분위기가 그래서였는지 낭월단원은 슬쩍슬쩍 걸음을 늦춰 세 사람이 앞서 가도록 길을 내줬다.

얼마나 갔을까, 그렇게 반 시진은 족히 산을 올랐을 것이다.

이제는 온통 눈밭이었다. 일 년 내내 녹지 않는 고산의 만년설, 눈앞엔 이매가의 대본영이 자리하고 있는 촉산의 주봉이 금방이라도 엎어져 내릴 듯 아슬아슬한 모습으로 우뚝 서 있다. 게다가 노을까지 눈부신 자하(紫霞)였으니…….

어쨌거나 이제 다 온 셈이다. 경공을 가미한다면 넉넉잡고 한 시진이면 주파할 수 있는 거리다. 허방산의 발걸음이 천천히 멈추었다.

붉은 노을 속에 파묻힌 듯 조용히 하나가 된다. 덩달아 두 노인도 행보를 멈추었고 그러고도 반 식경은 더 지났을 때였다.

문득 허방산의 입술이 떼어졌다.

"산다는 것이 무엇입니까?"

뜬금없는 소리다.

“젊은 놈이 갑자기 궁상은…….”

검왕이 뭐라 핀잔을 주려다간 입을 다물었다. 돌아서는 젊은것의 안색이 심상치 않았던 것이다.

“그럼 검이란 무엇입니까?”

허방산의 안색은 무척이나 진지했다.

어찌 보면 엄숙하다 할 정도. 여치가 자신도 모르는 사이에 옷깃을 바로 여몄고 검왕까지도 장난기를 거두었다.

강호의 최정상을 달리는 그들이다. 젊으나 젊은 애송이의 유치한 말이라고 웃어버릴 수도 있는 일이었으나 두 사람은 달랐다. 그들도 더없이 진중해졌다.

“네가 정녕 검을 알고 있는 게로구나.”

검왕이 눈을 부릅떴다.

허방산, 그는 가타부타 토를 달지 않았다. 그렇다고 부정도 하지 않았다. 조용히 혼잣말을 하듯 나직하게 중얼거렸다.

“백설은 저리 가만 놔두어도 저 혼자 담청으로 고고하고 하늘은 언제 어디서 봐도 다 같이 푸르른 하늘인데, 아둥비둥 거기에 덧칠을 한다고 해서 때깔이 더 고와질까요?”

요는 집착이란 말이 아닌가.

버려라, 이루고자 하는 그 마음까지도.

온 세상이 갑자기 숨을 죽였다. 아무도 대답하지 않았고 그 누구도 더 이상은 의문을 토로하지 않았다. 그렇게 한참이 지났다.

검왕 단목추의 입술이 벌어졌다.

“검의 무게는 세월에 비례하지 않는다. 백만 번의 날 세움이 제대로 된 한 번의 담금질만 못하고 칼이 길다고 더 나은 것도 아니다. 문제는 그 칼을 쥔 손이고 그 손을 움직이는 마음이고 가슴이다. 검은 머리로 쓰는 것이 아니다. 마음으로 써야 하고, 혼으로 써야 한다. 이것이 내가 아는 검의 전부이다.”

자기 자신에게 단정해서 이르는 말.

“절대의 검은 하늘에서 내린다. 만든다고 해서 되는 것이 아니고 결코 만들어지지도 않는다. 노부는 오늘에야 비로소 그것을 확실히 깨달았다.”

허탈한 어조였다. 그리고 비장하게도 들렸다.

“비, 빌어먹을……!”

이어지는 장탄 일성, 단목 노인은 삽시간에 십 년은 더 늙어 보였다. 그런 그를 보고 여치가 빙그레 미소를 지었다.

“자네 지금 질투를 하고 있는 건가?”

“질투는 무슨. 그저 저 아이의 타고난 천품이 부러울 뿐이지.”

“……!”

말은 다시 끊겼고 그러길 얼마나, 검왕이 갑자기 휙 하고 몸을 돌렸다.

“가려고?”

“볼일 다 봤으니, 흐흐… 원래는 강도 짓을 한번 해볼까 하고 왔는데 그것도 이젠 시들해졌어. 그까짓 게 뭐라고… 에잉.”

뭐가 그리도 못마땅한지 검왕은 툭 튀어나와 있는 눈덩이를 걷어차며 심술을 부렸다.

정말 볼일을 다 봤던 것일까. 손자까지 나서서 나라정안의 법문구결을 얻고자 했던 춘추가였다. 하되 진짜 심통 같지는 않아 보였다. 노인의 얼굴엔 처음에 느껴졌던 첨산의 날카로움보다는 야산의 능선 같은 부드러움이 더 많이 담겨져 있었으니까.

"재미없어, 나 간다."

정말이었다. 여치가 옷소매를 붙들지 않았더라면 그는 진짜 떠나갔을 것이다. 여치가 은근한 말로 그를 꼬드겼다.

"자네가 한 팔 거들어 준다면 내 참한 색시를 하나 소개시켜 줌세."

"새, 색시?"

"난난이라고. 거 왜 얼마 전에 들어봤지 않나."

"아, 말코 거시기?"

"싫다면 관두고. 하지만 난난이뿐만이 아니야. 이래 뵈도 내가 관할하는 아이들 수는 서른이 넘는다. 물론 하나같이 내 말이면 끔뻑 가는 애들이지. 어때, 자네 마음에 드는 아이와 짝짜꿍을 시켜줄 의향도 내겐 있네만."

"짜, 짝짜꿍?"

"그렇다니까."

이건 또 뭔가. 겁이니 혼이니 이상한 소리만 잔뜩 해대더니만 그게 언젯적 얘기라고 저렇게 솔깃해 한단 말인가. 단목추 노인은 벌써 달았다.

"나, 나 같은 늙은이도 괜찮을까?"

"자네도 병이 들었다고 하면 돼. 아주 최악의 조로병. 거기에 머리도 좀 신식으로 다듬고 약간의 손질만 보태면 그럭저럭 넘어갈 수 있을 것도 같은데 말이야."

"하, 하긴. 젊었을 적에도 너보다는 내가 훨씬 더 준수했었지. 아암, 나도 때 빼고 광내면 봐 줄만은 할 거야."

"그러니까 하겠다 이거지?"

"좋다. 근데 너, 일 끝나고 절대 오리발을 내밀거나 딴소리하면 안 된다. 그리고 애들한테는 비밀로 해야 된다는 거 너 알지?"

"알았어, 임마."

"으흐흐… 하기야 청령 네놈도 이미 지은 죄가 있으니 떠벌리기야 하겠냐마는."

"그건 또 무슨 소리냐?"

"생각을 해봐라. 그 잘난 청령 말코가 병아리들을 꿰차고 살았다고 하면 세상 사람들이 뭐라 할지를 말이다. 그래 기왕 말이 나온 김에 한 가지만 더 물어보자. 너 대체 거긴 왜 갔었는데?"

"천기가 이르는 대로 갔던 것뿐이니라. 그 안의 이치야 너같이 칼만 아는 무식한 놈은 백날을 얘기해 줘도 모를 것이고."

"무, 무식? 그래, 그래서 너 유식한 놈은 내게 칼 한 번 부러졌다고 수십 년의 우정까지 팽개치고 꼬랑지를 감췄단 말이냐?"

또다시 아웅다웅, 듣고 있자니 골이 다 지끈거린다.

어쨌거나 여치는 여치대로 검왕은 검왕대로 이해해야 할 노인들임에는 틀림이 없었다. 비류연의 노인네가 불현듯이 떠오른 것은 바로 그 즈음이었다.

'할아버지…….'

비응과 약응, 그리고 모친과 할머니. 그분들은 지금 무엇을 하고 계신 걸까? 그러고 있는데 문득,

"형님이라고 불러라."

"웃기는 소리."

"봐라. 내가 너보다 열 살이나 더 먹은 것은 사실이 아니냐?"

"홍. 백 살이나 백열 살이나…….'

여치가 노렸던 것은 따로 있었다. 검왕에게서 형님 소리를 듣는 것, 그러나 워낙 반발이 거세자 더 이상은 우기지 못했다. 자칫 소매라도 떨치고 가버린다면 검왕 같은 천하의 칼잡이를 어디 가서 또 구할 수 있단 말인가. 여치가 슬그머니 꼬리를 내렸다.

"알았네, 알았다구."

"한 번만 더 그딴 소릴 해봐라. 난난이고 방난이고 다 때려치워 버릴 테니깐."

"알았다니까?"

어이구, 저 늙은 꼴통들.

그나저나 이제는 대군이었다.

점심나절 아홉으로 늘어났던 숫자가 이젠 구백 이상으로 대폭 체구를 부풀렸다. 칼잡이 도사 오백에 여승이 사백. 이만하면 산도 들어 뽑는다. 단 여덟만으로도 호호탕탕, 거칠 것이 없지 않았던가? 그러나 진짜 싸움은 이제부터였다.

제2장 밤

둔지를 찾아 야영을 했다.

밤이 되면서 산상의 바람은 무척이나 드세졌고 쌓인 눈을 이리저리 휘몰고 다녔다. 한겨울의 눈바람, 촉산의 추위는 참으로 매서웠다.

천막이 없었다면 호된 고생을 했을 것이다.

원래가 정원 여덟의 천막이었다. 그것도 빡빡하게 해서. 문제는 늘어난 식구였다. 그렇다고 덜그럭거리는 노인을 내칠 수도 없고 누가 빠질 수도 없는 노릇이라 모두가 칼잠을 자기로 했다.

고역. 숨 쉬기도 거북하다. 소리없는 원망이 울울하게 흐르는 가운데 누군가는 벌써 그 특유의 우레 코를 골기 시작했고 누군가는 이제 막 취침 준비를 마쳤다.

줄이 쳐져 있는 쪽이었다. 줄을 치고 모포를 걸쳐서 만든 임시 칸막이, 그 안에서는 여자랍시고 여시가 혼자 잔다.

"넘어오기만 했다간 봐라, 확 죽여 버릴 거니까."

만날 했던 말, 역시 오늘도 어김이 없다.

살벌하게 한번 으르렁거리고는 냉큼 모포를 내렸다. 천하제일 검왕이고 검선이고 그녀에겐 안중에도 없었다. 모포 칸막이 바로 옆은 허방산, 그 배치도 여시의 주장 때문이었다.

"주인은 검증된 남자야. 내 부처님은 못 믿어도 주인은 믿어. 당연히 다른 놈은 하나도 못 믿지."

드릉드릉 높아져만 가는 젊은 놈의 코골이 속에서 신참이 귓속말로 소곤거렸다.

"쟤, 여아 맞아?"

여치의 대답 왈.

"그래도 오늘은 많이 생략했구먼."

"뭐였는데?"

"손이 들어오면 손을 잘라 버리고 발이 들어오면 발을 잘라 버린다는 그 말."

"허어… 완전히 개망나니 여아로세. 누가 데려갈지 끔찍하군."

깜박했다. 귀엣말이어야 했던 것이 저도 모르게 그만 육성으로 나와 버렸던 것이다.

"크, 큰일났네. 단목, 자네 이제 밥은 다 얻어먹은 거야. 내일부터의 배식 담당이 바로 그 아이라고."

아니나 다를까, 여치의 전음과 동시였다. 앙칼진 소리가 쨍 하고 칸막일 뚫고 나왔다.

"누가 노인장더러 데려가 달라고 했어요? 노인장 같은 노털은 한 소쿠리를 갖다 줘도 절대 사양이니 걱정하지 말아요!"

창응만리가 사람치고 춘추를 좋다고 생각하는 이는 없다. 이유야 어찌 됐든 과거 창응겁 당시 그들은 뒷짐만 지고 있었던 데다 뿐이랴, 장강회전 때도 그랬다. 떼로 나타나 억지를 부렸고 가주에겐 내상까지 선사하지 않았던가 말이다. 그가 입을 꾹 다물고 있었기에 자초지종은 몰랐으나 모두가 '아' 하면 '어' 하는 사람들이다. 모를 리 없다.

여시 또한 창응의 일원, 매섭게 쏘아붙이는 그녀의 말엔 그 모든 감정이 다 녹아 있었다.

"허어, 계집아이가 말하는 본새하곤."

이번엔 입 안에서만 놀았다. 그사이 절대 말대꾸를 하지 말라는 여치의 주의가 있었기에. 그러나 여시는 끝낸 것이 아니었다. 불똥이 이번엔 여치에게로 튀었다.

"애늙은이, 네가 씹었지?"

"아니야… 씨, 씹은 게 아니고."

"개떡 같은 소리 말아. 내일 아침은 너도 눈이나 녹여 먹어. 싫으면 네 쫄따구들에게 가고. 노신선이니 뭐니 하면서 꼴값들을 떨고 있던데 어디 질해봐라."

"아, 아니라니까."

청령 진인. 무당의 전전대 장문으로 신선으로까지 추앙받았던 희대의 노고수, 그는 이 밤도 습관처럼 쩔쩔맸다.

'고약한 아이, 이제 알 것은 다 알았으니 웬만큼은 사정을 봐줄 만도 하련만…….'

광양 도장이나 칠자 같은 무당제자가 봤다면 입에 거품을 물고 나자빠졌을 것이다. 어쨌거나 그쯤에서 끝나 다행이었다.

검여시가 말문을 닫자 그때서야 여치는 십년감수했다는 듯이 크게 숨을 쉬었다. 바람을 들이키자 허파가 복어 배처럼 불룩해졌다. 자연히 앞이 밀렸고 그 바람에 납작하게 눌리게 된 사람은 그의 배와 등을 맞대고 있는 아구였다.

'으…….'

그렇지 않아도 간신히 숨만 쉬고 있던 참인데…….

"도, 도저히 못 참겠다."

벌떡 일어나 앉았다.

하지만 그것이 잘못이었다. 앞은 웅거렸는데 그가 몸을 일으키자마자 얼씨구나 하고 빈 공간이 확 들어차지 않는가.

차차착.

앞은 반달이, 뒤는 여치. 둘의 앞뒤는 벌써 붙었다. 기가 막힌 동작들이다.

"빌어먹을. 정말 빌어먹을!"

때를 맞추어 인간들 전원이 한 소리로 코를 골기 시작한다. 더군다나 한번 메워진 자리는 실오라기만한 틈도 없다. 네가 나가라는 뜻이 아니고 뭔가.

"으……."

그렇다고 여시 쪽으로는 꿈도 꾸지 못할 일. 할 수 없었다. 아무 놈 것이나 장포 한 벌을 떼어 들고 천막을 나왔다.

눈 섞인 칼바람이 쌩 하고 전신을 할퀴며 지나간다.

"더럽게도 춥구나."

주위를 둘러보니 아무도 없다.

야영은 둔영(遁營)이었다. 얼어붙은 눈을 파 구덩이를 만들고 그 위에 창봉을 걸친 뒤 급한 대로 겉옷들을 걸쳐 놨다. 바람이 그를 펄럭이니 둔지에 있다 한들 그 추위가 오죽할까.

여치, 아니, 청령 진인의 태청검뢰에 놀라 다급했던 나머지 준비도 없이 부랴부랴 쫓아왔던 것이다. 안 봤으면 몰라도 보고 나니 가슴 한 구석이 진하게 아려왔다.

'저 망할 놈들 때문에……!'

시선을 들었다.

고산인지라 하늘은 더 낮아 보인다.

검은 하늘엔 별이 총총했다. 금방이라도 우수수 떨어져 내릴 것만 같은 대은하의 뭇별들. 그 아래에 검은 어둠이 있었다.

거대하게 웅크리고 있는 어둠의 산. 촉산의 정봉은 검은 하늘 끝에 닿아 있는 듯했다.

"더러운 놈들……!"

아구는 칵 하고 가래침을 뱉었다.

저 산의 칠 부 능선쯤에 놈들의 아성이 있다. 음습하고 어두운 마의 골짜기, 그곳이 바로 마신곡이라 부르는 이매가의 총단이다.

천하마도계의 하늘이라는 대촉산이매가. 이매가의 힘은 크게 다섯으로 구분되는 바, 그 첫째는 산의 근간을 이루는 명왕의 이매지력이고, 둘째가 신단의 수호자라는 대법사의 법술이다. 세 번째가 삼대수호신의 무공이며 네 번째는 백팔망량의 전투력, 마지막 다섯 번째의 힘은 총수 이천을 헤아리는 대매군이었다.

가공지력. 일천 무승을 보유하고 있다는 대소림의 두 배이고 무당의 네 배이다. 다시 말해, 소림과 무당이 힘을 합쳐도 승리를 장담할 수 없다는 얘기일지니…….

"그러나 달도 차면 기운다. 하물며 너희 인간 말종들임에랴."

이매는 삼 할 이상의 전력이 부서졌다. 승부는 이미 난 것이나 다름 없다. 낭월만 해도 필승의 기백이었거늘, 무당과 아미, 게다가 검왕까지 가세한 판이니 무엇이 두려울까. 아구는 거대한 공룡처럼 웅크리고 있는 촉산의 일각을 무섭게 노려보았다.

"모두 오갈 데 없는 진짜 잡귀 떼로 만들어 버려야 한다."

그때였다. 앞에 불쑥 허방산이 나타났다.

방금 전까지도 코를 골고 있던 사람이었다. 해가 서쪽에서 뜬다면 모르되 업어 가도 모를 그 잠을 모르는 사람은 여기에 없다.

"주, 주군……."

뭐라 의문을 발하기도 전이었다. 그가 대뜸 입을 열었다.

"청승 떨지 말고 가서 자라."

"예? 아니… 어, 어라?"

나온 사람은 허치뿐만이 아니었다. 여치도 보였는데 뭐가 그리도 급한지 어디론가 휑 하니 달려간다.

"뭡니까, 무슨 일이 있었습니까?"

"아직은. 그러나 있을 것 같다는 여치의 말이다."

"아하."

여치, 아니, 노신선 청령 진인.

그러나 낭월에게는 여치일 뿐이었다. 특히나 허치에겐 그랬다. 그는 가타부타 어떤 말도 하지 않았으며 언행 또한 예전 그대로였다. 사실 이제 와서 뭐라 바꾸기도 껄끄러운 일. 암암리에 그렇게 합의가 되었고 여치 또한 그리 대해주길 바랐다.

"여치가 문도들과 무슨 준비를 하려나 보지요?"

"그런 것 같다."

"하, 하기야 그는 도사니까."

'잡귀와는 완전히 상극이겠지요' 라는 말은 슬쩍 뺐다. 그래도 여치는 중원십파의 수로, 몰랐다면 모르되 알고서도 잡귀 운운하는 것은 이만저만한 무례가 아니다.

"저도 여기 있겠습니다요, 주군."

"그럴 필요는 없지 싶다. 들어가라, 그리 큰일은 아닌 듯하니."

보니 뭔가를 생각하고 있는 눈치다.

어울리지 않게끔 근래 들어 유난히 말수가 적어진 상전이었다. 방해가 되겠다 싶어 아구는 조용히 물러났고, 허방산은 조용히 일대를 거닐기 시작했다.

섬세한 인영 하나가 소리없이 천막을 빠져나왔던 것은 아구가 막 천막을 들어섰을 때였다.

여시였다. 그녀 또한 주인의 상념을 깰세라 조심스럽게 허방산의 뒤를 따랐으며 그러길 얼마나, 어느 둔지가에서였다.

허방산의 발길이 멈추었다.

밤인지라 별빛에 더욱 파르스름하게 보이는 삭발머리 하나가 둔지 위로 올라와 있다. 아미의 여제자다. 주근깨 가득한 얼굴이 많아봐야 열일곱이나 되었을 것이다. 별을 헤아리고 있었던지 꿈에 젖어 있는 듯한 그 얼굴이 허방산을 발견하곤 화들짝 놀란다.

"아!"

얼굴이 쑥 들어갔다.

그러더니 금세 또 내민다.

아마도 호기심이었을 것이다. 불가의 제일 금기가 남녀지사, 그러나 그러면 그럴수록 새록새록 궁금해지는 것이 그 나이의 여심이 아닌가.

출가하여 구족계(具足戒)를 받은 여승을 비구니라 말하거니와 비구니도 사람이다.

앳된 여승은 이내 전신을 드러냈다. 그러다 허방산과 눈이 마주치자 반짝 하고 빛난다. 열려지는 것은 파랗게 얼어붙은 입술.

"저기요."

"……!"

"사백님들과 사저들 말씀이 시주께서 화신… 이라고 하시던데 그 말씀이 맞나요?"

"그런데요, 소사부. ..무슨 일이라도 있나요?"

여시다. 그녀가 대꾸를 하며 다가왔다.

"그, 그게 아니고 궁… 금한 것이 있어서……."

말끝을 흐리는 것이 부끄러웠나 보다. 반쯤 얼어 있는 얼굴에 살포시 홍조가 감돈다.

"가만, 가만히 있어 봐요."

그것이 안쓰러웠던지 여시가 낭월포를 벗어 그녀를 감싸줬다. 여시의 어깨나 닿을 체구다. 그녀의 자그마한 동체는 완전히 사라지고 얼굴만 빠끔히 드러났다.

"따, 따뜻해요."

"그래… 뭐가 그렇게도 궁금하지요?"

참으로 고운 목소리였다.

마치 아이를 다독거리는 듯한 저 모습을 보고 어찌 평소의 여시를 상상할 수 있을 것인가. 입만 열었다 하면 봇물처럼 와르르 쏟아져 나오는 것이 욕이고 악인데 지금은 전혀 딴판이었다.

"저… 혼마라는 이매신이 팔이 여섯 개나 달린 괴물이라고들 하던

데, 그 말이 맞아요?"

"호, 혼마?"

"예. 그를 처치하셨다면서요."

"그랬었지. 하지만 팔 두 개에 다리 두 개. 별다른 게 없는 사람이었는데?"

"그, 그래요? 저는 그가 삼두육비의 괴물이라고 해서. 아… 그, 그렇구나. 치이… 사저들이 날 놀렸어."

대충 짐작이 간다. 사문의 선배들이 세상모르는 이 비구니를 엄청 놀려댔던 것이다.

"수월이 이 바보."

법호가 수월인 모양이다. 순진 무구한 그녀, 암만 그래도 그렇지 어떻게 이런 코흘리개를 내일조차 기약할 수 없는 전장에 데리고 왔단 말인가. 딱 말문이 막히는데 그때였다.

수월의 눈이 갑자기 동그래졌다.

"어마?"

그녀가 장포에서 손을 빼냈다.

"저기… 저것……."

수월이 가리키는 곳은 허방산과 여시의 뒤쪽이었다. 거긴 바로 촉산이다. 두 사람이 획 하고 돌아섰다.

"……!"

"아."

저건 또 무엇인가. 도깨비불이다. 흐느적거리는 꼬리를 매달고 검은 밤하늘을 헤엄치듯 유영해 오는 저 푸른 인광은……!

전체가 올챙이 모양의 야광덩어리다. 그런 것들이, 하나둘도 아닌

것들이 저 높은 산정의 어둠에서부터 떼거리로 내려오는 광경이라니.

일순 여시의 봉목이 매섭게 빛났다.

"초혼사령(招魂死靈)이에요."

초혼사령은 명왕에게 귀의한 망령들의 혼이다. 유부를 헤매는 사자의 혼령으로 그것은 생자의 백(魄)을 부른다. 일컬어, 능백(凌魄). 초혼사령은 순식간에 둔진 상공을 파랗게 뒤덮었다.

왱왱왱.

결코 환상이 아니었다. 초혼사령은 모기 우는 소리를 내며 어지러이 어둠을 부유하기 시작했다. 지면을 스치듯 하강해 내리기도 했고 삼삼오오 무리를 지어 곤두박질을 쳐오기도 했다.

수백, 수천 개의 도깨비불. 귀는 시끄럽고 보고 있자니 눈이 아프다. 웬만한 강심장이 아니고서는 똑바로 바라보지도 못할 것이다. 초혼사령, 놈들은 눈도 있고 코도 있었다.

쭉 찢어진 눈과 날카롭게 생긴 두 개의 송곳니…….

화아아악.

개중 한 놈이 득달처럼 덮쳐들었다.

"꺄악!"

수월이 질겁하며 얼굴을 가렸다.

범인이었다면 그 자리에서 정신을 놓았을 것이다. 무섬증이 있다거나 정신력이 약한 사람에게 있어서는 그야말로 공포의 귀화였다. 초혼사령은 스치듯 수월의 머리 위를 지나쳤다.

"무, 무서워요."

수월이 놀란 새처럼 여시의 품 안을 파고들었다.

"걱정하지 말아요, 소사부. 정신만 똑바로 차리고 있으면 홀리지 않는답니다. 실체가 없어서 살상력도 없다는 얘기지요."

"그, 그래도 무서워요."

수월은 쉽사리 얼굴을 들지 못했다. 하긴 겁이 날 만도 했다. 마빡에 뿔이 난 놈들도 있었으니까. 어떤 놈은 하나, 어떤 놈은 둘.

초혼사령은 명왕이 자랑하는 이매술의 하나이다.

비록 하품의 매술이라 하나 밤새도록 시달린다면 그 원기의 소모도 보통은 아닐 것이다. 이 와중에서 어디 잠인들 잘 수 있겠으며 제대로 안정이나 취할 수 있겠는가.

그 즈음이었다. 잠자코 있던 허방산의 일신에서 문득 금빛이 우러나기 시작했다.

서기같이 은은한 금빛, 나라정안의 파사법문이 운기되며 달무리 같은 금채가 형성되었고 일대 십여 장으로 폭발하듯 그 범위를 넓혀 나갔다.

장관. 그것은 장관이었다.

따뜻한 햇살에 접한 듯 수월이 잔뜩 웅크렸던 몸을 폈고 금채에 접한 초혼사령은 스러지듯 빛을 잃는다.

소스라치며 뒤엉키는 새파란 불덩어리들, 초혼사령은 멀찌감치 떼를 지어 물러났으며 그와 때를 같이해 한줄기 청아한 범창도 일어났다.

"남무서방삼지축귀(南無西方三地逐鬼)……."

악귀를 퇴치한다는 축귀경이다.

아미의 팔대법승이 선창하는 멸마범창이 목어 소리와 함께 일어났고 그 순간에 허공엔 한 마리 붉은 사자가 생겨났다.

머리가 아홉 개나 달린 사자였다. 입에선 뜨거운 불줄기를 토해내고 휘둘러 치는 꼬리에서조차 충천하듯 불바람이 일어난다.

크아앙!

사자는 나타나자마자 거대하게 몸집을 부풀렸다.

다름이 아니다. 저 구두사자야말로 구고천존의 힘을 빌려 현세시킨 태을화사(太乙火獅), 태을화사는 바로 무당에서 만들어낸 대라법력의 하나였다.

보라, 허공이 온통 붉은 화기로 가득 차지 않는가!

물론 그것은 법화일 뿐이었다. 실제 불은 아니었으되 태을화사는 갈수록 맹위를 떨치기 시작했다. 형광은 잦아들고 화광은 충천한다. 범창에 힘을 잃은 초혼사령은 태을화사의 불바람에 휘어 감기며 급속도로 그 숫자를 잃어갔다.

검은 밤하늘의 일대 구경거리.

어느 일순 사람들로 하여금 넋을 잃고 바라보게 하던 허공의 장관이 거짓말처럼 뚝 멎었다.

초혼사령도 태을화사도 보이지 않았다. 검은 하늘엔 예의 별빛만 총총했고 아미의 멸마범창도 씻은 듯이 사라졌다. 허방산이 일으켰던 금무 또한 자취를 감추었으며 일대엔 적막만이 감돈다.

그저 한바탕의 꿈이었던가?

"가서 자야지?"

"아."

여시의 말에 수월이 몽롱경에서 깨어났다. 꿈에서 깬 듯 그 큰 눈을 몇 번 깜박이더니 이내 제정신을 차린다. 장포를 벗어 건네고 주근깨 가득한 얼굴을 살짝 붉혔다.

"고, 고마워요… 언니. 그리고 형부."

아무래도 수월인 승이 되긴 어렵지 싶다. 오욕칠정을 끊어야 하는 불자의 처지로 세간의 속인보다도 더 다정해서야 원.

수월인 도망치듯 둔지로 내려갔다. 그러나 그녀의 부끄러움과도 같았던 붉은 홍조는 여시의 얼굴에 여전히 남아 있었다.

'혀, 형부?'

슬쩍 곁눈질을 해봤다.

결과는 대실망. 또 저런다. 대체 무슨 생각을 하고 있기에 저리도 꿔다 놓은 보릿자루 같을까?

멀뚱멀뚱, 그렇다고 눈을 깜박이는 것도 아니었다. 뜬 것도 아니고 감은 것도 아니다. 무어라 딱히 표현하기도 어려운 저 표정.

혼마와의 일전 이후, 요즘 들어 특히 그랬다. 그 좋아하는 밥도 들이밀어야 먹었고 비몽사몽간이라고도 할 만한 얼굴을 하고선 멀겋게 서 있을 때도 많았다.

그 무슨 이치에라도 들어 있는지, 아님 그 어떤 여명이라도 맞이하고 있는 것인지…….

여시는 기도히듯 조용히 두 손을 합했다.

'목석이라도 좋아. 이렇게 있을 수만 있다면…….'

순간이 어찌 찰나이기만 할까, 영겁일 수도 있다.

오늘이 어제 죽은 이들에게 있어선 그렇게도 소원하고 갈망했던 내일이듯이 그 심정 그 가슴으로 매 순간순간을 그렇게 소중하게만 여긴다면 그래, 마음 놓고 얼굴이라도 볼 수 있는 지금 이 순간보다 더한 기쁨이 어디에 있을까.

'하아…….'

여시는 가만히 제자리에 앉았다.

바람만 차갑지 않았더라면 더 좋았을 것이다. 여시는 조심스레 장포 깃을 세웠다. 언제까지 갈지는 모르나 밤을 새워서라도 그 사람 곁에 머물 작정이었다.

'망할 바람… 누가 겨울바람 아니랄까 봐 저이를 춥게 만드는구나.'

창응만리가주.

그리고 표응 검약빙. 두 사람은 그렇게 석상으로 화해갔다.

밤도 깊어갔고, 그런 그들을 훔쳐보고 있던 수월의 눈도 언제부터인 가는 초롱초롱한 별빛이었다.

*　　　*　　　*

장바우와 대복이. 원래는 장가의 여덟째라고 해서 장팔이었고, 하나 는 소복이란 이름이었는데 작년 가을 산채에 들며 스스로 장바우와 대 복이로 개명했다.

나이는 서른셋 동갑내기. 힘으로 치자면 바우가 월등했고, 잔머리 굴리는 데는 대복이가 훨씬 나았다. 소속은 호북 마운령의 방가채, 임 무는 망원초(望遠哨).

망원초가 뭐고 하니, 바로 이들을 두고 하는 말이었다.

"왔다!"

적은 복으로는 양이 차지 않는다고 '소' 자를 '대' 자로 고친 대복 이가 먼저 탄성을 발했다. 당연지사, 장바우도 길게 목을 뽑았다.

"어디, 어디?"

"저어기… 저 재 아래 계곡 들머리에."

거기, 험하기로 이름난 마운령 입구 오솔길에 개미만한 것 두엇이

나타났다. 가물가물하긴 했지만 한낮이었는지라 그것이 사람임은 한
눈에 알아보았다.

"오오! 이게 대체 며칠 만이냐?"

"석 삼 일을 공쳤으니 벌써 아흐레째다."

"야, 천리… 천리경(千里鏡)을 이리 줘봐."

천리경은 돋보기 통. 언젠가 눈알이 파란 호놈을 덮쳤다가 잡았던
수입이었는데 이, 삼 마장 정도는 바로 코앞으로 당겨지는 귀물이었다.
천리경이 곧바로 장바우의 눈에 달라붙었다.

"어?"

개가 보였다. 늑대마냥 양 귀가 바싹 세워져 있는 놈이었는데 제법
살집이 두툼했고 털도 하얀 것이 깨끗하기까지 했다.

"으흐흐…… 그냥 물만 끓이면 되겠다."

머리 속에 그려지고 있는 것은 푸짐한 수육이고 탕이었다. 입에서는
벌써 군침이 돈다.

"이 겉보리 흉년에 저게 어디냐?"

생각만으로도 개는 이미 솥단지에 들어갔고 그 다음, 개 뒤로 보이
는 것은 알록달록한 호피였다.

"도, 돈!"

세상에 토끼털도 아니고 호랑이 털이라니!

횡재, 횡재. 장바우의 입이 귀밑까지 찢어졌다.

'그것도 외투로. 으으… 저 정도의 호피면 쌀이 스무 섬이고 계집종
두셋도 너끈히 살 수 있다.'

흠이 있나 없나, 또는 얼마 정도의 짜깁긴가. 침을 꿀꺽 삼키며 아래
에서 위로 세심히 훑었다. 가슴팍에서 목을 지나 드디어……

순간 장바우의 안면이 묘하게 일그러졌다.

"싸, 쌍판 한번 더럽네. 같은 물에서 노는 놈인가?"

놈이니 사내다. 그야 물론 사내라고 해봐야 한칼이면 요절이 나겠지만, 문제는 놈의 인상이었다.

쭉 째진 독사눈에 외눈이다. 귀도 하나 없는 짝귀였는데 거기에서부터 길게 입가에까지 나 있는 칼자국이 장난이 아니었다. 검은 안대까지 독특 일색. 조금은 켕긴다.

"외눈박이 애꾸 놈. 쌍판이 꼰대보다 더 개판이군."

슬쩍 천리경을 옮겼다.

놈의 뒤로 비스듬히…….

한순간,

"쥐, 쥑인다."

장바우는 숨을 딱 멈췄다. 혹여 헛것을 봤나 싶어 천리경에서 뗐던 눈을 사정없이 비비고는 잽싸게 다시 붙였다.

"으으… 저, 저럴 수가!"

금방 숨이 넘어간다. 바우의 심상치 않은 기색에 대복이가 얼른 달라붙었다.

"야야, 뭐… 뭔데 그래?"

"후와… 미치갔구나야. 세상에… 세상에 저런 우물이 다 있었다니. 천하절색, 전설의 양귀비도 저것만은 절대 못할 것이다."

"여, 여자… 그것이 여자였어?"

돋보기 통을 냉큼 낚아챘다. 그리곤 쑤셔 박듯이 눈알부터 들이댔다.

"흐윽!"

아니나 다를까, 동일한 반응이었다. 아니. 대복이는 더했다. 그는 아예 몸까지 바들바들 떨었다.

여자였다. 스치기만 해도 어찌 되어버릴 것 같은 젊은 여자. 하얀 여우털 조끼에 하의조차 몸에 꽉 끼는 바지 차림이었는데 얼마나 예쁘고 늘씬한지 등골에 대번 짜르르 전율이 인다.

"이, 이게 웬 떡이냐?"

"허연 탕거리에 호피, 게다가 부드러운 암컷까지, 므흐흐흐…… 횡재란 바로 이런 것이거덩."

"바우야, 어서 꼰대한테 신호부터 보내자."

"가, 가만. 가만히 좀 있어봐라."

"왜 그래?"

"모름지기 장부라면 꿈과 배짱이 있어야 하는 법. 들어봐라, 내 방금 왕년의 제갈공명도 울고 갈 기가 막힌 생각을 해냈다."

"제, 제갈 뭐?"

"저 정도면 한평생을 떵떵거리며 살 수 있다. 어디 여쾌(인신매매꾼)가 따로 있다더냐, 내다 팔면 여쾌지. 아암, 물꽉이 까지도록 실컷 재미까지 볼 수 있으니 이 얼마나 신나는 일이냐? 임도 보고 뽕도 따고, 흐흐… 이것은 하늘이 주신 기회니라."

"너… 죽으려고 환장했냐? 꼰대가 알면 어쩌려고 그래?"

"으흐흐… 알게 뭐냐? 이 길로 토껴 버리면 제깟 놈이 귀신이 아닌 다음에야 무슨 수로 찾아낸단 말이냐? 춥고 배고픈 이놈의 산적질도 바야흐로 땡 하고 종칠 때가 온 것이다."

"나, 난 못한다. 왈도가 누군데 으… 난 못해."

"이런 참새자식."

"야, 난 못해. 정말이야."

양손으로 반항하듯 손사래를 치던 그, 대복이의 눈에 다급한 기색이 떠오른 것은 바로 그때였다.

"야, 꼬… 꼰대야."

"됐어. 꼰대는 무슨 호랭이 물어갈 꼰대. 그는 그고 나는 나야, 짜식아."

"아야, 그, 그게 아니고 네 뒤에……."

"뒤?"

장바우가 무심결에 돌아섰다.

그리곤 그대로 굳어버렸다. 뒤는 바로 마운령 고개 마루. 그 등성이에 그가 떡 버티고 있지 않은가. 푸른 하늘을 등에 지고 있는지라 더더욱 장대하게 느껴지는 사십 중년의 표형대한.

유난한 곰보만 아니라면 그래도 양호한 이목구비다. 이 한겨울에도 반팔 홑 것 차림이었는데, 팔짱을 끼고 있었는지라 툭 불거져 있는 알통 하나가 웬만한 장정 허벅지만했다. 우람한 근육질의 사내, 그가 씩 이를 보였다.

"부서질래, 썰릴래?"

딱 두 마디였다. 그러나 장바우는 아무 말도 하지 못했다. 심지어는 숨조차도 쉬지 못했다. 폴짝 뛴 곳이 하필이면 그곳이라, 뱀눈에 걸린 개구리마냥 바우는 완전히 얼어붙었다.

대한의 허리춤이었다.

칼. 하지만 그것은 칼이라고 볼 수도 없었다. 고깃간의 육도라 하면 가장 정확한 표현일 것이다. 못 나가도 삼십 근은 나갈 듯한데 끝도 뭉툭한 것이 두 자 길이의 날만 있다. 투박하기만 한 육도, 만에 하나 저

것이 도끼날로 변해 떨어져 내린다면?

'황소도 한 방이었다.'

언젠가 산채의 회식 때였다. 소를 잡았는데 그때 날았던 것이 바로 저 육도였다. 산산이 흩어지던 붉은 피와 허연 뇌수……

절대 부서진 소머리가 될 순 없다.

부르르르.

간신히 사력을 다해 입술을 뗐다.

"채주님, 하, 한 번만……!"

"흥!"

그가 바로 왈도. 이 산의 지배자요, 휘하에 졸개 일백을 거느린 방가 채의 방왈도다. 그가 다시금 코웃음을 쳤다.

"우선은 바쁘니 손님부터 맞고 보자."

"감사… 감사합니다, 채주님."

"위치로."

"예옛!"

크르르르.

녀석이 밤송이처럼 털을 빳빳하게 세웠다.

신견 백구. 녀석이 적의를 드러내며 멈춰 서자 이대원과 운추심도 천천히 행보를 멈추었다.

"놈들인가 봅니다, 주모님."

"그렇구나. 등성이 너머에 있다."

"예서 기다리시지요. 듣자 하니 근동에선 알아주는 강도들이라고 하던데 그 패악이 오죽하겠습니까. 괜히 귀만 더럽힐 것이오니 이놈이 길을 튼 연후에 올라오시지요."

"괜찮겠느냐? 숨소리로 봐선 수십이다."

"이래 뵈도 제가 독삽니다. 게다가 주모님께서 일러주신 몇 수가 있는데 까짓 산적 나부랭이에게 당하겠습니까, 염려 놓으십시오."

"좋아. 그렇지만 조심해야 한다."

"예, 주모님."

독사 이대원, 그는 신바람이 나 있었다.

그도 그럴 것이 낭월각의 안주인을 수행해 오며 얻은 수확이 딴에는 일생의 기연이었던 것이다. '행운유수' 라는 보행결(步行訣) 하나, 그리고 '풍우박' 이라고 했던가, 이름 그대로 거친 광풍처럼 들이치는 그 권박술의 명칭이?

공력이 일천해 겨우 모양 내기에 불과했으나 그것이 어딘가. 저만치 마운령 정상이 손에 잡힐 듯이 올려다보인다. 이대원은 소풍 가는 아이처럼 들뜬 걸음을 놓았다.

"으크크크……."

더군다나 컹컹컹.

저 신통한 녀석까지 함께하고 있었으니, 백구야말로 천군만마의 원군. 백리향 일천 묘객의 대명사라 할 수 있는 자신보다도 더 빠르고 잽싸며 자신의 발길질 정도는 눈을 감고도 피해냈던 녀석이 바로 백구였다.

"우리 거하게 실력 발휘나 한번 하고 떠나자. 주모님이야 주공을 뵙고 싶은 마음에 일각이 여삼추일 것이나 우리에겐 둘도 없이 좋은 기회. 백구야, 어떠냐?"

컹!

백구와 독사.

그렇다. 추심이 마침내 백리향의 법신당을 떠나왔던 것이다. 그녀의 시선은 멀리 서천을 향해 있었다. 추수처럼 맑은 눈망울에 가득 차 오르는 것은 애틋한 그리움.

"아아……."

하늘엔 투명한 햇살.

추심의 눈에 문득 영롱한 보석처럼 반짝이는 이슬이 맺히는가 싶더니 이내 또르르 흘러내린다. 눈이 부셨음인가, 그녀는 천천히 두 눈을 내려 감았다.

햇살이 따가워서가 아니었다. 그 하늘 어디에선가 홀연히 나타난 한 더벅머리 청년의 영상이 그녀의 눈을 시리게 만들어 버렸던 것이다.

"그때 떼를 써서라도 따라붙었어야 했어……."

"나도 갈 거다."

"안 돼. 누구 개망신시킬 일 있냐? 생각을 해봐라. 오죽이나 못났으면 제 놈 마누라에게까지 디 칼을 잡히겠냐. 안 돼, 절대로……!"

그랬다.

"늘보, 그 바보는……."

비류연의 버들이와 늘보.

그리고 칠해교랑, 그녀가 나타난 것은 독사와 백구 그 일인일견이 고개 저 너머로 사라졌을 때였다.

"아기씨."

헐렁한 가죽 장포에 예의 해골도. 그녀의 어깨엔 갈색의 독수리 한 마리가 막 날개를 접고 있었는데 그 수리야말로 과거 그녀와 칠해를 함께 노닐던 취옹(鷲翁), 수령이 이백 년도 넘은 동해의 영금이자 교랑의 애조였다.

추심이 시선을 들었다.

"유모, 별일은 없다지요?"

"예. 그리고 우려하던 북간도 나타났답니다. 신녀의 예측대로 촉산을 향하고 있다는데 그들의 발길을 저지코자 벌써 요격에 들어갔다 합니다."

"그렇다면… 길이 지체될지도 모르겠군요?"

"예, 아기씨. 그럴 거예요."

다름이 아니었다. 전위를 비롯한 천응 일군이 은밀히 허방산의 뒤를 따르고 있었던 것이다. 그것은 만에 하나를 대비코자 했던 신녀 자운영의 고심. 추심의 마음은 다급해졌다.

"북간으로 인해 전수좌 일행의 발이 묶인다. 그러다가 만일 그이에게 무슨 일이라도 생긴다면?"

"아기씨, 설마요."

"아냐, 유모. 이상하게 불안해요. 우선 전수좌에게 취옹을 보내 한 둘이라도 좋으니 가능한 대로 빼보라고 해요. 그리고 우리도 얼른 가요."

"예."

이곳은 호북성 형문산, 사나흘은 족히 달려야 촉산에 닿는다. 둘은 새처럼 훌훌 날아 마운령을 올라섰다.

그리고……

*   *   *

드디어 아침이다.

결전의 날, 모두가 이른 조반을 마치고 허리띠를 단단히 조여 맸다. 넉넉잡고 반 시진이면 붙는다. 하나같이 죽음을 각오하며 필승의 전의를 불태우는데 웬걸, 출발은 미뤄져야만 했다.

의외, 진군을 막아선 것은 축산의 사자였다.

"본인이 마왕매요."

다섯 자 길이의 방천극을 비스듬히 비껴멘 흑의중년인, 그는 휘하인 듯한 회의인 하나를 대동하고 거침없이 중진을 향해 다가왔다.

"마왕매 단리종도?"

패왕매와 더불어 마패쌍절로 불리는 백팔망량의 백미. 대매 중에서도 최상위 서열에 있는 그가 나타나자 진영엔 일대 소란이 일어났다.

"저 못된 중생!"

바로 어제의 일이었다, 복호사가 진한 혈향에 잠겼던 것은. 멸진 사태가 파르르 소매를 떨치며 일어났고, 무당칠자의 검이 한꺼번에 마왕매를 가로막았다.

"게 서라!"

"하하하, 나는 사자요. 지존의 명을 받아 왔소이다."

달랑 시위 하나만을 거느리고 적진에 들어선 자, 그는 당당했다. 그리고 여전한 행보였다. 마왕매는 칠자의 검을 그대로 밀고 들어왔다.

그런 그를 벨 수는 없는 일이다. 하나같이 곤혹스러워하고 있는데 멀리서 여치가 외쳤다.

"들여보내라."

빙 둘러 서 있는 낭월포 가운데 그들이 있었다.

여치와 단목추 노인, 그리고 낭월지주 허방산. 낭월은 군진의 선봉을 설 요량이었다. 대형은 일선진, 그 정점이 바로 허방산이었다.

그 시선들을 한 몸에 받으며 저벅저벅 들어선다.

오 장 앞까지 다가서자 달단양의 아구침이 마왕매를 저지했다.

"더 이상은 닫지 말라. 흉악한 도깨비 놈, 한 발만 더 오면 가차없이 쑤셔 버릴 테다."

"허어… 참으로 고약하구려, 세형(世兄)."

"세형 좋아하네."

아구의 살기는 진짜였다. 설 수밖에. 침봉이 몸에 닿을 정도에까지 이르자 마왕매는 천천히 걸음을 멈추었다.

겉모습은 헌앙했다. 세간에 나선다면 중후한 그 분위기에 누구나가 한 번쯤은 시선을 주었을 것이다. 마왕매 단리종도, 그가 포권하며 입을 열었다.

"낭월단주와의 독대를 청하오."

"독대?"

모두가 흠칫했다. 단둘만 보자는 얘기이니 점입가경이다. 피를 보기 직전에 사자를 보내옴도 의외였는데 독대라니?

아구가 조소를 배어 물었다.

"왜 또 그 알량한 주특기를 살려보려고?"

"주특기?"

"암습. 더러운 뒷박치기."

순간이다. 무슨 말인가 싶어 한껏 어리둥절해하던 마왕매의 입에서 대소가 터져 나왔다.

"프하하하! 그럴 리가. 나 단리 모 그런 좀놈은 아니외다."

"개소리 마라. 그럼 언 놈은 제 놈 마빡에 '나는 개자식이다' 써 붙이고 다닌다더냐?"

"핫핫, 의심이 많구려?"

낭월지주의 음성이 흐른 것은 그때였다.

"내가 허방산이다. 무슨 일이냐?"

아구가 슬그머니 침을 거뒀고 마왕매는 그것 보라는 듯이 싱긋 웃었다. 이어서 그는 허방산을 향해 슬쩍 허리를 굽혔다.

"조용히 뵈었으면 합니다, 허 대협."

단리종도, 그에겐 기품이 있었다. 늠연하면서도 칼같이 정제되어 있는 예리함은 그의 지난바 능력의 척도다. 게다가 대동해 온 휘하의 기태도 결코 범상한 것은 아니었다. 인상이 까마귀 상이라 섬뜩해서 그렇지 한눈에도 일기당천의 힘이 느껴지는 자였다.

'으으음… 저자 또한 망량의 일원일지니 이매가 모두 저자들과 같다면 정말 힘든 싸움이 되고 말 것이다.'

한결같은 생각, 이제도 미왕매의 방천극은 가만히 있었다. 그랬기에 망정이지 만에 하나 그가 직접 전권으로 뛰어들었다면 보나마나 복호사 앞뜰엔 더욱 짙은 피가 흘렀을 것이다.

하나 허방산은 담담했다.

묵묵히 단리종도의 예를 받고선 입을 열었다.

"단순한 전언이라면 예서 하라."

"……!"

단리종도의 눈에 정광이 번뜩였다.

낭월지주. 대촉산이매가를 일약 궁지로 몰아넣어 버린 사람이 바로 그다. 연유야 어찌 됐든 그로 인해 무당이 일어났고 아미도 창을 잡았다. 그런 그다.

무슨 생각을 하고 있는 것일까, 초면임에도 불구하고 정면으로 허방산을 직시하고 있는 마왕매의 눈빛은 무례하다 할 만큼이나 강렬했다.

이윽고 그가 툭 몇 마디를 내뱉었다.

"명왕께선 이 말씀을 전하라 하셨소."

그 다음은 전음, 마왕매는 입술만 달싹였다.

궁금하다. 모두는 그의 입 모양만 바라다보았다. 하지만 설사 독둔술을 익혔다 할지라도 그 입 모양만 봐서는 무슨 말인지 알아들을 수 없을 것이다. 마왕매의 입술은 그만큼 미미하게 움직였다.

문제는 허방산의 표정이 심각해지고 있다는 것. 그의 시선이 문득 마왕매에게서 중인에게로 돌려졌다.

검을 짚고 서 있는 무당의 검사들을 지나 아미의 비구니들에게까지 향한다. 그중에서도 수월, 절반은 다부진 결의로 절반은 두려움으로 상기되어 있는 그 얼굴에 잠깐 머물렀다.

여인이랄 수도 없고, 번뇌를 끊은 출가인이라고 보기에도 애매한 소녀의 초롱초롱한 눈이다. 거기에서 무엇을 보고자 했던 것일까?

마왕매의 전음이 그쳤다.

이어지는 것은 육성.

"답은 지금 주셔야 하오이다, 허 대협."

"음……."

허방산은 망설였다.

실로 그답지 않은 태도다. 스치기만 해도 바로 반응이 오는 그다. 그런 그가 다 곤혹스러워하다니, 그것은 의혹이라기보다는 긴장이었다.

피 튀기는 전장보다도 더한 긴장이 흐른다.

그런 가운데 드디어 답.

"후자로 하겠다."

"그럼."

마왕매는 기다렸다는 듯이 허리를 숙였다. 그리곤 몸을 펴는 그 바람으로 둥실 떠올랐다. 벙어리인 양 아무런 말도 없이 머물러 있던 그의 휘하도 떠올랐고 둘은 이내 표표히 시야에서 멀어져 갔다.

"대체 뭐, 뭐랍디까?"

똑같은 의문이었을 것이다.

심지어는 여태껏 먼 산만 보고 있던 검왕 단목초 노인조차 노안 가득 궁금함을 담는다. 하지만 아구의 물음에 대한 허방산의 대답은 너무나도 의외였다.

"앞으로 사흘간 진군을 보류한다."

"예?"

"……!"

대체 저게 무슨 소린가, 진군을 보류하다니? 하나같이 입을 쩍쩍 벌리는데 허방산은 간단하게 설명을 덧붙였다.

"명왕은 두 가지를 제의했다. 지금 이대로 격돌해 피를 보거나 사흘 후 마신곡에서 수장끼리 붙어 승패를 가르거나. 그는 자신이 패할 경우 이매를 해산하겠다는 조건까지 걸었다."

"……!"

그것은 하나의 충격이었다. 모두가 망연자실, 벌린 입을 다물지 못한다. 허방산이 다시금 목소리에 진기를 실었다.

"그래서 난 후자를 택하겠다고 했다. 너나 나나 어찌 됐든 피란 정말 서러운 것이니까."

그래서 수월이도 돌아봤던가.

"아미타불."

"무량수불……."

곳곳에서 소란이 일기 시작했다.

이매가, 대촉산이매가가 그런 제안을 했을 줄이야……!

천하군마의 요람이자 구천의 후예로 강호삼패의 하나인 대촉산이매가. 비록 대부분의 대매가 전사하고 일부 전력이 꺾였다곤 하나 그들의 힘은 아직도 건재했다. 게다가 지나온 세월의 저력이 있다. 죽을지언정 강호독패의 야망을 버릴 자들이 아니다.

수장끼리의 승패 여부는 둘째였다. 그 정도로 간단할 일이었다면 지난 이백 년도 없었다. 보다 집요하고, 보다 끈질긴 근성의 가풍이 이매가의 기조였다. 설사 명왕이 패사한다 치더라도 가신들은 뜻을 꺾지 않을 것이다. 모르긴 몰라도 무슨 암계가 있을 터.

이것은 누구 하나만의 생각이 아니었다. 연방 염주 알을 헤아리고 있는 멸진 사태나 광양 도장, 심지어는 풋내 나는 아미의 여승조차도 고개를 갸웃거렸다.

"으으음……."

여치가 앓는 소리를 냈고, 단목추 노인도 쩝쩝 입맛을 다셨다.

"허허, 그놈들 참……."

그러나 아구는 아니었다. 뭐라 중얼중얼 혼잣말을 해대며 안절부절, 제자리를 서성거리기 시작했다.

"그, 그럴 리가 없다. 아암…… 그놈들이 누군데?"

과거 창웅겹의 주역. 이매가는 결코 녹록한 상대도 아니었거니와 그리 제풀에 나가떨어질 자들은 더 더욱 아니었다.

"뭔가가 있다, 분명히……!"

그 뭔가가 무엇일까? 허치는 말도 되지 않는 소리를 했다. 무당과 아미, 검왕까지 가세된 힘이다. 그저 눈 딱 감고 몰아치면 될 일을 뭐가 두려워 주저한단 말인가. 말마따나 정말 피 보기가 서러워서?

'웃기는 소리……!'

그럼 명왕과의 일전에 자신이 있어서?

'순진하기는. 그래, 그 말을 믿었단 말인가? 죽어도 놈은 가문을 해체하지 못할 것이다.'

명왕 사마혼, 그는 겨우 나이 정도나 알려져 있는 사람이었다.

그의 인상착의는 강호 구만리의 비밀이다. 봤다는 사람이 없으니 아무도 모를 밖에. 그러나 결코 미친놈은 아닐 것이다. 그렇다면 결론은 단 하나…….

'빌어먹을, 사기를 당한 것이다!'

아랫배에 잔뜩 힘을 줬다. 심호흡을 한 번 하고는 목청도 가다듬었다. 인타까움에 한 번 깨질 요량을 하고 부딪쳐 볼 참이다. 그때였다. 단순무식에게로 막 항변차 고개를 치켜드는데 여시의 전음이 날카롭게 그의 귓전을 울렸다.

"가만히 있어요, 사형."

"……!"

"다 생각이 있으신 거예요. 믿어봐요, 지금까지 우리가 그래 왔던 것처럼."

"으음……."

아구의 본모습은 창응만리가의 금응이다. 여시는 표응, 서로 간의 눈빛만 봐도 속내를 알 수 있는 사람이 그 둘이다. 아구가 마지못해 스르르 기세를 풀었다. 하지만 시선까지 거둔 것은 아니었다.

못마땅해하고 있는 그 눈에 허치가 들어왔다.

멀리 시선을 두고 있는 것이 그도 그리 편한 심사만은 아닌 것 같아 보였다. 아니, 진짜였다. 그의 머리 속은 지금 굉장히 복잡했다. 다름이 아니었다. 흑응이 보내왔던 전음 한 구절 때문이었다.

"제 동행이 바로 사마혼입니다, 가주!"

제3장 결전

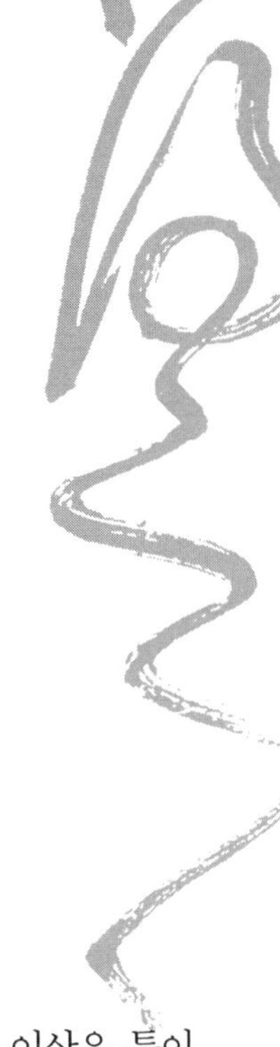

형상의 칼은 하품이다.

제아무리 완벽한 초식이라 한들 인간의 머리로 만든 이상은 틈이 있고, 결(缺)이 있게 마련이다. 그래서 칼은 가슴으로 써야 한다. 검도를 일컬어 심도라 칭하는 것도 바로 그 때문. 그러나 거기에는 둑이 있다.

마음의 둑. 그것을 무너뜨려야만 한계를 벗어난다.

문제는 그 방법이었다. 백 년을 검과 함께 산 단목추 노인조차도 오매불망 목을 매다는 그 답, 그것은 과연 무엇일까?

어쩌면 겨자씨 한 알만도 못한 하찮은 것일지도 모른다. 아니, 어쩌면 바다같이 거대한 의미일지도 모른다. 그 답을 뉘라서 알까, 모르는 것은 허방산도 마찬가지였다.

'정답은 없다.'

거기에 무슨 구결이 있고 선지자의 심득이 있겠는가. 그 크고 바른 이치를 글로써 표현할 수 있다면 그것은 도(道)가 아니다. 똑같은 사물 하나의 표현도 모두가 제각각이거늘, 하물며 그런 대본(大本)의 이치임에랴.

그렇다고 답이 전혀 없는 것만은 또 아니었다. 근래 들어 자신도 모르는 사이에 느끼곤 했던 내부의 울림을 그는 확연하게 기억할 수 있었다. 뭐라 꼬집어 말할 순 없으되 확실했다. 자신도 측량할 수 없으리만큼 근본이 넓어졌다고나 할까, 아니면 장쾌한 창천의 의미가 가슴에 와 닿았다고나 할까.

'바로… 화우벽력이다!'

가슴 벅찬 그 이름, 갑자기 얼굴이 화끈해질 정도로 심신이 격해진다. 희열과 격정.

'아아…….'

혼마와의 접전에서 번뜩했던 영감이 있었다. 빗장이 열리듯, 그것이 하나의 칼로 구체화되기 시작한 것은 검왕 단목초 노인 때문이었다.

"검은 마음으로, 혼으로 써야 한다."

바로 그 말, 그 말이 단초였다.

검왕이 언급했던 것은 또 다른 하나와도 일맥상통했다. 그것은 어검대법, 과거 여치가 돈황의 석굴에서 얻었다던 검결의 요지가 바로 그 뜻이 아니었던가. 그러나 허방산은 까맣게 몰랐다, 그 양피지가 바로 무당 조사검 태청어검(太淸御劍)이었다는 사실을……!

'화우의 뜻이 바로 그것이다. 절대이화(絕對離火)… 화우벽력(火雨霹靂)의 의미는. 이제야, 이제야 그 뜻을 조금은 알 것 같구나!'

허방산은 한껏 달아올랐다.

빨갛게 익어 있은 것이 완연한 소년의 얼굴이다. 뜬 듯 감은 듯 비스듬하던 눈이 완전히 떠진 것은 그로부터도 꽤나 오랜 시간이 흐른 뒤였다. 전신에 조양이 느껴진다.

"벌써 아침인가?"

가부좌 발 아래는 천야만야 한 낭떠러지였다. 보이는 것이라곤 희디흰 구름뿐, 그 앞으로 붉은 아침 해가 막막한 구름바다를 불사르며 불끈 치솟고 있었다.

일대 장관. 촉산의 일출도 노산만큼이나 장엄했다.

온 누리에 넓고 큰 여명의 정기가 가득 찬다. 그 호연지기 때문이었나, 들려오는 목소리 하나도 무척이나 맑았다.

"이제… 깬 것입니까."

돌아보니 여시다. 그녀는 혈정도를 가슴에 안고 있었다. 후줄근한 것이 밤새 그러고 서 있었던 듯.

"웬일이냐. 자지 않고선?"

"……!"

야속했나 보다. 여시의 눈이 샐쭉해졌다.

딴에는 그것도 자청해서 맡았던 호법이었다. 한잠도 자지 않았던 것은 물론이려니와 혹시나 추위라도 들까 봐 내내 가슴을 졸이고 있었거늘 겨우 '웬일이냐 니……'.

'너무하는군요, 정말!'

그러나 그것은 내심뿐이었다. 겉으로는 다른 말이 튀어나왔다.

"오늘이 진군일이에요."

"뭐?"

"그렇게 앉아 계신 지가 오늘로서 만 사흘째라구요. 정말 모르고 계셨던가요?"

"그, 그렇게나?"

허방산은 벌떡 일어섰다. 잠깐인 줄로만 알았는데 벌써 사흘이나 지났단 말인가. 깜짝 놀라 허둥대는 그를 보며 여시가 방긋 웃었다.

'저것이 저이의 진짜 면목이다. 아이 같은 저 모습이……'

그는 주인이 아니었다. 처음엔 그저 달라붙을 요량으로 주인이라 불렀고 중간중간엔 됨됨이를 알아보고자 별별 유혹도 다 해봤었다. 하지만 지금은 아니었다. 그는 자신의 전부였다.

여시의 표정이 봄날처럼 훈훈해졌다.

"배 안 고파요?"

"배?"

꼬르륵. 배가 먼저 대답한다. 천하의 밥보가 내리 사흘을 굶었으니 그 허기가 오죽할까. 꾸르륵꾸르륵. 한 번 신호를 보낸 배는 연방 천둥소리를 낸다. 소리없이 웃던 여시가 살짝 몸을 틀었다.

"우리… 그만 내려가요."

"뭐라고? 다시 말해 봐."

볼이 미어지느라 나오는 말도 제대로가 아니다. 앞엔 보고자 아구, 주위론 낭월단원 이하 무당과 아미의 수로들이었다.

"무당의 척후가 확인한 사항입니다, 주군. 마신곡은 텅 비었고 최대 중지인 신정(神頂)에만 패왕매와 놈의 수하 일백 정도가 집결해 있다 합니다."

"신정?"

"예. 놈들의 정신적 지주인 이매대법사가 머무는 곳으로 신단이라 부르기도 하는 곳입니다."

"다른 놈들은 없고?"

"아, 글쎄, 어제까지만 해도 집구석이 터지도록 득시글득시글하던 놈들이 하룻밤 사이에 죄다 사라져 버렸다지 뭡니까? 대체 무슨 속셈인지를 모르겠습니다."

"으음… 그렇다?"

"예, 주군."

"명왕은?"

"그는 아직 확인하지 못했습니다. 하지만 신정에 있을 것입니다. 그곳엔 놈들 조상의 위패가 모셔져 있는 곳이기도 하니까 말입니다."

"……!"

"그래서 지금 이렇게 구수회의 중이었습니다. 연유야 어떻든 놈들의 소굴을 깡그리 불살라 버려야 되지 않겠습니까?"

"아니야."

"예?"

"아니라고. 자, 잠깐만 기다려 봐라. 이거야 목이 메어서 원… 야, 물!"

별 짓을 다한다. 이 심각한 때에 밥이 입으로 넘어간단 말인가. 여시가 냉큼 물바가지를 올리자 위인은 가슴까지 쳐가며 한 바가지를 다 마셨다. 끄으윽. 길게 트림도 한 번 하고는,

"우리도 소수만 간다."

"예?"

"아, 백 명 정도밖엔 안 된다며?"

처음엔 무슨 말인가를 몰랐다. 말인즉슨 적이 얼마 안 되니 아군도 그에 맞춰 가자는 얘기가 아닌가. 정말 무엇을 알고 하는 소리일까. 혹시 자기 혼자만이 알고 있는 그 무엇이 있기라도?

밥그릇도 컸다. 아니, 그릇이 아니고 커다란 함지박이다. 그것이 원래가 그의 밥그릇, 위인은 벌써 바닥을 긁었다. 그러다간 흘깃 옆으로 시선을 돌렸다.

"노사, 안 그렇소?"

그와 비슷한 사람이 또 있었다. 어린아이처럼 쭈그리고 앉아서 쩝쩝 입맛을 다시고 있는 사람, 바로 단목 노인이다.

"그렇다고 그걸 다 먹냐?"

꿀꺽 넘어가는 것은 침이었다. 그리고 아쉬움, 그것은 또한 바닥이 긁히고 있는 함지박에 대한 미련이었다.

"인정머리없는 놈."

"그럼 이거라도 자시겠소?"

다 모아봐야 한입거리도 안 될 양이다. 위인이 그것도 아까운 듯 미적거리며 함지박을 내밀자 노인은 얼굴을 붉히며 일어났다.

"됐다, 이눔아!"

버럭 소리치곤 휑 하니 저만치로 가버린다.

"제길. 화는 왜 내누?"

투덜거리는 젊은것이나 뒤도 돌아보지 않는 늙은 것이나……

추잡하게 먹는 걸 가지고 얼굴을 붉히다니. 어쨌거나 그 일로 인해 장내에 웃음기가 돈 것만은 사실이었다.

낭월단 전원.

무당칠자와 태극오로.

멸진 사태와 팔대법승.

그리고 검왕, 도합 삼십 인은 바람처럼 치달렸다.

주위의 경물이 휙휙 좌우를 스쳐 간다. 뭉게구름처럼 자욱해지는 의혹이 더 더욱 발길을 재촉한다.

대체 왜, 무엇 때문에 명왕은 자신의 터전을 포기했던 것일까?

설마 그 전력으로 자신들의 패배를 확신해서는 아닐 것이고, 그럼 검왕 때문일까? 예상치 않은 그의 가세로 투지를 잃기라도?

하긴 그럴 수도 있었다. 단목추 노인은 혼자만이 아니었다. 검왕의 이름은 춘추백검가와 동일한 의미, 그가 나섰다 함은 백검 모두가 나선 것이나 마찬가지였으니까.

그래도 그렇지, 암만 그렇기로서니…….

만에 하나 이것이 그 무슨 음모나 작전이라면 완전히 빠져든 것이다. 터질 듯한 의문과 함께 드디어 마신곡의 입구에 다다랐다. 맹수의 송곳니처럼 삐죽삐죽 솟아 있는 첨봉 사이.

"지기다!"

"역시 천험의 요새……."

탄성이 나올 법도 했다.

좌우론 까마득히 치솟아 있는 빙벽이다. 모든 것이 얼어붙어 있는 그사이 오 장여 폭의 협로가 유일한 통로라면 통로였다. 협로의 길이는 백 장여, 그 끝도 비스듬한 빙벽이었다.

"지나가다 저것들이 무너지면 골치깨나 아프겠군."

씹어뱉듯이 내뱉는 아구.

"그렇군."

맹호연이 고개를 끄덕거릴 때였다. 협로 안에서 갑자기 북소리가 일었다.

둥둥둥.

메아리로 굽이쳐 오는 저 소리.

하나둘이 아니다. 수십 개가 어우러지는 소리였다. 울퉁불퉁한 빙벽을 거쳐 나온 소리라서 그럴까, 거기엔 듣는 이의 가슴을 철렁하게 하는 그 무엇이 있다.

"매고(魅鼓)… 악령의 접신을 축수하는 매고 소리요!"

깜짝 놀라 외치는 사람은 광수 도장이었다.

무당오로의 하나이자 방문의 좌술과 도가의 법술에 능한 사람, 사흘 전 초혼사령을 맞아 태을화사를 그려낸 사람도 바로 그였다. 그가 놀라자 일행도 덩달아 놀랐다.

"매고?"

"그게 무슨 뜻인가요, 도장?"

이름조차 이매이니 그 무엇이 이상하랴마는, 광수 도장의 놀람은 도를 넘었다. 그는 수염까지 떨었다.

"그 이상은 노도도 모릅니다. 그러나 불안하오. 노도는 영력을 공부한 사람, 내 평생 이렇게 큰 힘을 느껴보긴 정말 처음이오."

"그래… 뭔가 분명히 있다."

여치다. 그의 안색은 무척이나 침중했다.

그리 들으니 북소리에선 묘한 박자가 느껴진다. 끝없는 무저갱으로 추락해 가는 듯한 아찔함과 심장의 박동을 급박하게 하는 운율이 그대로 묻어 나온다.

"흥!"

단목추 노인은 코웃음 하나로 자신의 심경을 나타냈다. 한마디로 웃긴다는 표정이 아니고 뭔가. 그러나,

둥둥둥.

매고 소리는 갈수록 급박해졌다.

허방산의 명이 떨어진 것은 바로 그때, 북소리가 절정을 향하여 치달아갈 때였다.

"가자. 곧장 신정으로 오른다."

명령일하. 잠시 멈칫했던 일행의 속력은 폭발하듯 빨라졌다. 쭈욱쭉 색색의 선이 직선으로 그어진다. 그러나 협로는 길었다. 백 장을 지나 굽이치고 다시 백여 장. 그때였다.

꽝!

난데없는 폭음이 일어났다. 귀가 아플 정도의 굉렬한 폭음, 협로 협곡이었기에 그 소리는 하늘이 무너지는 소리나 다름이 없었다.

쿠르르르르—

그것도 바로 뒤다. 아니, 앞이다.

보라, 무서운 진동과 함께 빙벽 전체기 무너져 내리고 있지 않은가. 쏟아지는 듯, 엎어지는 듯, 그것은 정녕 하늘이 무너지는 것이었다. 천지사방이 온통 날벼락.

"이런 빌어먹을……!"

"연환… 연환폭뢰가 터졌다!"

그 와중, 허방산의 외침이 급박하게 울렸다.

"전속력!"

여차하면 깔릴 판이다. 백리향의 식구들은 낭월비행술로 떠올랐고, 무당은 제운종으로, 아미의 노승들은 산운비 신법으로 빛살을 그었다.

"어서!"

말 그대로 혼신의 힘이었다.

다행이라면 협로의 길이가 삼백여 장에 불과했다는 것이다. 비록 중간 지점에서 한꺼번에 터져 내리긴 했으나 강호 정상의 고수들을 묻어 버리기엔 그 길이가 너무 짧았다.

"썩을 놈들……."

먼저 단목추 노인이 협로를 벗어났다.

이어서 일행, 맨 마지막이 맹호연의 손목을 낚아채 오고 있는 허방산이었다. 그 뒤를 집채만한 빙벽의 파편들이 자욱한 눈보라와 함께 뒤쫓듯 쏟아져 나온다.

"으……."

보는 것만으로도 기가 질렸다. 만에 하나 협로가 조금만 더 길었더라면 모르긴 몰라도 아마 어육이 되고 말았을 것이다.

그야말로 천붕(天崩)!

"우리만 왔기에 망정이지……."

정말 아찔한 순간이었다. 문도들을 끌고 왔더라면 이 한 수에 몰살을 면치 못했을 것이다. 멸진의 넋두리에 광양이 치를 떨었다.

"가증스런 자들……!"

"으으음……."

마지막 여진은 폭풍이었다. 협로에서 몰아쳐 나온 얼음 폭풍이 마지막 발악을 토하듯 일행을 스치고 지나갔다.

내부. 그렇다, 이제부터가 마신곡이었다.

촉산이매가의 대본산. 마신곡은 죽은 듯이 고요했다. 곡구에서 들었던 매고 소리도 언제부터인가는 들리지 않았다.

태고의 적막이랄까. 아연한 적막감이 감돌고 있는 이매의 본영은 그래도 살 만한 곳임엔 틀림이 없었다.

외부와는 너무나 달랐다. 푸른 숲도 있고 따뜻한 기운도 감돈다. 눈과 바람뿐인 촉산에 이런 곳이 있으랴 싶을 정도의 어찌 보면 낙원이었다. 길도 잘 정비되어 있었고 길 따라 고루거각이 즐비하게 늘어서 있다.

사마씨 일족이 이백 년을 가꾸어 온 군마의 터전이다.

긴장이 살을 떨리게 한다. 자연히 일행의 이목은 최고조로 발휘되었다.

"무량수불. 정말 아무도 없구려."

"그렇군요. 심지어는 초병 하나도 보이지 않으니… 참으로 알다가도 모를 일입니다, 장문인."

"노도의 짐작으론 놈들은 보나마나 정문이 아닌 후면의 절벽을 타고 내려갔을 것이오. 제자들의 보고에 의하면 놈들이 구축해 놓은 비상용 진출입로가 그곳에 있다고 했소."

"하면 신징은?"

"바로 저기요, 사태."

마신곡은 분지를 이루고 있었다.

그 중앙이다. 광양 도장이 손을 들어 가리키고 있는 곳, 기이한 형상의 절벽이 솟아올라 있었다. 촛대를 거꾸로 세워놓은 듯한 모습으로 높이만도 삼, 사십 장은 족히 되어 보인다.

"이 무슨 속셈인지… 대체 영문을 모르겠습니다. 가전 기업을 절대 포기할 사마씨가 아닌데……."

"그러게나 말씀입니다. 입구까지 무너뜨린 것으로 본다면 분명 다른 속셈이 있을 것입니다."

성큼.

잠시 눈빛을 반짝이고 있던 허방산이 마침내 거보를 내디뎠다.

아구 이하 낭월단원도 자연스런 대형을 이루며 보조를 맞추었고 무당과 아미의 고수들도 점차 보폭을 늘리기 시작했다.

진짜 도깨비굴이었다. 아님 유령의 처소랄까. 섬뜩한 고요 가운데 신단이라 일컫는 이매제일 중지에 이르렀다.

촛대절벽. 가까이에서 보면 비스듬한 원추형의 원반이다. 가장자리로는 나선형의 계단이 빙 둘러 있었는데 그곳이 승강 통로였다.

"묘하게 생겼군."

"한데 왜 이리 오싹한 겁니까? 제에기… 저만 그런 건가요?"

음산한 기운이 느껴진다. 신경과민은 아니었다. 사실이었다. 아구의 말마따나 딱 꼬집어 말할 순 없으되 뭔가 소름을 돋게 하는 오싹함이 일대에 가득했다.

참으로 요사한 기운이다. 일행은 점점 심각해졌다.

그리고 그것은 허방산도 마찬가지였다. 그의 눈살도 잔뜩 찌푸려졌다.

'낯이 익다. 결코 처음 본 것은 아니다. 저 위는 평지고 거기엔 신단이 차려져 있다. 칠성기가 있으며 칠칠은 사십구 동자갑사와… 백발의 노괴도 있다.'

언제였나, 장강에서의 수상전이 있었던 그날이다.

머리 속을 엿보던 염력을 따라가 봤지 않았던가. 꿈결인 양, 그때 보았던 장면이 바로 이 촛대절벽이었다.

"그럼 그 노괴가 바로 대법사?"

부지불식간에 새어 나온 말이었다. 갑작스런 놀람에 일행의 시선이 일제히 그에게로 모아졌다.

"그게 무슨 말입니까, 대법사라니요?"

허방산은 대답하지 않았다. 딱히 뭐라고 할 말도 없지 않은가. 눈대중으로 가늠해 본 바에 의하면 절벽 위까지는 사십여 장, 창응비천무로 떠오른다면 단숨에 오를 수 있는 높이다.

허방산은 눈을 빛냈다.

"위에 놈들이 있다."

"그렇다. 정확히 백오십일……."

단목추 노인의 맞장구였다. 그는 검왕. 그러면 사십 장이 아니라 백 장 저 너머의 맥박 소리 하나도 그의 이목을 벗어나진 못할 것이다.

"고약한 것은 그중의 하나이다."

그 말에 여치가 빠르게 설명을 부연했다.

"느리지도 않고 빠르지도 않다. 존재 여부조차도 모호한 절정의 구식경… 놈이야말로 진짜 고수이다. 으음… 놈이 사마 애송일까? 그렇다고 보기엔 너무 대단한데?"

검왕과 검선. 그들의 말이라면 진실이리고 봐야 한다.

사마 애송이라면 당대의 명왕 사마혼을 지칭한 것. 허방산은 고개를 끄덕였다.

"내가 자리를 확보토록 하지."

또 무슨 봉변을 당할지 모르니 나중에 따라오란 소리다. 허방산은 슬쩍 지면을 박찼다. 하되 빛살을 방불케 하는 속도였다.

창응비천무상의 승천비기다. 일컬어 천응승극(天鷹乘極). 발바닥의 용천혈에서 내기를 뿜어 허공을 가르는 것인데 어찌나 가공한지 마치 갈색 유성이 땅에서부터 거꾸로 솟아오르는 듯한 장관이었다.

"어, 어기충소……!"

중인들의 입이 딱 벌어졌다. 한 모금의 진기로 수십, 수백 장을 솟구칠 수 있다는 전설의 어기충소가 바로 저 모습이 아니냐.

단목초 노인이 입술을 삐죽였다.

"새까맣게 어린 놈이 어느 안전이라고 감히……."

당세의 천하제일인은 누가 뭐래도 그다. 아무렴 진짜 장관은 그였다. 그가 우수를 쭉 뻗었다. 웅거의 어깨 위에 올려져 있던 웅전검이 빨리듯 수중에 잡혀들며 검극이 하늘로 치켜 들렸다.

"우……!"

노인네가 목청도 좋았다. 일대를 쩌렁하게 울리는 장소성과 함께 섬전처럼 충천해 올랐다.

장쾌한 모습, 검이 사람을 끄는 것인지 사람이 검을 따르는지가 애매하다. 끝없이 창공을 꿰뚫듯 하던 검은 선은 번쩍 하던 그 순간에 사라져 버렸다.

"저것이 바로 어검등천비라는 것이다. 아아, 과연 검왕……!"

중인들이라고 어찌 저 높이를 오르지 못할까. 그러나 저 정도로 호쾌하게 허공을 육박해 오르는 장관은 그 누구도 그려내지 못한다.

여치가 끌탕을 쳤다.

"쯧쯧, 저놈의 성깔머리 하고는. 저 나이에도 호승심이라니……."

이제는 일행 차례다.

"아무 말씀이 없는 것으로 봐선 괜찮나 봅니다. 우리도 그만 오르도록 하지요."

"그럽시다."

하나같이 들썩들썩하는 것이 역시 무인은 무인이었다.

피가 끓어오름은 당연한 일이다. 평생을 두고도 단 한 번 구경하기 어려운 절기들을 보았는데 어찌 가슴이 뛰지 않겠는가. 자신들도 마음은 벌써 허공을 날고 있었다.

"그러세들."

여치가 고개를 끄덕였다. 그러면서,

"우리는 계단을 타고 가기로 하세."

"예?"

"돌다리도 두드려 보고 건너는 것이 좋아. 버거워하는 친구도 있으니 괜한 힘 자랑할 필요는 없지 않겠는가?"

맹호연을 두고 하는 얘기다. 그의 얼굴이 냅다 붉어졌다. 사실 그로서는 무리였다. 그의 내공 수준으로는 불가능한 높이였으니 입이 있어도 할 말이 없다.

"떠그랄……!"

따가운 눈총에 겨우 한다는 소리, 어쨌거나 그들도 부랴부랴 옷자락을 펄럭이기 시작했다.

대략 삼천 평이나 될까, 위는 또 하나의 세계였다.

원형의 광장에 제단으로 보이는 석탑이 중앙에 있고 그 뒤론 자그마한 석전 한 채가 있었는데 그것이 신정의 전부라면 전부였다.

평평한 은색의 대지. 눈이 하얗게 얼어붙어 있는 순백의 동토인지라 어찌 보면 고결하게도 보인다. 그러나,

"저들이?"

절벽의 가장자리에 올라서자마자 본 것은 그들이었다. 제단을 중심으로 둥글게 원진을 구축하고 있는 일백의 이매군. 거구의 흑의사내

하나가 유달리 이채로운데, 보다 눈길을 끄는 것은 제단가에 부복하고 있는 사십구 인의 동자갑사였다.

정확히는 그들이 끌어안고 있는 핏빛의 혈고(血鼓). 확인해 보나마나 광수 도장을 놀라게 했던 바로 그 매고일 것이나 와락 신경을 거슬리는 것은 뭔가가 끝나 버렸다는 바로 그 느낌이었다.

그 위 제단이다. 거기에 그가 있었다.

백발괴노. 산발한 머리칼은 바람결에 휘날리고 눈은 꼭 감겨 있는데 마치 좌화한 시신모양으로 굳어 있은 것이 일체의 움직임도 포착되지 않는다.

"대법사?"

숨결도, 생기도 없다. 정녕 대법사, 장장 오대를 이어왔다는 이매법통의 수호자가 정말 저리도 허무하게 생을 마쳤더란 말인가? 그러나 그는, 아니, 눈에 보였던 그 모든 것들은 단지 일별의 시선거리에 지나지 않았다. 눈길을 끄는 것은 따로 있었다.

"음……."

대관절 이 느낌은 무엇인가.

큼지막한 송충이 한 마리가 등골을 타고 오른다. 스멀스멀한 것이 머리끝을 쭈뼛하게 한다. 신정으로 진입하며 느꼈던 바로 그 오싹함, 그 전율의 실체는 산발괴노의 무릎 위에 있었다.

한겨울이니 아지랑이가 있을 리 없다. 그러나 괴노에게 안기듯 엎혀 있는 흑의인의 전신에서는 봄날의 아지랑이처럼 몽롱한 기운이 자욱하게 일어나고 있었다.

시신은 아니었다. 왜냐하면 사지를 뒤척이며 상체를 세우고 있었으니까.

삼십대의 청년, 하되 이상한 자였다.

망자라면 숨결이 없어야 하는데 호흡이 있다. 길고 긴, 있는 듯 없는 듯 마치 정지되어 있은 듯한 호흡 소리, 생자임이 분명할진대 그렇다고 보기에는 눈빛이 아니다. 암울한 회색 빛, 이는 완연한 시신의 동공이 아닌가.

그 눈에 문득 초점이 살아났다고 느낀 것은 착각이었을까? 소름 끼치는 눈에 돌연 빛이 생겨났다.

스윽……!

기계적인 동작으로 사위를 훑는다. 그러다간 허방산과 시선이 마주치며 끌리듯이 우뚝 멈춘다. 철렁하지 않으면 사람이 아니다. 허방산 또한 부지불식간의 놀람을 흘리고 말았다.

"저자… 정말 생자가 맞긴 맞는 건가?"

나직한 혼잣말이었는데 답이 있었다.

"혹시나 했는데 사실이었군."

단목추 노인이었다. 그가 뒤에서 성큼성큼 걸어 나와 어깨를 나란히 했다. 보이하니 천하의 검왕도 적잖이 놀란 기색이다.

"이매가엔 전설이 있지. 삼대수호신의 하나라는 천자매(天子魅)가 바로 그것이다. 그러나 그것이 실제로 존재하고 있을지는 지난 이백 년 래의 의문이었다."

"천자매요?"

금시초문이었다. 그럴 수밖에. 촉산에 삼대수호신이는 존재가 있는 줄은 알고 있었으나 그것은 소문일 뿐 실제로는 몽마와 혼마 이외는 없는 것으로 알고 있었으니까.

"그렇다. 놈은 가히 마신이라 불릴 정도의 불사체라 했다. 이백 년 동안 보완에 보완을 거듭해 온 이매가의 비전정령술로 거듭난다는 불괴지체가 바로 천자매다. 더군다나 저놈은 이미 한 번 죽었던 자이기도 하다.”

“……!”

“이름은 사마대원. 놈은 이십 년 전에 죽은 자이고 당시의 나이가 반백의 오십이었다.”

“사마대원……!”

허방산은 깜짝 놀랐다.

사마대원. 전대 명왕의 이름이 사마대원 그 이름 넉 자가 아니었던가. 혼마 사마무원의 형이기도 하고 당대의 이매가주인 사마혼의 부친이기도 한 자가 바로 그다.

그의 사망은 당시로선 충격이었다. 강호에 나돌았던 소문은 병사, 그러나 아무도 그 소문은 믿지 않았다. 그래도 그렇지, 무림 최정상의 고수가 어찌 한낱 질병 따위에 최후를 마칠 수 있단 말인가. 검왕의 말이 사실이라면 사마대원은 죽음조차도 의문인 사람이었다.

그때였다. 무엇을 보기라도 했나, 천자매라 일컬어진 그의 회색 빛 동공이 흑요석처럼 검어졌다.

그와 동시였다.

쾌우우우──

천자매의 일신에서 막강한 경기가 일어났다.

폭풍같이 무서운 경풍이었다. 마치 소나기 직전의 먹장구름같이 일어난 그 막강 경력은 일어났다 싶은 찰나에 사위를 미친 파도처럼 휩쓸었다.

“와아아악……!”

"커흑."

"대, 대사존… 카아악!"

제일 먼저 휩쓸린 것은 단 아래에 부복해 있던 동자들이었다. 마흔 아홉의 동자 갑사. 그들은 사방으로 날아갔다. 아니, 그 정도도 아니었다. 아예 전신이 폭죽처럼 터져 나간다.

믿기 어려운 일이었으되 그것은 현실이었다.

허공이 금세 핏빛으로 변했다. 피가 폭우처럼 퍼부어지며 하얗던 눈밭이 순식간에 도살장으로 변했다. 혼비백산, 돌연한 그 변고에 마른 콩깍지 튀듯 튀는 자들이 있었다.

"산(散)… 제삼지(第三地)로 철수한다!"

"철수, 철수하라!"

석상처럼 시립해 있던 일백 이매군, 바로 그들이다.

하나 질겁하긴 했으되 그 외중에서도 무척이나 일사불란했다. 마치 이런 일이 벌어지리라 예상이라도 하고 있었던 듯 약속이라도 한 듯이 일제히 뒤로 몸을 번드쳤고 그 기세를 몰아 바람처럼 반공을 타고 올랐다.

"이, 이서……!"

뒤도 돌아보지 않았다. 그들은 두어 번 점점의 도약으로 절벽가에 이르렀고 서슴없이 절벽에 몸을 던졌다.

그 순간이었다.

콰지지직.

돌 제단이 형체도 없이 뭉그러졌다. 대법사로 보이던 시신도 피모래로 화했고 눈보라가 폭설처럼 분분하게 일어났다.

일대 변고. 신정은 금세 폐허로 변했다. 피비린내가 설풍을 타고 올랐으며 그런 가운데 일성괴음이 으스스하게 울려 나왔다.

"ㅋㅋㅋㅋ……."

천자매. 시야가 밝아지며 나타난 자는 오직 그뿐이었다.

폭출되는 기세 하나로 자신의 주위를 일거에 짓뭉개 버린 자, 그의 위세는 정말 가공했다. 그것이 살기였을까? 그럴지도. 그 눈에 서려 있는 의미는 명백한 살의였다. 게다가 그의 악마안은 시종일관 이쪽이었다.

그 눈에 문득 감정이 생겼다.

웃고 있는 것인가, 묘하게 비틀어지고 있는 입매로 봐선 분명히 웃음이었다. 그것도 소리없는 진득한 살소. 대번 모골이 송연해진다.

쿠앙.

천자매가 한 발을 내딛어 왔다.

깡마른 체격이었다. 목이 긴 인상이 마치 까마귀 부리를 보는 듯하다. 대저 저런 인상의 소유자는 심성이 유달리 잔인한 법이다. 얼굴은 청년이고 키는 훤칠했으되 그에게서 느껴지는 것은 섬뜩한 귀기뿐이었다.

그때였다. 회의인영 하나가 '꽝' 하고 나타났다.

천자매의 뒤쪽이다. 누구에게 쫓기기라도 하나, 회포를 걸치고 있는 외팔이 하나가 허겁지겁 전각의 석문을 부수며 튀어나왔다.

다름 아닌 패왕매, 바로 그였다.

"으으……."

잔뜩 일그러진 여자상, 움켜쥔 가슴팍은 온통 피투성이다.

칼에 당한 것 같은데 어찌나 자상이 깊은지 등짝도 핏빛이었다. 그 정도면 살아 있음이 의문인 중상이다. 다급한 눈이 재빠르게 주위를 훑었다.

저 멀리 일소일노가 있다. 막 발걸음을 떼어놓고 있는 두 사람. 그중의 하나는 바로 자신을 외팔이로 만들어 버린 천하의 검왕이다. 질겁한 눈이 이번엔 좌우를 훑는다.

양쪽은 절벽이다. 그렇지 않아도 고통스런 표정에 이젠 절망까지 더해졌다.

"크으으……."

왜 그러지 않겠는가. 절박한 심정으론 사십 장 절벽이 아니라 만장 절벽이라도 뛰어내려야 한다. 하지만 지금의 몸으론 패왕매 할아버지라도 떨어지자마자 묵사발이다.

순간적인 망설임이 복잡하게 스쳐 간다.

하나 그럴 여유도 없었다. 석전에서 벼락 치는 소리가 들려왔던 것이다. 누군가가 장력으로 석벽을 후려치는 소리였고 단번에 깨져 나가는 여운이었다.

힐끗 뒤를 돌아다본 패왕매가 입술을 깨물었다. 뭔가 커다란 결심이라도 한 듯, 사력을 다한 그의 몸이 힘겹게 떠올랐다.

휘리리릭.

"왁!"

내려서면서도 왈칵하는 피 한 모금. 희끄무레한 내장 조각이 섞인 핏물이 떨어진 곳은 천자매의 발치께였다.

회색 빛 동공, 천자매의 그 눈이 요악하게 번들거렸다.

대뜸 손부터 올라간다. 울퉁불퉁, 손가락 마디마디가 나뭇등걸같이 험악한 손이다.

당장에 쳐 없애려는 기세였으되 희한한 것은 패왕매의 태도였다.

장하의 고혼, 한 덩이 피떡의 신세가 코앞인데도 저건 또 무슨 짓인가. 엎드리다니? 도망을 쳐도 시원치 않는 순간이거늘 부복은 무슨 부복이란 말인가. 쳐들린 것은 고개였다.

“광(儀)입니다. 정말 나를 알아보지도 못하는 거요?”

“……”

미친놈. 죽음의 손은 벌써 떨어져 내리고 있거늘……!

갈퀴처럼 벌려진 데다 손톱마저 세 치나 되니 완전 독수리 발이다.

쌔에에…….

가타부타 말도 없이 곧바로 정수리를 덮어오자 대경실색, 패왕매는 피를 토하듯 부르짖었다.

“아버지!”

멈칫.

천자매의 응조가 찰나간의 정지를 보였다. 암울하기만 하던 그 눈에 떠오른 감정은 분명히 희로애락의 일종이었다.

한데 아버지라니? 강호가 알기로 사마대원에게는 혼이란 이름의 독자만 있다. 이십 년 전 열다섯 홍안의 나이로 촉산의 지존으로 등극했던 사마대원의 아들, 그 외에 또 다른 혈손이 있었던가?

그러나 그것은 정말 찰나의 순간에 불과했다. 멈칫했던 손바닥은 그대로 내려왔다.

“아, 아버……”

패왕매는 채 말도 맺지 못했다. 무정한 아비의 손은 복숭아를 거머쥐듯 패왕매의 머리를 움켜쥐었고, 애원과 공포가 점철된 아들의 처절한 표정 자체를 와작 깨뜨려 버렸다.

“크크……”

손에 피를 묻혔기 때문일까, 천자매의 요안에 새파란 광기가 짙어지기 시작했다. 한순간,

“우―”

천자매가 고개를 쳐들고 죽어라 소리를 질러댔다.

천지가 떠나갈 듯하다. 마치 산이 우는 듯, 광소는 일면 애절하기까지 했다. 자신을 아버지라 부르는 사람을 일장에 바수어 버린 자, 그는 한참을 그리 울다가는 갑자기 신형을 돌려 세웠다.

아마도 신경을 거슬리는 인기척을 느꼈기 때문이리라.

석전 밖. 거기에 그들이 나와 있었다.

계단을 이용해 올랐던 사람들이다. 석전이 계단과 통해 있었던 듯, 맨 앞에 보이는 광양 도장의 손에는 아직도 핏방울이 떨어지고 있는 송문검 한 자루가 들려 있었다.

"망할 것. 문까지 잠그고 도망을 치더니만……."

패왕매를 베었던 사람이 그였던 모양이다. 그가 패왕매의 시신을 보며 뭐라 중얼거렸을 때였다.

"크아아……!"

천자매가 돌연 괴성을 지르며 일장을 밀어왔다.

그 순간에 뭉클거린 것은 칙칙한 회색 빛 기류, 천자매가 밀어낸 장세는 노도와 같은 기세로 광양 도장에게 짓쳐들었다.

그들 사이는 자그마치 십오 장 거리였다. 하나 그 정도는 지척에 불과했다. 천자매의 장세는 뭉클했던 그 순간에 벌써 광양 도장의 면전에 이르렀다.

"잔인한 자……."

광양 도장의 검이 번쩍 호선을 그려냈다.

그로 말하자면 태극검을 참수한 대무당의 장문, 그의 검은 태극검상의 절초 건곤상화(乾坤相和)를 멋들어지게 뿌려냈다.

꽝!

어이없는 폭음, 검과 장세가 부딪쳤는데도 쇠북 치는 소리라니.

광양 도장이 부르르 떨었다. 검세는 하늘과 땅을 이었는데 아직도 중단이다. 건곤상화는 말 그대로 짓쳐드는 상대의 역도를 가르며 그 잔력을 대지로 쏟아버리는 것인데 그쯤에서 진력이 모자랐던 것.

"끄응."

그의 이마에 굵은 지렁이가 생겼다.

검신은 윙윙거리며 활처럼 휘어지기 시작했고, 그 순간에 곁에 있던 여치의 우수가 횡으로 새파란 일자를 그었다.

쩌릉 하고 쏟아져 나간 것은 언젠가 삼환무영매의 막내를 황천으로 보내 버렸던 태청옥수도……!

꽝! 하는 폭음이 다시 한 번 석전을 뒤흔들었다.

"우욱!"

광양 도장이 쿵쿵 발 도장을 찍으며 물러났다. 창백해진 안색이 간단해 보이지가 않는다. 결국 그는 피를 됫박이나 토해냈다.

"이, 이럴 수가……!"

검이 부러지다니. 장문지보, 광양 도장은 상청제일검이라 불리는 자신의 애검이 반 토막이 된 것을 보고는 찰나적으로 넋을 잃었다.

"대체 저자가 누구이기에……?"

천자매. 그는 말짱했다.

광양 도장이 단 일격에 피를 토했으니 그에게도 어느 정도는 타격이 있었을 법한데 전혀 그런 기색이 없었다. 오히려 기세만 더 등등해졌다. 보라, 그가 재차 일장을 쪼개오지 않는가.

위이잉.

전과는 위세부터가 달랐다. 오죽했으면 허공이 자지러지는 소리를 내겠는가.

"바로 명왕장이었던 게야. 너희들은 물러서라!"

여치가 안광을 번쩍이며 전면으로 나섰다.

검선 청령 진인. 언제 손을 들었나, 하얗게 질려 있는 신검자의 장검이 스룽 검집을 벗어나 청령 진인의 우수에 걸려들며 번쩍, 무서운 검광을 발했다.

예의 건곤상화. 하되 시작부터가 달랐다.

비스듬히 호선을 그리는 그 찰나에 석 자 길이 검신은 다섯 자로 늘어났다. 일컬어 검강(劍罡), 단금절옥의 위력을 지녔다는 검도의 무상지기가 눈부신 청광을 흩뿌리며 천지간을 단칼에 갈라갔다.

팟!

이번에는 완벽했다. 천자매의 격공장력은 그 축이 베어지며 경풍으로 흩어졌고, 청령 진인은 장검을 곧추세우며 두둥실 떠올랐다.

그림도 저런 그림이 있을까, 완전한 검선도 한 폭이다. 청령은 검풍을 타고 찰나간에 십 장을 미끄러졌다. 무려 일 갑자 만에 되찾은 무당의 진면목, 광양 도장은 대뜸 눈물부터 글썽였다.

"이제야 무당이 무당임을 자처할 수 있게 되었도다. 아아, 사조도 돌아오셨고 태청검도 나타났으니… 무당의 숙원은 드디어 이루어진 것이다."

설렘과 감격으로 샛노래진 얼굴로 석전에 기대어 선 광양 이하 무당 문도 전원은 하나같이 눈시울을 붉히고야 말았다.

제4장 천령호마

쾅쾅쾅!

청령 진인과 천자매가 드디어 격돌했다.

육장과 검이 격돌하는데도 연이은 폭음이다. 그때마다 얼어붙은 동토는 움푹움푹 뒤집어졌고, 자욱한 눈보라에 뒤섞여 두 사람은 누가 누구인지조차 분간하기 어려울 정도로 빠른 섬영을 그려냈다.

"이 못된 망령의 도배……."

허공은 거의가 청령이었다. 한 마리 푸른 용이랄까, 햇살보다 더욱 찬란한 검광은 서리서리 사위를 휘감았고, 일대 십여 장이 그의 검세에 말려들었다.

처음엔 그랬다. 청령의 태청검은 경인할 위세를 보이며 검권을 천자매의 일신으로 좁혀 나갔다. 그에 비하면 천자매는 둔했다. 아니, 둔하다고 하기보다는 어설펐다.

하긴 검과 함께 허공을 유린하고 있는 청령의 어기비검을 어찌 당할
것인가. 스치기도 많이 스쳤고, 베어지기도 많이 베어졌다. 그러나 그
것은 옷자락뿐이었다.

너덜너덜 걸레 조각이 될 정도로 검세에 휩쓸렸는데도 어찌나 몸뚱
이가 단단한지 그는 혈흔 하나 보이지 않았다. 그저 대지를 밟고 서서
풍차처럼 쌍장을 휘돌리고 있었는데 그때마다 회색 빛 명왕장세는 회
오리치듯 일어나 청령의 검에 진동을 일으켰다.

“크크크……”

이성은 없어도 본능은 있나 보다.

천자매는 청령을 비웃고 있었다. 입에서 나오는 소리라고는 괴기한
웃음소리뿐이었으나 그것은 확실했다.

게다가 운신도 빨라졌다. 격돌한 지 채 일각도 되지 않아 그의 신형
은 이제 허공에도 보이기 시작했다. 몸이 풀렸다는 뜻인가?

한순간, 청령의 입에서 쩌렁한 일갈이 터져 나왔다.

“누워랏……!”

그와 동시였다. 쪽빛 태양이 터지듯 그의 검이 찬란한 빛살로 화해
천자매의 가슴을 파고들었다. 청뢰, 푸른 번개. 그렇다, 그것이 바로
무당진산 태청검뢰였다.

쏴아아― 앙!

눈부신 검홍(劍虹), 무서운 검강덩어리.

그때였다. 태청검뢰가 천자매의 다섯 자 앞에 이르렀을 바로 그 순
간,

“우아아아……!”

마침내 폭발한 것인가.

괴악한 부르짖음과 함께 천자매가 쌍장을 합했다 벌려 쳤고, 뭔가가 불쑥 그의 손바닥에서 튀어나왔다.

어홍!

진짜였다. 튀어나온 것은 한 마리의 호랑이였다.

세모꼴의 귀도 있고 부리부리한 눈도 있다. 가장 험악하게 생긴 부분은 바로 쩍 벌린 입. 다만 색깔이 회색이었고 머리만 있어서 그렇지 생김생김이나 크기 또한 영락없는 호랑이였다.

크앙!

놈이 덥석 청뢰를 물었다.

그리곤 사라졌다. 푸른 번개도 사라졌고 그 번개를 삼킨 호랑이도 사라졌다. 보이는 것은 대취한 사람처럼 비칠대며 너덧 발짝이나 물러나고 있는 천자매와 반공으로 튕겨 나가고 있는 청령 진인뿐이었다.

그것이 두 사람이 전력을 다했던 결과,

"서, 설마 천령호마(天靈虎魔)?"

경악이었다. 지면에 발을 디디며 자세를 바로 하는 청령, 그의 놀람은 극에 달했다.

천령호마가 무엇인가. 그 맥이 끊겨 지금은 흔적조차 찾아볼 수 없는 저 서역밀문의 실전절기가 바로 그것이 아닌가.

그것은 전설이었다. 연창은 했으되 누구도 거두지는 못한다. 그러나 만에 하나 천령호마를 몸으로 실현시킨 자가 있다면 그는 능히 절대의 존재로 군림할 수 있으리라.

인체의 잠재지력을 무한대로 증폭시킨다는 환상의 절학, 그것이 절전된 것은 그 지고하고도 난해한 요결 때문이며 호마라 명명된 것은 그 특이한 호랑이 형상 때문이라고 전설은 전한다.

“서역밀문이 사라진 것은 지금으로부터 이백 년 전… 이제야 그 진실을 알 것도 같구나. 이 가증스러운……!”

전설은 또 말한다.

청령의 말마따나 서역밀문은 이백 년 전에 멸망했다.

대원제국의 호법공인 라마밀종공을 태동시키고 서천의 일각을 무려 오백 년이나 지배해 왔다는 서역밀문은 씨 몰살을 당했다. 건축물이란 건축물은 모조리 파괴되었으며 불에 탈 수 있는 것은 모두가 한 줌의 재로 변했다.

흉수가 누구인지는 아무도 몰랐다. 한데 그것이 이매의 만행이었을 줄이야……. 천령호마공을 연성하면 불괴지체가 된다. 그 어떤 신병이기에도 털끝 하나 손상되지 않는 무적의 존재가 되는 것이다.

천자매는 대답하지 못했다. 단지 입꼬리만 비틀었다.

“크크… 바, 박살을!”

이젠 제법 말도 된다. 그렇다. 놈은 갈수록 영활해지고 있었던 것이다.

“박살을…….”

천자매는 흉맹한 기세로 덮쳐들었다.

다시금 쪼개지는 쌍장에 호랑이가 한 마리, 그것이야말로 그가 지닌 원영진기의 결정체였으니.

“용서하지 않겠다!”

청령 진인 또한 마주 청뢰에 휩싸였다. 검이고 사람이고가 완전히 짙푸른 청색이다. 혼신공력을 쏟아 부은 듯.

쿠아앙!

연이은 격돌, 차제엔 신형조차 보이지 않았다.

이거야말로 혼돈지경이 아닌가. 그러나 느낌은 있었다.

"……!"

허방산은 두 눈을 부릅떴다.

'밀리다니……?'

검강은 무적이었다.

오죽했으면 절대란 찬사가 다 붙었으랴. 검강으로 베지 못하는 것은 없다. 검강지기는 정신의 검이자 심도의 소산, 그러나 방식만 달랐지 천자매가 발출해 내는 호형의 강기도 같은 종류였다.

문제는 누가 더 세냐 하는 것이었다.

차츰차츰 느낌은 현실로 나타나기 시작했다.

내공이 밀리는 쪽은 여치였다. 단아하기만 하던 그의 얼굴이 서서히 나이를 먹어간다고 느껴진 것은 착각이었을까?

아니었다. 머리칼도 희끗희끗해졌다. 어느덧 중년의 얼굴, 그 얼굴에 주름살도 생기기 시작한다. 본인은 감지하지 못하고 있으되 반로환동경이 깨져 가고 있는 것이다.

그의 검세는 시간이 지날수록 그 푸르던 위세를 잃어갔고, 천령호마의 움직임은 기염을 토하듯 활발해졌다.

"으으음……."

검왕이 마침내 신음을 흘려냈다.

내내 뚫어져라 접전을 지켜보고 있던 그였다. 그 눈에 열기가 피어오른다. 그것은 투지, 그 나이에 그럴 수 있을까도 싶은 호승심이다. 검 자루를 잡은 지는 이미 오래였다.

한순간, 그가 백발을 휘날리며 떠올랐다.

"치워라, 그따위 썩은 칼은……!"

움직임은 표홀했다. 그러나 그의 칙칙한 철검은 하늘만한 무게를 담고 있었다. 천하제일이라 자타가 공인하는 웅전류다. 검강으로 일어난 그의 철검은 마치 허공에 세워진 검은 쇠기둥 같아 보였다. 그런 검세에 속도까지 붙었으니,

쾌에에에에—

허공에 묵섬 하나가 그려진다.

오직 검은 빛 한줄기로 떨어져 내리는 가공할 역도 하나, 그 끝은 천자매의 정수리였다.

"……!"

웅전검을 맞이한 천자매의 눈빛이 더 더욱 흉흉해졌다.

천령호마 일수로 청령을 내친 반동에 일 장여를 스르르 미끄러지듯 물러나고 있던 그였다. 마치 한 서린 원수라도 만난 것처럼 빠드득 이를 갈더니 기세가 바늘 끝처럼 예리해졌다.

쿠앙!

예의 호형강기, 이제는 이빨까지 선명해진 천령호마가 흐릿한 잔영을 끌며 맹렬하게 웅전검을 맞아갔다.

콰르르르—

뇌성벽력도 이만은 못하리라.

허공은 검고 그보다는 덜 검은 회색 빛 강기에 여지없이 유린되었다. 하나는 검왕, 하나는 갈수록 맹위를 떨치기 시작하는 천자매. 땅거죽은 뒤집어지고 대기는 갈가리 찢겨 나간다.

그 와중,

"……!"

허방산은 여치를 안아 들고 있었다.

사람이 이렇게도 늙어버릴 수 있다니!

호호백발, 여치는 완연한 노인의 모습이었다. 분노와 서글픔이 가슴을 아프게 한다.

검왕 단목추 노인보다도 더 늙어 보였다.

위력이 큰 만큼 검강지기는 막대한 진기의 소모를 수반한다. 그래도 그렇지 동안경이 깨질 정도로 내공이 흩어졌단 말인가. 이는 낭월각의 묘객 여치의 얼굴이 아니었다. 제 나이를 먹은 무당의 노검선 청령 진인의 본 얼굴이었다.

허방산의 어조 또한 그래서 달라졌으리라.

"어떻소?"

침중하면서도 공대 서린 어투다. 근심 섞인 그 말에 여치가 빙긋 노안에 눈웃음을 지었다.

"허허……."

"웃음이 나오오? 이 지경이 되고서도?"

여전한 것은 그 눈빛뿐이었다. 아마도 평생 동안 마음에 산을 품고 살아서 그럴 것이다. 여치의 눈은 예전이나 지금이나 순정한 하늘빛이었다. 그가 손을 들어 천자매를 가리켰다.

"조심하시게."

"……!"

"단목도 그리 오래 버티진 못할 거야. 어검의 뜻을 깨달았다면 모르되 하는 짓거리로 봐선 그런 것 같지도 않으니……."

여치는 전장을 보고 있었다.

콰르르― 콰르르―

검왕과 천자매의 격돌은 손에 땀을 쥐게 했다.

어찌나 격렬한지 충돌 시 파생된 경풍만으로도 반경 이십여 장은 완전히 난장판이었다. 전권에서 십 장이나 떨어져 있는데도 살갗이 따끔거릴 정도니 두말해 무엇 하랴.

여치가 부르르 치를 떨었다.

"직접 겪어보지 않으면 모르네."

"그게 무슨 말이오?"

"눈으로만 봐서는 모른다 이 말이네. 진짜 무서운 것은 저 천령호마라 부르는 강기의 파괴력도 파괴력이거니와 거기에 깃들어 있는 흡정의 위력이네."

"흡정? 진기를 앗아간단 말이오?"

"그렇지. 참으로 거부할 수 없는 힘이었네. 그래서 놈은 갈수록 펄펄 날고 상대는 맥을 못 추게 되는 것이지. 더군다나 저놈의 호마엔 환영까지 무수해 사람을 질리게 한다네."

"그럴 리가. 하나밖엔 보이지 않는데?"

"아니라네. 전하는 바에 의하면 천령호마의 특징이 바로 불괴와 흡정, 호마환영의 묘라 했네. 그리고 그것은 사실이었네. 놈은 검강에 스치고서도 피 한 방울 보이지 않았어."

"천령호마라, 으음……."

"환영이야 별것 아니라 쳐도 흡정지력엔 대책이 없어. 부딪칠 때마다 솔솔 빠져나가기만 하니 무슨 방법이 있겠는가?"

"……!"

"보게, 천하제일이라는 웅전조차도 저 모양인 것을."

과연 그랬다. 밀리는 것은 검왕도 마찬가지였다.

"우웃!"

절세의 웅전검세가 거대한 도끼날처럼 떨어져 내리나 천령호마는 단 한 번도 피하지 않았다. 일격 일격이 정면이고 진검이었다.

콰릉콰릉… 콰자자작!

굉렬한 폭음 속, 빗발치듯 한 강기의 파편 가운데 단목추 노인이 두 눈을 부릅떴다. 일검에 쪼개내기는커녕 자신이 뒷걸음을 치고 있지 않은가. 그의 노안이 잘 익은 대춧빛으로 붉어졌다.

명색이 검왕이다. 춘추제일이라는 자존심 하나로 일백 평생을 살아왔던 그다.

"으으… 이 빌어먹을 놈!"

그의 백발이 꼿꼿이 곤두섰다.

"네 감히!"

검왕은 장소와 함께 떠올랐다. 전력을 다한 듯, 무려 십오 장이나 떠오른 그의 전신이 거대한 검형으로 돌변했다.

보이는 것이라곤 일 장여에 달하는 거검 한 자루뿐이다.

허공에 생겨나는 거검의 그림자, 그 속에서 일순 창노한 기합일성이 터져 나왔다.

"간닷!"

고오오오—

마른하늘에 생겨나는 검은 무지개처럼, 거검영은 허공 일각을 순간적인 진공 상태로 만들어 버리며 하늘과 땅을 수직으로 이었다.

장관. 그 모습이야말로 단목추를 오늘의 검왕으로 만든 바 있는 웅전무적 천왕강림의 일초 검식이 아닌가.

"크카카……."

천주부동이랄까. 천자매는 하늘을 떠받치듯 쌍장을 머리 위로 치켜

들었다.

크와와왕!

고양이 머리만하게 농축된 호마강력이 대포알처럼 장심에서 폭사되어 나간다. 한 마리도 아니었다. 이번엔 두 마리였다.

쾅… 쾌앙!

처음엔 검극 부분에서, 나중엔 거검영의 중간에서, 고막이 웅웅거릴 정도의 벽력성이 연거푸 터져 나왔다.

"우욱!"

검왕이 괴로운 신음을 터뜨렸다.

믿을 수 없는 결과였다. 보라, 그가 튕겨지고 있지 않은가. 그렇지 않아도 산발한 머리칼은 완전히 잡초를 방불케 했고, 어쩌다 그랬는지 마포를 동여맨 허리띠마저 끊어져 내리는 것이 여간 낭패를 본 것이 아니다.

"이, 이……!"

그가 다시 칼자루를 고쳐 잡았다.

거기에 비하면 천자매는 양호한 편이었다. 그래도 충격은 받았던지 허벅지 어림까지 땅속으로 박혀들었던 그가 머리를 흔들며 발을 빼냈다.

"비, 빚을……."

무슨 소리일까? 천자매가 누런 이를 보였다. 그러면서 쌍장을 흔들며 떠올랐고 내리 덮치던 검왕과 다시금 뒤엉켜 들었다.

"……!"

보고 있자니 가슴이 다 답답해졌다.

여치가 솔깃한 말을 한 것은 바로 그때,

“그래도 방법은 있을 거야. 천령호마는 일종의 사술이네. 정상적인 공부가 아니라 이 말이지. 어쩌면 놈은 진짜 어처구니없는 사상누각에 불과할지도 모르네. 문제는 그 방법을 모른다는 것.”

“사술?”

“그렇다네. 생각을 해보게. 천하에 그 어떤 기학절공이 있어 나와 단목 저 친구를 이렇게 만들 수 있을까? 그건 불가능해.”

“음……”

정말 솔깃했다. 사술이라면, 그래 천사(千邪)를 깨치고 만마(萬魔)를 물리친다는 나라정안공이 있지 않은가.

허방산은 길게 숨을 들이마셨다.

아구를 손짓해 불렀다. 급히 여치를 넘겨주며,

“모두 멀찌감치 물러서 있도록 하라.”

“그럼 주군께서?”

“당연하지 않느냐. 어떻게든 저자를 뉘어야 하니…….”

다가온 사람은 아구만이 아니었다. 일행 전체가 와 있었다. 하나같이 질렸다는 기색이다.

어찌 그러지 않겠는가. 싸우면 싸울수록 힘이 붙는 자, 당대의 최절정고수라고 할 수 있는 검선과 검왕을 맞이해 과연 저럴 수도 있을까 싶은 괴력을 발휘해 내는 자, 어쩌면 패할지도 모른다는 불안감은 어쩔 수 없을 것이다.

“일단은 물러서라, 어서……!”

허방산의 표정이 엄숙해졌다. 만에 하나 놈이 전권을 벗어나 덮쳐 든다면 그 누구든 단 일격에 끝장이 나고 만다.

검선에 이어 검왕…….

어쩌다 차륜전 모양이 되고 말긴 했으나 결과는 바짝 달궈놓은 꼴만 되고 말았지 뭔가. 놈은 갈수록 강해졌다.

모두가 물러난다. 마지막은 여시, 그녀가 다급히 쪽지 한 장을 건네고 물러섰다. 급박하게 이어지는 그녀의 전음.

"명왕이 남긴 전언이에요. 저기 보이는 석전에서 발견한 것입니다. 그리고 흑응 사형의 비문도 거기에서 찾아냈는데 사형은 명왕을 수행해 이미 이곳을 떴다 합니다, 가주."

"……!"

허방산은 흠칫했다.

명왕이 떴다니, 사실은 그가 없어 더 답답했었다. 스치듯 쪽지를 훑어 내렸다.

결코 도망치는 것이 아님을 알리고자 이 글을 남기오.

첫 대목은 그랬다. 오만한 느낌, 필체 또한 거친 것이 그 사람 됨됨이를 느끼게 한다.

대법사가 이매정령을 자신의 심장에 키워왔소. 그것은 오대를 이어 내려온 본 가 최후의 불사지력. 대법사는 죽음으로 정령술을 펼쳤고, 그 결과 탄생된 것이 지금쯤 그대들이 조우하고 있을 바로 그 천자불사매요.

"천자불사매라, 불사… 불사……."

불사, 죽지 않는다는 그 말이 자꾸만 거슬린다.

　문제는 제대로가 아니라는 것. 낭월지주, 그대가 대사를 망쳐 버렸소. 정상적으로는 이 년 후라야 되는데 무리하게 대법을 앞당겼기에 그만 마에 들고 말았소. 본 가 이백 년 염원의 천자매는 친자식도 몰라보는 광마에, 피만 그리는 일대의 혈마가 되고 만 것이오. 십 중 십, 신정은 그대들의 무덤이 되고 말 게요. 왜냐하면 천자매는 금제가 불가능한 절대마의 존재로 화해 버릴 테니까. 살아 있는 것은 아무것도 없게 될 것이오.

　"그랬었군. 그래서 수하들을 철수시켰던 게야. 그렇지 않았다가는 제 놈들이 먼저 죽었을 테니까."
　허방산은 마른침을 꿀꺽 삼켰다.

　결론은 둘이오. 천자매가 죽거나 살거나. 전자의 경우는 있을 리 없으니, 하하… 후자가 바로 본좌가 후일을 기약하는 진정한 이유요. 창응의 후신이라 짐작되는 자여, 검선, 검왕이 사라지고 나면 누가 있어 천자매를 막을 수 있을쏜가. 결국 본 가는 화려하게 부활할 것이오. 천자매의 본성 또한 이태 후엔 말끔히 되돌아오기에 그때만 기다리면 된다오. 피눈물은 이제 당신네가 흘릴 차례요.

　"그럴 수도 있겠지. 그러나… 길고 짧음은 대봐야 아는 법이다. 그리고 네놈도 그리 상종할 종자는 못 되는군. 결국엔 저런 살귀를 세상에 내놓고 나 몰라라 하는 것이 아니냐?"
　놈의 말마따나 막을 수 없다면 세상은 어찌 되겠는가? 모르긴 몰라도 지옥이 되고 말 것이다.
　와락. 쪽지를 구겨 버리려던 손길이 멈칫한다.

쪽지의 뒷면, 거기에 몇 줄의 글이 더 있지 않은가. 내용도 괴이했다. 허방산의 안색은 더없이 침중해졌다.

그대가 진정 창응과 관련이 있다면… 매사를 신중히 생각하라. 창응겁의 속내가 그렇게 단순한 것만은 아니라네. 붕천로에 깔리지 않았다면 최소한 이 글은 볼 수 있을 것이니, 두 번을, 그리고 한 번을 더 생각하라. 그대 나처럼 후일을 기약할 의향은 없는가?

붕천로라면 곡구 빙벽의 붕괴를 말함일 터. 하되 쪽지의 여운은 묘하게 가슴에 남는다. 창응겁의 혈사에 그 무슨 남모르는 사연이라도 있다는 투가 아닌가?

콰릉!

허방산의 상념은 거기에서 끊겼다. 폭음과 함께 검왕의 노구가 실 끊어진 연처럼 떠올랐던 것이다.

"으으… 이런 말도 되지 않는 경우가!"

반공에서 자세를 가다듬긴 하나 누가 봐도 바람 앞의 등불이었다. 허방산은 쪽지를 비벼 재로 만들어 버리곤 낭월포를 바짝 조였다.

"시간이 없다."

우선은 익을 대로 익은 격권 뇌박……!

우르릉. 뇌성과 함께 아스라한 노을빛 권영이 섬전처럼 십여 장 공간을 폭사되어 나갔다. 질러간 곳은 막 검왕을 물어가고 있던 천령호 마의 볼때기.

캬웅!

괴상한 소리, 마치 짐승의 울음소리 같은 기음과 함께 호마가 튕겨져 나갔다. 불기운이라서 그랬던 것일까, 어쨌거나 허방산은 유룡처럼 전권으로 날아들었고 그 틈을 타 검왕이 다급하게 몸을 빼냈다.

"조심해라."

후줄근하게 젖어 있은 그였다.

단목추 노인에게 있어 지금 이 순간 시급한 것은 운기조식, 흐트러진 내공을 다스리는 것이 무엇보다 급선무였다.

"눈을… 절대 눈을 마주치지 마라. 놈의 눈은 요안(妖眼)이다."

얼마나 질렸으면 말조차 떨릴까? 단목추 노인은 부랴부랴 전권을 떴다.

"억지로라도 잠시만 막아라. 청령과 내가 합세를 해야 잡을 수 있는 놈이다."

석전으로 날아가고 있는 그, 숨을 돌린 연후에 여치와 연수해 들 요량이다. 그 즈음이었다.

재차 쳐낸 허방산의 이화뇌정권은 정면으로 천령호마와 맞닥뜨렸다. 한 치의 비껴남도 허락하지 않는 어느 일순, 쿠앙! 폭음과 함께 이미 뒤집어질 대로 뒤집어진 지면이 다시 한 번 자욱한 흙먼지를 일으켰다.

"음……."

이만저만한 충격이 아니었다. 마치 날아오는 만 근 철추를 맞받아친 것 같이 전신이 다 욱신거렸다.

"여, 역시……!"

허방산은 격돌의 충격에 두 걸음을 물러나다 지면에 발목을 박아 신형을 고정시켰다.

그런 징후는 천자매도 마찬가지, 검왕을 따라 희뿌연 허깨비처럼 공간을 헤집던 천자매의 일신이 선뜻 모습을 드러냈다.

멈춰 섰다는 얘기다.

"……!"

완전한 벌거숭이. 검선과 검왕이 떨쳐 냈던 검세는 천자매를 진짜 시신처럼 발가벗겨 놓았다. 쇳덩이였다 해도 가루가 되고도 남았을 검강에서였다. 생채기 하나 없이 깨끗한 몸, 놈은 정말 불가사의였다.

파르스름하게 변모된 피부에 회색 빛 암울한 동공. 차라리 검었다면 오히려 음산함이라도 덜했을 것이다. 놈의 눈빛은 전율스러운 혼돈의 회안이었다.

그 눈에 문득 빛이 일었다.

"너, 너는… 누구냐?"

그에게도 뭔가 느낀 바가 적잖았다는 뜻이리라. 천자매의 눈빛은 은은한 경악과 더불어 일어나는 의혹이었다. 그의 입술이 거푸 벌어졌다.

"네가… 누구이기에 현천신화(玄天神火)를?"

현천신화? 도사나 법사들이 숭상한다는 현천상제의 바로 그 신령화(神靈火)?

"그러는 네놈은 누구냐?"

허방산의 안색은 꽤나 딱딱했다. 단 한 번의 격돌에 앞이 캄캄해질 정도의 충격을 받았던 것이다. 천자매의 눈빛이 몽롱해진 것은 허방산의 반문이 있었던 직후였다. 그의 시선이 기이하게 흐려졌다.

"나?"

그뿐, 그러던 눈이 갑자기 요악해졌다.

뭔가가 그의 뇌리를 강하게 욱죈 듯 두 눈에 서려 있던 회광이 폭발하듯 짙어지며 무섭게 번들거리기 시작했다.

"크카카… 기, 기분 나쁜 애송이…… 찌, 찢어버리겠다."

악마의 섭령지기랄까, 그 순간에 느껴지는 것은 아득함이었다. 끝이 없는 굴속으로 내던져진 듯한 느낌, 허방산은 아차 했다.

'서, 섭혼마안…… 시매의 혈루안보다도 백배는 더하다!'

요안이라더니, 검왕의 당부가 번뜩 머리 속을 스쳐 간다.

가슴이 철렁하는데, 그때였다. 천자매의 쌍장에서 예의 천령호마가 무서운 속력으로 튀어나왔다.

어흐흐훙……!

호마의 포효성이 귀청을 아리게 한다.

심각한 것은 놈이 하나가 아니라는 것이었다. 빛살처럼 날아오는 놈의 주위로는 방사형으로 포진해 있는 놈이 다섯 마리나 더 있었다.

'호마환영……?

여치가 말해 줬던 바로 그 환신이다.

"빌어먹을."

엉겁결, 그야말로 잉겁결이었다.

허방산은 폭우 치듯 찰나간에 십팔권을 발출해 냈다. 일권 일권이 모두가 이화뇌정, 노을빛 십팔권은 천령호마 여섯 마리를 맞이해 나갔으나 권격을 떨쳐 낸 그 순간에 허방산은 벌레 씹은 얼굴이 되고 말았다.

'헛방… 이런 제길!'

헛손질, 진짜는 중앙의 한 마리뿐이었던 것을…….

풋내기가 아니었음에도 불구하고 그만 현혹되고 말았다. 힘을 분산시킨 결과는 금세 열세로 나타났다.

콰아앙……!

"우욱!"

이번에는 속까지 울렁거렸다. 뒤뚱뒤뚱, 허방산은 족히 삼 장은 밀려 나갔다.

"으크크크……."

기회라는 듯 천자매는 희미한 그림자를 끌며 득달같이 덮쳐들었고, 허방산은 핑그르르 땅을 짚어 허공으로 도약해 올랐다.

떠오르고 쫓아간다. 호마는 연방 아가리를 벌리며 정면을 때려갔고 허방산은 피하기에 바빴다.

한번 잃은 승기는 그만큼이나 무서웠다. 창응표를 펼치고 있었음에도 그랬다. 무려 십오 회의 호마를 맞이할 때까지도 허방산은 전혀 반격다운 반격을 하지 못했다.

'정말이다. 이놈은 내 공세에 담겨진 진력을 흡수하고 있다. 그래서 시간이 지날수록 더욱 기승을 부리고 있는 것이다.'

기가 찰 일이었다. 한쪽은 줄어들고 한쪽은 늘어만 나니 그 결과는 너무도 명약관화하지 않은가. 풍전등화의 형국, 그나마도 창응표의 파해강력이 발휘되고 있지 않았더라면 진즉에 어육이 되고 말았을 것이다.

"으……."

입속이 비릿해졌다.

이거야말로 내상의 조짐. 상황은 순간순간이 초를 읽듯 급박해졌다. 어쩌나 아슬아슬했는지 여시 이하 낭월단 전원이 전권으로 육박해 들었고, 그러던 어느 일순,

"우우웃……!"

일성 기합과 함께 허방산의 일신이 눈부신 노을빛 광화에 휩싸여 올랐다. 지금까지는 흡정을 저어해 진기를 아꼈던 것이나 어차피 빨려갈 것이라면 그래, 먹어라. 허방산은 극성으로 이화를 운행시켰다.

“카카… 주, 죽어라!”

천자매가 그림자처럼 따라 오른다. 아니, 그보다 먼저 떠난 천령호마 일격은 허방산의 가슴께로 올라붙었다.

십 장 상공의 일각, 혼신진력으로 내친 이화뇌정권 한 대가 천령호마와 격돌하며 무서운 굉음을 일으켰다.

콰아아앙!

“웃.”

격돌의 여파로 허방산은 일 장여를 더 떠올랐다. 하되, 그의 신형은 전보다는 훨씬 더 안정된 자세를 보였다.

‘과, 과연……!’

언제부터인가 허방산의 눈은 은은한 금빛이었다.

나라정안공이 운기되며 그리되었던 것인데 다급한 중에도 한줄기 혜광처럼 맑은 기운이 그 얼굴에 쭉 뻗쳐 올랐다.

‘환영은 없었다.’

분명히 그랬다. 방금 전, 이화뇌정권을 내치며 나라정안법의 심결을 외웠던 것인데 희한하게도 호마환영이 보이지 않았던 것이다. 게다가 진신은 멈칫하기까지, 그 정도만으로도 부담은 한결 적어졌다.

‘좋아…….’

비릿한 내상을 억누르며 심기일전, 허방산은 크게 진기를 한입 들이마셨다.

“타아… 뇌정만리!”

쐐에에에—

풍도몽마와 혼마를 깨뜨린 바 있는 바로 그 주먹이다. 이글거리는 노을빛 이화권력이 탄환처럼 호마의 미간을 파고들었다.

퍽!

기변. 호마가 스러졌다. 가벼운 기음과 함께 호마의 영상이 거짓말처럼 부서져 나갔다. 반력도 없었다. 호마에 접하는 순간에 썰물처럼 진력은 빠져나갔으되 전과는 달리 반력이 없었다.

"크으……."

의외였다. 놈이 부르르 떨고 있지 않은가.

웬일일까. 순간적인 의문에 허방산은 곧바로 공세를 잇지 못했다. 흉악한 놈이 무슨 수작일까 싶었던 것인데 일그러지는 놈의 얼굴로 봐서는 기우였다.

'오라, 흡정은 했으나 소화가 안 된다?

천령호마가 빨아간 진기는 다름 아닌 이생진화. 이화단법이 아니고서는 감히 주체할 수 없는 힘이 바로 그것이다. 놈에게 있어서 이화는 약이 아니라 독이었다.

"프핫핫……!"

이제 양상은 달라졌다. 허방산은 환히 웃으며 곤두박질치듯 떨어져 내렸다.

"흡정과 환영만 아니라면 겁날 것도 없다. 한번 붙어보자."

"크아아……."

천자매가 돌연 괴성을 지르며 들이받을 것처럼 몸을 쏘아 올렸다. 허방산은 싱긋 웃었다.

"좋아, 좋아, 누구 몸이 더 튼튼한지 한번 시험해 보자 이거지?"

덧없이 빨려 나간 진기가 억울하다는 듯이 이화가 광염으로 끓어올랐다.

오 장을 내려가고 오 장을 올라간다. 드디어 격돌……!

쿠앙!

이 산 저 산 곳곳에 메아리를 만드는 벽력성. 실로 사람의 몸이 부딪쳐 일어나는 소리라고는 상상조차 할 수 없는 굉음과 함께 쌍방의 희비가 엇갈렸다.

"카흐으……."

불신과 당혹, 수많은 의문이 천자매의 얼굴에 나타났다.

허공 십여 장을 비스듬한 사선으로 튕겨 나가던 그였다. 신형을 번드쳐 자세를 바로잡곤 있었으되 예전의 그가 아니었다.

부딪친 곳은 서로의 어깨였다. 하되 창응표, 창응비천무의 파해진결로 천자매의 강력을 비틀어 버린 허방산과는 달리 천자매는 고스란히 허방산의 이화진력을 받아내야만 했던 것이니…….

"……!"

천자매는 고통스런 표정이었다. 보라, 불사불괴를 자랑하던 그의 어깨가 새까맣게 타 들어가 있지 않은가.

그것은 정녕 최초라고도 할 수 있는 파흔이었다. 게다가 속도 거북한 모양. 습관적으로, 아니, 천령호마결이 지니고 있는 흡정력으로 인해 격돌 시의 진기를 흡수하긴 했으되 융화시키지를 못했던 것이다.

융화는커녕 반발이라도 없었으면 다행이랄까. 잔뜩 인상을 쓰고 있던 천자매, 그의 머리칼이 일순 창날처럼 빳빳해졌다.

"카우우우……!"

하늘을 향해 울부짖는다.

본능만이 남아 있는 자, 삽시간에 그는 악귀같이 변했다. 회색 빛 섬뜩한 강기가 그의 전신모공에서 뭉클뭉클 새어 나오기 시작한 것은 바로 그 즈음.

"누, 눈알… 나를 아프게 하는 그 눈알부터 뽑아버리겠다!"

나라대정금안. 천자매가 보고 있는 것은 석년의 구천조사가 눈빛 하나로 세상을 평정시켰다는 바로 그 나라정명안이었다. 오직 크고 바름만이 존재한다는 전설의 구천신안, 그것은 천자매에게도 상극이었다.

천자매가 쌍수를 가슴 앞에 모았다.

"호마… 명왕창(虎魔冥王槍)으로……."

뭐라뭐라 중얼거리며 허깨비처럼 반공을 밟고 서서, 암울한 번뇌의 화살을 사바에 내던지는 유부의 악령처럼.

위이이잉—

예의 호마.

그러나 이번에는 달랐다. 천령호마가 길게 몸을 늘여 뺐다.

거대한 지팡이랄까, 아니면 창이랄까. 천자매의 쌍수에선 회색 빛 강기로 뭉쳐진 창 하나가 폭발하듯 생겨났고, 그 순간에 허방산은 노을 빛 광화로 몸을 두른 채 지면을 도약해 올랐다.

"등천일정(騰天一頂)……."

빛살이리라. 비상하는 한 마리 불새처럼 찰나에 이십 장 상공을 떠올랐다. 번뜩하며 뒤집어지고 있는 그의 우수에 나타나고 있는 것은 휘황한 화우도광. 그 금빛이 태양처럼 하얗게 백열한다고 느낀 것은 착각이었을까?

"화우벽력(火雨霹靂)……."

콰르르르—

그것은 정녕 장관이었다. 우박처럼, 아니, 소나기처럼 퍼부어져 내리는 저 불비의 모습은. 아아, 화우벽력……!

하나하나가 진기의 정화이다. 점점의 불우박은 수백 송이 노을빛 폭죽처럼 천자매를 향하여 영롱하게 부서져 내렸다.

기경, 천자매 또한 마치 투창하듯 호마명왕창을 폭사해 냈다.

"주, 죽어랏!"

처음엔 허공이 자지러지고 다음엔 화우, 유성우를 파고드는 한줄기 꼬리 달린 섬뢰랄까. 창 모양의 호마강력은 단숨에 반 이상의 화우를 깨뜨렸다.

따다다당!

소리도 요란했다.

역시 호마! 그러나 그 기세가 현저하게 약해진 것도 사실이었다. 그 숱한 불우박을 깨치며 흐릿해진 호마명왕창이 가슴께에 이르렀을 때였다.

"참(斬)!"

대갈일성과 함께 번쩍이는 찬란한 백섬 하나!

화우도다. 불우박을 떨쳐 내리던 한 자 길이 화우도가 눈부신 백광과 더불어 그 길이를 열 배로 늘였다.

바로 화우벽력참!

불우박은 끝이 아니었다. 마지막은 벽력참세였다.

하얀 불꽃이 이글거리는 거대한 이화도영, 뜨거운 불칼의 그림자는 일어났다 싶은 순간에 천자매의 호마명왕창을 산산이 바스러뜨렸다.

아니, 화르륵 태워 버렸다고 해야 옳을 것이다.

번갯불이랄까. 저 모습이야말로 비류진산 화우벽력도의 진면목이었다.

화우벽력도. 이화도영은 길게 이어져 내렸다.

순간을 다시 찰나로 나눈 그 시간, 커다랗게 치떠지는 천자매의 양 눈 사이, 미처 피하고 자시고 할 틈도 없었다. 번쩍 하는 그 순간에 화우도는 벌써 머리 위에 다다라 있었으니까.

천자매가 질겁하며 쌍수를 가슴에 모았다.

또다시 호마를 토출해 내려는 것인가. 그러나 그것은 부질없는 몸부림에 불과했다. 화우도는 가차없이 천자매의 두개골을 파고들었다.

"카아아아……!"

사무치는 절명음. 구천 지하까지라도 메아리칠 비명이 천자매의 입에서 터져 나왔다. 머리가 쪼개져 나가는 순간이었음에랴.

그러나 그 처절한 순간에도 천자매는 눈앞에 나타나는 허방산의 가슴을 향하여 발악하듯 모아둔 쌍장을 털어냈다.

꽝!

"우욱!"

쪼개고 때리고. 그 두 가지는 동시에 일어났다.

쩌어어억.

내려치는 그 여세에 천자매는 사타구니까지 갈라졌고, 허방산은 피분수와 함께 날아갔다.

초전에 입었던 내상도 사실은 부담이었다.

게다가 혼신의 힘을 한꺼번에 다 쏟아냈던 터라 두 눈을 빤히 뜨고서도 놈의 발악을 피해내지 못했던 것이다. 그것도 가슴 한복판. 천자매는 끝까지 무서웠다.

비록 상극이랄 수도 있는 나라정안공과 이화단법을 만나 본래의 위

력을 나타내진 못했다 할지라도 그 최후의 일격이야말로 호마강력의
전부라 할 수 있는 것이었으니…….

"주, 주인……!"

언제 날아들었을까. 여시가 울먹이며 허방산을 받아 안았다.

쿵쿵.

얼마나 지독했으면 언 땅에 발 도장이 다 찍힐까.

여시의 얼굴이 하얘졌다. 당황했던 터라 그녀 자신은 모르고 있었으
나 허방산의 일신에 떨쳐졌던 호마강력의 잔류역도에 그만 내상을 입
고 말았던 것이다.

어쨌거나 눈물, 꽃 같던 그녀의 얼굴은 온통 눈물 범벅이었다.

겨우 반 시진도 안 되는 시간이었으되 자신이 지내온 스물여덟 해의
세월보다도 더 길고 초조했던 순간이었다.

"괘, 괜찮아요?"

"노, 놈은?"

허방산은 간신히 몸을 세웠다. 후들후들 다리는 떨리고 입에선 연방
핏물이 울컥거린다.

"죽었어요, 주인. 끄, 끝났단 말이에요. 하오니 어서… 어서 조식
을!"

그녀가 보기에도 허방산은 중상이었다. 그 맑던 눈빛은 뿌옇게 정광
을 잃었으며 안색은 백지장을 방불케 했다.

"우선 이거라도 드시고……!"

아구가 곁에서 단약 한 알을 내밀었다. 금박에 싸여 있는데도 알싸
한 향이 코끝을 맴돈다. 냄새만으로도 머리가 개운해지는 것이 일견에
도 영약이었다. 허방산은 고개를 저었다.

"됐다."

그가 어찌 모를까. 기실 그의 품에도 아구가 내밀었던 단약과 동일한 약이 다섯 알이나 들어 있었다. 일컬어 약왕금강신단.

지금은 비류연에 가 있는 약옹이 평생의 심득을 모아 제련한 결실로 천웅에게도 한 알씩밖에 내리지 않았던 비상의 구명신단이 바로 그 금강신단이었다.

웬만한 내상은 씻은 듯이 닦아낸다. 그러나 그 정도로는……

허방산은 고소를 머금었다.

'단정이 흐트러질 대로 흐트러졌다. 한 알이 아니라 다섯 알을 다 쓴다 해도 지금의 내겐 별 도움이 되지 못한다. 이생진화이기에… 내게 필요한 것은 시간, 최소한 오 주야는 조식해야 단정을 유동시킬 수 있다.'

고수일수록 쉽사리 내상을 입지 않는다. 반면 내공의 정도가 높을수록 한 번 얻은 내상은 그만큼 치명적이라는 뜻이니, 애가 탔나 보다. 여시가 아구의 단약을 뺏어 우겨 넣듯 허방산의 입속에다 밀어 넣었다.

"그냥 삼켜요!"

그녀뿐만이 아니었다. 아구는 물론 주위를 빙 둘러 서 있는 악치와 호치, 맹호연과 웅거도 하얗게 입술이 타 있었다.

허방산은 눈을 들었다.

석전 앞, 검선과 검왕이 나란히 앉아 운공에 몰입해 있다.

고마운 노인네들, 그들이 아니었다면 정말 어려웠을 것이다.

천자매는 진정 불가사의한 존재였다. 흡정의 능력 하나만을 놓고 봐도 그랬다. 하나 검선과 검왕 정도의 초극경에 이른 고수의 내공을 빨아들인다는 것은 그에게도 사실은 무리였다.

너무나도 순정했기에 갑작스럽게 유입된 진기는 마공이랄 수도 있는 본신의 천령호마에 화합되지 못하고 겉돌기만 했던 것이다. 거기에다 다른 사람에게는 아무짝에도 쓸모없는 허방산의 이생진화까지 받아들였으니…….

"……!"

천자매의 시신은 두 조각이 나 있었다.

사실 시신이라고 하기도 어려운 잔해였다. 새까맣게 불타 버린 육편두 조각에 불과했으니까.

'화우벽력이 완전했더라면 보다 간단히 처리했을 것이다. 이런 상처또한 입지 않았을 것을……. 안타까운 것은 그것이다. 대성지경은 아직도 요원하기만 하니, 결국은 태신태약이 관건이다.'

촛대절벽은 조용해졌다.

허방산은 가는 한숨과 함께 눈을 감았고 조식에 드는 그를 방해할세라 다른 사람들도 하나같이 숨을 죽였다.

쥐 죽은 듯 고요해지는 마신곡. 이곳은 촉산, 너무나도 쓸쓸하게 변해 버린 이매가의 대본영이었다.

제5장 혈투

"모두 내 말을 잘 들어라."

"……!"

낭월집회. 총수를 제외한 회의는 오늘이 처음이다.

게다가 분위기까지 무거웠다. 어찌나 진중한지 어느 누구 숨소리 하나 내지 않는다.

주관자는 여시였다.

붉은 칼을 짚고 서서 봉목 가득 신광을 뿜어내고 있는 그녀는 여자라고 하기보다는 늠름한 전사라고 해야 옳을 것이다. 그런 자세로 여시는 단원 한 사람 한 사람을 뚫어져라 바라봤다.

하나같이 침중했다. 막내인 악치는 물론 맹호연과 호치, 심지어는 하늘이 무너져도 느긋해할 웅거조차도 굳었다.

마지막은 아구. 뭘 생각하고 있는지 꽤나 골똘한 표정인데 그런 그를 힐끗 일별한 여시가 바람결에 흩어진 귀밑머리 몇 올을 천천히 쓸어 올렸다.

"지금은 검왕도 없고 검선도 없다."

그랬다. 운기조식에서 깨어나자마자 단목추 노인은 가타부타 뭐라 말도 없이 훌쩍 떠나가 버렸고 여치 또한 사문에 넘겨줄 것이 있다며 제자들과 함께 자리를 비웠던 터, 그것이 벌써 이틀 전이었다.

심각한 것은 허방산이었다. 아직도 운공요상이었으니 그것이 지금 이 회의의 배경이었다.

"다시 말해 이젠 우리뿐이라는 얘기니… 만일의 경우 모두 죽음으로 주군을 지켜야 한다."

"……!"

허방산은 그들의 뒤에 있었다.

천자매와 격돌한 이후 내리 이틀을 가부좌한 자세로 머물러 있는 그였다. 그를 돌아다보는 단원들의 표정에 비장함이 떠올랐다.

"걱정하지 마시오. 주군은 내가 지키겠소."

악치에 이어 맹호연.

"당연한 일. 한데 적은?"

"개방이 보내온 전언에 의하면 명왕을 따르고 있는 적의 주군은 지금 현재 귀주 경내로 들어서고 있다고 한다. 추측키에 귀주분타로 가서 세력을 재정비할 요량으로 보이나, 일단 그쪽엔 신경을 꺼라. 우리는 주군을 모시고 낭월대가로 철수한다."

그때였다. 난데없는 음성이 여시의 말을 뒤집었다.

"그럴 수는 없다. 명왕의 수급은 이 참에 떼어내야 한다."

언제 깨어났을까, 보니 그다. 허치가 눈을 뜨고 있지 않은가.

“아!”

“주, 주군!”

회의는 그것으로 끝이었다. 모두가 우르르 그를 에워싸 들었다.

격동. 비록 창백하긴 했으되 깨어났다는 그 사실 하나만으로도 모든 근심을 날려 버리기엔 충분했다.

“어, 어떠……”

뭐라 묻기도 전이었다. 허방산은 손을 들어 식구들의 입을 막았다.

“난 괜찮으니 내 걱정은 하지 마라. 그리고 노인네들은… 그래, 다른 말은 없었더냐?”

“예. 여치… 아니, 청령 진인은 곧장 합류하겠다는 말이 있었습니다. 단목 노인은 나중에 남경으로 들르겠다고 했구요.”

“그래?”

“예.”

“좋아. 그럼 이젠 명왕에 대해서 말해 봐라.”

“예, 그는……”

거로는 어시의 말을 듣고 눈은 주위를 돌아본다.

폐허. 촉산이매가의 제일중지이자 천자매를 탄생시켰던 이매신정은 말 그대로 무덤이 되어버렸다. 보이는 것이라곤 완전히 뒤집혀진 땅거죽과 거기에 뿌려져 있는 점점의 핏방울.

대법사의 흔적일까, 천자매의 호마강력 하에 피모래로 화했으니 그럴지도 몰랐다.

천자매의 잔해는 보이지 않았다. 그도 그럴 것이 꿈에 볼까 무섭다며 아구가 한 조각은 동쪽에, 나머지 한 조각은 서쪽 절벽 아래로 내던져 버렸던 터라 영혼조차도 다시 붙진 못할 것이다.

명왕 사마대원. 천자매의 본신이 그라 했다.

그것은 뭐 그럴 수도 있는 일이었다. 본인이 불사의 존재가 되어보겠다는 데야. 세간이 알고 있는 바와는 달리 죽음을 가장하고 정령대법에 들 수도 있었을 것이다. 의혹은 다른 것이었다.

'창응겁의 속내가 그렇게 단순한 것만은 아니라니, 그것이 무슨 뜻일까?'

당대의 축산명왕 사마혼. 허방산의 의문은 그가 남겼다는 전언이었다. 뭔가 사연이 있다는 것이니, 그 참뜻을 알기 위해서라도 사마혼은 반드시 만나봐야 될 자였다.

"사마혼……."

허방산은 나직이 그의 이름을 되뇌었다.

내상만 아니었다면 벌써 놈의 덜미를 낚아챘으리라. 물론 지금도 완쾌된 것은 아니었다. 아직도 이화는 단정으로 뭉쳐지지 못했다. 대부분이 경락의 여기저기에 흩어져 있는 상태, 그 기운이 다시 단으로 만들어지려면 앞으로도 족히 이삼 일은 내기를 다스려야만 했다.

그러나 시간이 없지 않은가. 이런 기회가 또 언제 있을 것이며 예전처럼 이매와 북간이 손이라도 잡아버리는 날에는 대책마저 요원해지고 만다. 무슨 일이 있더라도 놈은 지금 잡아야만 했다.

'먹치의 일군이 뒤를 받칠 것이니…… 아직도 기회는 있다.'

우두둑, 우두둑.

주먹이 울기 시작한다.

그러나 일은 묘하게 꼬여가고 있었다.

*　　　*　　　*

“으으음……”

황량한 야산의 산정.

시야 툭 터진 산정에서 짓눌린 듯한 신음이 일고 있었다.

쥐어짜듯 심중의 분노를 토해내고 있는 자. 그는 또 하나의 천자매였다. 나이는 삼십대 중반, 비록 금포를 걸치고는 있었으되 까마귀 부리 인상이 영락없는 그였다.

“추잡한 놈들……!”

아니, 또렷한 언성으로 보아선 천자매는 아니었다.

사실이었다. 그는 사마혼, 촉산명왕이라 불리는 이매가의 당대 지존인 바로 그였다.

태워 버릴 것만 같은 분노가 전신에 이글거린다.

한껏 부릅뜬 눈. 그 눈이 산하를 굽어보며 새파랗게 빛났다. 보라, 산하가 온통 피에 젖고 있지 않은가.

“아아아악……”

“커흐흐흑!”

비명 소리가 손에 잡힐 듯하다. 일 마장 이상의 거리였는데도 한낮의 탁 트인 시야였는지라 모든 것이 선명했다. 붉은 피는 여기저기에서 폭죽처럼 터져 나고 단말마의 비명 소리는 애처롭게 허공을 울린다.

일대 혼전, 산 아래는 거의가 회색의 물결이었다.

그러나 쓰러지는 것은 그들이었다. 이리 휩쓸리고 저리 밀린다. 해일에 휘감기는 뭇 군상마냥 힘없이 유린되고 있는 쪽은 회의의 이매군이었다. 해일은 백색이었다.

햇살에 부서지는 검광도 은빛이고 옷차림도 희디흰 백의다.

노도처럼 밀려들고 있는 자들은 무서운 검도고수 일백. 그들을 저지하고 있는 이매군은 무려 이천이 넘었다.

숫자상으로는 당연히 상대가 되지 않는다. 그러나 저걸 두고 어찌 싸움이라 할 수 있으랴. 막긴 막아서되 그것은 부질없는 몸부림에 지나지 않았다. 그저 한 목숨 덧없이 스러져 갈 뿐이다.

"우와와왁!"

"과, 과연 춘추백검……!"

자그마치 이십 대 일이다. 하나 전력은 오히려 그 반대였다. 쓰러지고 있는 쪽은 열이면 열, 백이면 백 모두가 촉산의 이매군이었다.

사마혼의 눈에서 불똥이 튀었다.

"가증스러운 놈들, 고고한 척은 혼자 하는 것들이……!"

그렇다. 그들이 바로 춘추의 정예인 백검좌의 고수들이었던 것이다. 그중에서도 특히나 유난한 사람이 있다.

"파하하핫……!"

종이 울리듯 굉량한 웃음 소리를 보내오는 자, 산악같이 육중한 검기를 일으켜 주위 십여 장을 초토화시키고 있는 팔 척 거구의 호한은 바로 검왕자 단목광이었다.

"떨거지들… 이것이 바로 웅전이니라."

그의 손에서 맹위를 떨치고 있는 칼은 칼이 아니었다. 검은 검이었으되 여섯 자도 넘는 대검을 어찌 칼이라고 할 수 있을까. 그런 대검으로 떨쳐지는 웅전검세였다.

"웨… 에에에엑……."

만부막적. 감히 막아서는 자가 없다.

한 칼 한 칼이 거목이 덮치는 것과도 다름이 없거늘 무슨 재주로 그

거력을 막아낼 수 있단 말인가.

화신과의 일전에서 어이없는 눈물을 보였던 그다. 그래서였나, 무섭게 휘둘러지는 그의 검은 일초 일식 모두가 회한이었다. 어쨌거나 검왕자, 그가 선봉이었다.

"쥐뿔도 모르는 놈……."

명왕의 입에서 뜻 모를 탄식이 새어 나왔다.

"하, 하긴……!"

상황은 급박해졌다.

머릿수로 판가름할 수 있다면 어찌 싸움이라 할 수 있으랴. 전투는 투지로 해야 한다. 아귀 같은 근성으로 물고 늘어져야 한다. 거기에 필요한 것은 사기였다.

명왕은 번쩍 우수를 치켜들었다.

높이 쳐들리는 손, 거기에 모아지는 수십 쌍의 눈길이 있다.

사마혼을 대동해 전장을 굽어보고 있던 자들이다. 오십 명은 넘어 보인다. 하나같이 먹물처럼 검은 장포에 오싹한 살광, 바로 백팔망량이었다. 장강의 전투가 없었다면 완벽한 숫자였을 것이다. 그러나 일부가 꺾였다곤 해도 그들이야말로 이매가의 주력, 춘추에 백검이 있다면 이매엔 망량이 있다.

마침내 명왕의 손이 떨어졌다.

"가라."

무슨 말이 더 필요할까. 쇠뇌가 퍼부어지듯 수십여 개의 검은 선이 산하의 전장으로 내리 꽂힌다.

"쳐라, 저 비겁한 놈들을!"

"그렇지 않아도 한번 견줘보고 싶었다, 네 이놈!"

"이야아앗!"

피다운 피는 이제부터였다.

춘추가의 백검이 막강하다곤 하나 망량 또한 밤하늘의 별만큼이나 찬란한 강호군마의 표상이다. 베고자 한다면 자신의 생명도 내놔야만 한다. 모두가 목숨을 건 죽음의 생사결. 명왕 사마혼의 금포도 팽팽하게 부풀어 오르기 시작했다.

"그분의 느낌이 끊어졌다는 것은 그분의 신상에 불미스런 변고가 일어났다는 뜻일지니, 으으음… 검선과 검왕, 그리고 화신이라는 애송이. 그들이 그렇게나 대단한 존재였던가, 천령호마를 깨뜨려 버릴 만큼이나?"

반은 확신, 그러나 절반은 불신.

사마혼은 품에서 핏빛의 장갑 한 쌍을 꺼내 들었다.

무엇으로 만들었는지는 모르나 그것이야말로 촉산의 진산지보라 할 수 있는 혈마갑(血魔甲)이었다. 본신의 역도를 두 배로 증폭시켜 준다는 마력의 기물.

"춘추에 웅전검이 있다면 이매엔 혈왕수(血王手)가 있다. 더러운 웅전 놈… 어디 얼마나 늘었는지 보자."

그럼 처음이 아니었던가? 무슨 의식이라도 치르는 듯, 사마혼은 무척이나 경건한 표정으로 장갑을 손에 꼈다.

"죽거나 산다."

비장한 어조였다. 이백 년의 터전마저도 버리고 왔던 그다. 단 하나의 희망이었던 천령호마와의 영교도 끊어졌고, 수하들은 속절없이 무너져 간다. 오갈 데 없는 비참한 신세, 그러나 지금 이 순간 명왕의 뇌리를 잡아 틀고 있는 것은 단 하나 춘추에 대한 분노뿐이었다.

"비겁하게 뒤통수를 때리다니, 으득……!"

그러던 그, 명왕 사마혼은 돌연 엉뚱한 말을 꺼냈다.

"어떤가, 내가 자네를 다시 볼 수 있겠는가?"

혼잣말은 아니었다.

산정엔 그 말고 한 사람이 더 있었다.

그의 뒤쪽, 마왕매 단리종도가 장극을 비껴 든 채 조용히 머물러 있었다. 언제 봐도 늠연한 기태, 맑기만 하던 그의 안색에 문득 한줄기 고졸한 미소가 떠올랐다.

"알고 있었소?"

동문서답이랄까. 게다가 어조 또한 수하가 상전을 대하는 것이 아니었다. 하나 명왕의 반응 역시 의외라면 의외였다.

명왕은 피식 웃었다.

"훗훗… 아미 건 때문이었지. 보고를 들어보니 그것들이 군창대진을 형성해 기다리고 있었다고 하더군. 불시의 기습이었는데 말이야. 사전에 정보가 새어나가지 않았더라면 있을 수 없는 일이지. 아무렴, 그렇지 않은가?"

"……."

"확신이 섰던 것은 화신과의 담판 때였네."

"……!"

"그때 놈들이 들이닥쳤다면 천자매는 아마 태어나지도 못했을 거야. 대법사의 정령대법은 촌각을 다투고 있었으니까. 청령은 몰라도 단목 늙은이는 정말 괴물이거든."

"음……."

"그럼 뭔가. 누군가가 놈에게 믿음을 줬다는 거지. 내가 반드시 철수를 단행할 것이니 어수선한 그 뒤를 치는 것이 훨씬 더 유리할 것이라고 말일세."

"……."

"그 증거가 바로 오늘의 이 판세라 확신하네."

그래도 얼굴을 마주치고 싶지는 않았던 모양이다. 껄끄러웠나, 말하는 내내 사마혼의 시선은 전장에 박혀 있었다.

"그것은……."

여태껏 침묵을 지키고 있던 마왕매였다.

그가 마침내 입을 열었다.

"그것은 아니오. 틀린 말은 아니되 그가 그리 결정했던 것은 아미와 무당제자들의 덧없는 선혈을 우려했기 때문이오. 그는 물론 나도 천자매에 대한 것은 까맣게 모르고 있었으니까. 그것이 진실이오."

"훗훗훗… 그런가?"

"그렇소."

"하면, 내 짐작대로 자네는 그쪽 사람이겠구먼?"

"……."

이번엔 묵묵부답이었다.

잠시를 기다리던 명왕이 다시금 실소를 지었다.

"하긴, 본 가의 절기로 자네같이 헌앙한 기표를 만들어낼 순 없겠지. 만리웅풍이 아니고서야, 창응의 그 푸른 기상이 아니고서야 어찌 자네 같은 사람을 일궈낼 수 있겠는가. 후훗, 그러고 보면 나도 참 어지간히 무디긴 무딘 놈이야. 그렇지 않은가?"

"으음……."

"좋아, 좋아. 기왕지사 이렇게 된 것 내친김에 내 한 가지만 더 얘기토록 함세. 아니, 이것은 내 사적인 부탁이라고 해도 좋네.”

“말씀하시오, 경청하겠소.”

“훗훗, 자네… 산에 두고 왔던 패왕일좌가 본왕의 배다른 혈족임을 알고 있는가?”

“아, 그랬었소?”

“호오… 몰랐던 게로군? 그럼 혈봉삼좌와 소군사좌의 신분 또한 모르고 있을 터. 내 말이 맞는가?”

“……!”

다름이 아니다. 바로 대매에 관한 이야기였다.

혈봉(血鳳)과 소군(小君). 아직까지도 그 정체가 밝혀지지 않은 대매다. 알려져 있는 것은 오직 이름뿐으로 명왕은 지금 그들에 대해서 언급하고 있는 것이다.

“언제고 그들을 보게 된다면, 훗훗… 한 번 단 한 번만 그들을 도와주게. 그것이 나 사마혼 처음이자 마지막 부탁일세.”

의외였다. 그리고 의혹이었다.

지금까지 오갔던 내용으로 보자면 분명히 벗은 아니다. 그렇다고 적이라 하기엔 분위기가 아니었다.

“훗훗훗.”

대답을 하거나 말거나.

사마혼은 허리를 곧게 폈다.

광풍처럼 거친 기운이 그 얼굴에 쭉 뻗쳐오른다. 천하사왕의 살기, 그러나 단리종도가 그 상대는 아니었다.

“창웅이라면 할 말이 없네. 그때 그 일은 본 가로서도 창업 이래 최대의 수치. 그러나, 그러나 말일세. 알고 보면 촉산의 사마씨도 그리

나쁜 종자만은 아니라네."

완전히 등을 보인 채로다. 그는 서서히 떠올랐다.

"세상은 난해한 거야. 또 보세나, 살아남는다면 말일세."

구름처럼 떠올랐던 순간이었다. 명왕 사마혼은 흐릿한 금빛 잔영을 끌며 전장의 일각에 틀어박혔다. 다른 사람도 아니다. 그의 목표는 바로 검왕자 단목광이었다.

"무식한 백정 놈, 어디 그 썩은 칼 맛 좀 보자!"

"프핫핫…… 촉산의 촌닭이 이제야 나왔구나! 환영한다!"

콰콰쾅!

붙자마자 폭음이었다.

그들이야말로 이 시대를 대변하는 강호의 지배자들. 용호상박, 용과 범이 다투듯 둘은 이내 하나로 엉켜들었다.

"으음……."

마왕매의 표정이 복잡해졌다.

연민인가, 의혹인가. 대체 무슨 생각을 하고 있기에 저리도 곤혹한 표정을 짓고 있는 것일까. 한동안 묵묵히 시선을 던지고 그가 문득 흠칫하며 몸을 날렸다.

백지 한 장이 바람결에 팔랑거린다. 명왕이 서 있던 자리에 떨어져 있던 백지였는데 접혀 있는 모양이 한눈에도 전서구용 쪽지였다.

"……!"

마왕매는 얼른 쪽지를 주워 들었다.

중경 분타에서 지급으로 고함.

일단의 괴고수들이 목격됨. 숫자는 대략 일백. 하나같이 절정의 고수들로 방향은 서(西). 특이한 것은 그들이 보인 경공이 석년 척천오장원의 독문절기인 흑천비마영이라는 것임. 이상.

우선적으로 눈에 차는 글씨는 척천오장원이란 명칭, 그 다음은 흑천비마영이란 이름. 마왕매의 이마에 내 천 자가 생겨났다.

"흑천비마영이… 그것도 백 명이나?"

그것이 어찌 간단한 의미이랴.

당세는 구천의 세상, 지난 이백 년 래 척천의 흔적은 어디에고 나타나지 않았다. 맥이 끊겼기 때문이기도 하거니와 모습을 보였다면 그 즉시 척살되었을 테니까.

그러다가 나타난 것이 군림마가.

하되, 그들도 감히 실체를 드러내진 못했다. 그런 그들이 일개 분타의 이목에 걸려들 정도의 행동을 보였다?

흑천비마영은 흑옥마예로 대변되는 척천오장원의 독문절기 중 하나였다. 과거 구천 조사에 의해 절전되었던 수법의 하나로 흑옥마수와 너불어 가이 한 시대를 풍미했던 질기 중의 절기.

"흑천비마영에 마수를 겸비한다면 결코 망량좌 이하의 수준이 아니다. 그런 그들이 일백이라면……?"

마왕매는 심각해졌다.

손바닥보다도 더 작은 전서 한 장. 아는 혹시 명왕이 일부러 떨어뜨려 놓았던 것은 아니었을까? 그렇다면 왜? 그러나 지금 이 순간 그 정도의 의혹은 아무것도 아니었다.

보다 중요한 것은 그런 것이 아니었다. 중경에서 서쪽이라면 다름 아닌 촉산 방향이다.

"서, 설마?"

마왕매는 번뜩 고개를 치켜들었다. 그가 바라보는 곳은 서북쪽, 촉산이 있는 방향이었다. 떠나온 촉산이 이제 무슨 의미가 있으랴마는 그것이 아니었다.

그곳엔 그가 있다.

첫 대면이었으되 인상적이었던 그였다. 이제는 목숨으로 보우해야 할 가문의 총수, 대뜸 그의 시원스런 이목구비부터 떠올랐다.

"다치셨다 들었는데 아니겠지. 설마 그쪽은 아니리라. 이쪽… 이곳일 것이다. 하지만 만에 하나……."

다급함이 섬광처럼 명멸해 오른다.

마왕매는 불끈 장극을 고쳐 잡았다. 한일 자로 굳어지는 입매가 예사롭지 않아 보인다. 안색은 어느새 흙빛. 어디를 가려고 하는 것일까. 마왕매는 냅다 반공에 신형을 걸었다.

*　　　*　　　*

잔교. 일곱 자 폭에 길이가 백 장이나 되는 다리가 끼긱거리는 쇠 울음소리를 내며 위태롭게 걸려 있다. 천야만야 한 단애의 양단을 연결하고 있는 다리는 촉산을 오르내리고자 하는 자라면 반드시 거쳐야만 되는 곳으로 고수 하나만 버티고 있으면 철벽을 자랑하는 이른바 천험의 요지다.

그래서 올 때도 솜털이 곤두서는 긴장 속에서 지나쳤다.

지금은 돌아가는 길. 하나 그 긴장은 배나 더했다. 명왕이 건재해 있거늘 어찌 마음을 놓을 수 있단 말인가.

악치가 그랬다. 낭월의 선두로 길을 확보해 오던 터다. 시뻘겋게 녹이 슨 다리 난간의 철삭에 손을 댄 채로 우뚝 걸음을 멈추었다.

"……!"

전신에서 바늘 끝 같은 예기가 느끼어진다.

백리향의 묘객, 그렇다. 그도 이제는 어엿한 무림의 일원이요, 당당히 강호의 일각을 차지하고 있는 혈월비의 주인이었다.

눈빛이 심상치 않았다. 뭘 느끼기라도 했나, 그의 짙푸른 벽안은 저 멀리 다리 끝을 뚫어져라 응시했다.

"어이, 왜 그래?"

맹호연이었다. 장몽궁 시절엔 홍련각주와 휘하 십대방으로서의 수직 관계, 그리고 지금은 오히려 그 반대라고 서로가 상대를 암묵적으로 인정하고 있는 상태. 맹호연이 곁으로 오자 악치가 손을 들어 다리 너머를 가리켰다.

"살기요."

다리 너머는 마치 도끼로 패놓은 것 같은 형상의 협로였다.

며칠 전에 봤으니 구절양장, 굉장히 길고 구불구불했으며 경사진 내리막길이라는 것을 두 사람은 알고 있었다. 거기에서 습격을 당한다면 힘으로 뚫는 방법 외는 길이 없다는 것도.

"역시 이매군인가?"

"글쎄요, 아직은 모르겠습니다."

"이런 제길……!"

듣고 보니 그랬다.

뭔가 다가오는 느낌이 있었다. 등골을 서늘하게 만드는, 머리끝을 쭈뼛거리게 하는 바로 그 느낌. 막 다리에 한 발을 올려놓던 맹호연이 흠칫하며 물러섰다.

'히익……!'

천장단애. 떨어지면 뼈도 추리지 못한다.

만에 하나 다리를 건너는 도중에 언 놈이 철삭이라도 끊어버리는 날엔 그야말로 분골쇄신이 되고 만다. 게다가 협곡을 휘돌아 올라오는 음습한 냉풍도 장난이 아니었다.

"쩝……."

다른 사람에게는 어쩌랴마는 자기로서는 자신이 없었다. 씁쓸히 입맛을 다시고 있는데,

"맨 앞은 아구가 선다. 뒤를 악치가 받치고 나머진 그 둘이 다리를 건넌 후에 진입한다."

허치, 그다. 그를 비롯한 다른 식구들도 어느 틈엔지 다가와 다리 너머에 번쩍이는 시선을 주고 있었다.

명령일하, 아구가 군말없이 앞으로 나섰다. 악치가 그 뒤를 따랐고 둘은 이내 바람처럼 다리 위를 스치기 시작했다. 팽팽함이 여실하게 느껴지는 순간이었다. 맹호연이 느낄 수 있는 살기를 알아채지 못할 사람은 이 자리엔 아무도 없었다.

서늘한 긴장이 전신을 시위처럼 당기기 시작한다.

혹자는 즐긴다고도 하고 무예를 익힌 사람에게 있어서는 삶의 맥동이라고도 한다는 기분 좋은 긴장감. 그러나 여시의 표정엔 오직 근심과 걱정뿐이었다.

"정말 괜찮아요?"

"……."

허방산은 조용히 웃었다.

그 마음을 왜 모를까. 하지만 지금은 중차대한 시기였다.

산중의 짐승도 한 번에 잡아야지 상처로 끝내면 반드시 후환이 생기는 법이다. 하물며 천하사왕의 하나인 명왕임에랴.

'대약이 다시 뭉쳐지기 시작했다. 비록 팔성 진력에 불과하나 그 정도만 해도 다행이다. 천하의 이매, 그들을 무너뜨리는데 어찌 이만한 어려움이 없을쏜가? 보다 중요한 것은 시기이다. 이번에 명왕을 놓친다면 다시 잡긴 어려우리라. 보나마나 지겨운 줄다리기가 되고 말겠지.'

아군의 사기엔 치명적인 요소로 작용되는바, 우두머리 된 자로서 수하에게 약함을 내보임은 병가의 금기이다.

허방산은 애써 안색을 밝게 했다.

"됐다."

괜찮다는 뜻이기도 했고, 그것은 아구와 악치가 무사히 다리를 건넜다는 의미이기도 했다.

"가자……!"

다리의 양단이 확보되었으니 일단은 안심이다.

일행은 묵묵히 다리를 건넜다. 그러면서도 치밀어 오르는 일말의 의혹은 떨쳐 버리지 못한다. 적이라면 놓쳐서는 안 될 기회였으되 그냥 넘겼다. 그렇다고 벗이라고 하자니 살기가 아니었다.

살기는 너무나도 쩌릿했다.

"대체 어떤 종자들이지?"

"으음……."

협로는 고요했다.

하나 섬쩍지근한 느낌만은 여전했다.

협로 단애의 높이는 십여 장, 단애의 상단은 절벽을 방불케 할 정도의 가파른 산세로 이어진다. 경우는 달랐으나 붕천로인지 뭔지 했던 마신곡의 입구가 절로 생각나는 순간이었다.

그렇다고 지체할 수는 없는 일. 험악하다곤 해도 그것은 일반적인 사람들에게나 해당되는 말이다. 저 정도가 어찌 낭월에게 어려움을 주겠는가. 게다가 적이라면, 그래 봤자 촉산의 매복일지니 그들이라면 어차피 베어야 할 적이었다.

잠시 생각을 정리한 허방산은 명을 내렸다.

"선봉은 아구와 웅거가 맡고, 후미는 호치와 여시가 끊는다. 길어봐야 십 마장 정도이니 조심만 하면 별 탈은 없을 것이다. 우선은 나가서 보자."

"예."

"옛, 주군."

"자아, 가자."

휘이이이이.

꼬리에 꼬리를 물고 낭월비류로 치달리는 양이 상공에서 봤다면 누런 뱀 한 마리가 날개를 단 것처럼 보였을 것이다. 질풍처럼, 하지만 그것도 그리 오래가지는 못했다.

이 마장 정도나 지나쳐 왔을 것이다.

섬뜩했던 느낌이 실체가 되어 나타난 것은 바로 그 즈음이었다. 머리 위에서 돌연 거친 목소리가 떨어져 내렸다.

"죽여라……!"

피 냄새 물씬한 살마음.

그와 동시에 허공이 새까매졌다.

마치 거대한 그물이 떨어져 내리듯 전후좌우를 일거에 점해 내려오는 무수한 인영들, 검은 무복에 검은 복면을 뒤집어썼다. 완전히 검은 일색, 심지어는 양손조차도 먹물처럼 시커먼 자들이었다.

놀람은 그 때문이었다.

"흑옥마수?"

"그럼… 군림마가!"

찰나적으로 행보가 멈칫해졌다.

의외였기 때문이다. 어찌 이매가 아니고 군림마가의 족속이더란 말인가? 그것을 몰아친 것은 허방산이었다.

"전속력으로 돌파한다."

그 말은 차라리 늦은 감이 있었다. 검은 것이 시야에 아른거렸다 싶은 순간에 악치의 쌍수는 벌써 비도무적혈의 진수를 보이고 있었으니까.

피이이— 피피피핑—

폭섬연환식으로 그것도 거푸 세 번이나.

정확히 서른 자루의 혈월비가 일제히 허공을 갈랐다.

그것은 장관이었다. 검은 낙뢰처럼 덮쳐 내리고 있던 삼십여 흑의인과 빛살같이 그들을 맞아가고 있는 점점의 혈월비도는……!

백색의 다라화 한 송이가 찰나적으로 만개하듯, 말 그대로의 비도무적이었다. 번쩍 하는 그 순간에 혈월비는 상대의 미간을 파고들었다.

"욱!"

"크악!"

"허으으……."

이마에 비수를 박아 넣고도 살아 있는 자는 없다.

그러나 그것은 겨우 다섯에 불과했다. 나머지 스물다섯 자루는 쇠갈퀴같이 단단한 흑옥마수에 의해 비스듬히 방향을 틀었고 고공으로 튕겨지고 말았다.

"음……."

실망은 두 번째였다.

진기가 탁해짐은 당연한 일. 비도무적혈은 내가의 수법이다. 하나하나가 수월찮게 진기의 소모를 수반한다는 말이니, 허공 중의 흑의인들이 비도에 실려 있던 역도에 의해 멈칫하는 그 이상으로 악치 또한 비틀했다.

"어서……!"

그사이 낭월단은 후미의 여시까지 전권을 스쳐 갔다.

휘청하던 악치는 허방산에게 뒷덜미가 잡혀 날려갔고, 악치를 내던지던 그 탄력으로 허방산은 맹렬하게 지면을 찍어 올랐다.

"찻!"

멋진 비응도반의 경공 일식.

허방산은 한 마리 벼랑을 타고 날아오르는 새처럼 표표히 절벽을 비껴 올랐다. 그러자니 맨 뒤로 처져 버렸다.

그 뜻은 얼떨결에 목표물을 놓쳐 버린 자들이 재차 도약해 올랐다는 의미와도 같았다. 눈 깜박할 사이에 허방산의 전면은 일곱의 흑옥마수에 의해 가로막혔다.

"좋아."

허방산의 눈에 으스스한 잔광이 일어났다.

군림마가라면 치를 떠는 그였다.

차천곤. 그 늙은 놈팡이가 군림의 이름을 썼지 않았던가. 그토록 오매불망했던 부친의 영상마저 영원히 깨뜨려 버렸던 자다. 두 눈을 뻔히 뜬 채로 통한의 불효를 저지르도록 만들어 버렸던 잡배. 그때 그 순간 그분의 영령은 얼마나 피를 토하며 슬퍼했으리요.

척천의 척자만 들어도 피부터 끓는다.

피하지 않았다. 피하기는커녕 허방산은 겹겹의 검은 묵수로 허공을 갈라오는 놈들의 중앙을 몸으로 파고들었다.

눈이 멀 정도의 강렬한 금광이 일어난 것은 그와 동시였다.

"금라표풍… 쇄(碎)!"

오죽했으면 참(斬)도 아니고 쇄라 했을까.

원래는 금라표풍참세라 명명된 초식이었다. 참이라면 벤다는 뜻이고 쇄라면 잘게 부숴 버린다는 의미일지니, 허공이 찰나적으로 붉어졌다.

"……!"

비명도 없었다. 번쩍이는 그 순간에 일 장 길이의 화우금대는 무려 일백 번이나 허공을 갈랐고, 거기에 접해든 것들은 마수든 육신이든 걸려든 족족 무참하게 베어버렸으니까.

후두두둑.

육편이 소나기처럼 퍼부어진다. 가히 혈우(血雨).

"컥!"

복면에 삐끔히 드러난 눈 두 개가 공포로 물들었다.

금대의 마지막은 유성금홍으로 뻗어나갔던 일점혈식. 금대의 끝은 푸들거리고 있는 양미간을 지나 뒤통수로 빠져나왔고 앞으로 꺾여지는 시신의 등을 밟으며 살인자는 훌훌 새처럼 날아갔다.

"으으… 저, 저 정도였던가?"

"시, 십성 경지의 흑옥마수는 금강수나 마찬가지인데…… 그것을 썩은 나뭇등걸 자르듯 잘라 버리다니!"

"그래도… 그래도 너는 죽는다. 지금 여긴 우리 일백 군림수만 온 것이 아니니까."

하나같이 질렸다는 기색이 역력했다.

천하제일, 석년 둘 이상의 오장이 합세만 했더라도 결코 구천 조사에게 목숨까지 잃지는 않았을 것이다라고 자부하는 척천오장원의 진산절기의 하나가 흑옥마수였다.

그런 자부심이 한순간에 깨어졌다. 재수가 좋았다고나 할까. 살아남은 자들의 눈빛이 허망하게 허방산의 뒤만 쫓는데…….

꽝!

"우욱."

신음 소리도 묵직했다.

가죽 북 터지는 것 같은 폭음과 함께 비칠비칠 세 걸음이나 물러서고 있는 거구.

믿을 수 없는 일이었다. 천생신력을 타고나 한 손으로도 십인지력을 발휘해 낸다는 웅거가 피를 토하고 있지 않은가.

드디어 나타났다. 선두를 달리고 있던 웅거의 몸뚱이에 검은 손도장 하나를 찍어버린 고수자가 마침내 나타났다.

낭월의 행보는 자연히 멈춰졌다.

"……!"

아구 달단양이 장침을 꼬나 잡았다.

뭐니 뭐니 해도 선임자는 그였다. 나이로 봐서도, 그리고 무공 수준으로 봐서도.

앞은 온통 검은색이었다.

못 되어도 육, 칠십 숫자는 되어 보인다.

하나같이 번들거리는 눈알 두 개만 빠끔히 드러낸 음습한 복면 차림새. 처음 습격을 해왔던 자들과 동일한 행색이었는데 어수선한 느낌에 뒤를 돌아다보니 뒤도 막혔다.

허방산의 뒤를 쫓던 이십여 흑의인이 퇴로를 완전히 차단해 들었던 것이다. 아구가 이를 갈았다.

"네놈이 대가리냐?"

전면이었다.

한 사람, 유일하게 면상을 드러내 놓고 있는 자가 있었다.

사십 정도의 중년 나이. 각진 얼굴에 검은 수염, 귀해 보이는 인상에 꽤나 중후한 용모의 사내였는데 눈빛만은 냉전을 방불케 하리만큼 차가웠다.

"훗훗훗……."

그가 우두머리였다. 그리고 그는 웅거의 가슴에 일장을 선사했던 사람이기도 했다. 그가 냉소와 함께 슬쩍 손을 휘젓자 앞뒤의 흑의인들이 일사불란한 움직임을 보이며 십여 장을 일제히 물러났다.

독 안에 든 쥐, 사내의 냉소가 더욱 짙어졌다.

"허방산이 누구냐?"

몰라서 묻는 것은 아니었다. 왜냐하면 시종일관 중년 사내의 시선은 허방산의 얼굴에 꽂혀 있었으니까.

처처척.

그 대답은 낭월립이었다.

하나도 아니었다. 사전 약속이라도 했듯이 전체 낭월립이 일제히 얼굴을 가렸다. 임전 태세, 낭월은 이미 투로에 들었다.

본연의 얼굴을 드러내 놓고 있는 사람은 허방산뿐이었다. 무서운 눈빛에 고집스런 입매, 그 입매가 슬쩍 뒤틀렸다.

"우라질 놈… 이거나 처먹어라."

느닷없는 쌍소리.

쇄박권 한 대가 허공을 격해 쌩 하고 날아갔다.

그뿐이 아니었다. 구수쇄박 좌수일권에 이어 우수정권도 소리없이 전면을 질러갔다.

"……!"

처음엔 어리둥절. 하기야 같은 물에서 놀았다면 모르되 태생이 고귀한 자로 그런 욕설에 접했다면 당연한 반응이다.

"거, 건방진 애송이……!"

사내는 불같이 노했다.

버럭 쌍장을 치켜드는데 흑옥마수가 아니다. 사내의 손은 평범했다. 그러나 그것이 그것이었다. 사내의 손에서 일순 오광이 번뜩하며 검은 장력 한줄기가 뭉클, 발악하듯 튀어나왔다.

그 모습이야말로 십이성 절정에 이른 흑옥마수의 진면목에 다름이 아니다. 일컬어 구정토혈(九精吐血). 줄에 꿴 듯 연달아 아홉 번의 진력을 토해내 철벽도 관통해 버린다는 척천오장원의 비전수법이었는데…….

드디어,

꽝!

쇄박권과 흑옥마수가 정면으로 맞부딪쳤다.

폭음이 일어났고 무서운 경풍이 파생되었다. 얼어붙은 동토가 유리알처럼 깨져 오르는 가운데 어쩔 수 없는 경악도 섞여 나왔다.

제6장 **격돌**

격돌

"억!"

중년의 사내였다.

허방산의 쇄박권에 이어졌던 무형권력에 적잖은 낭패를 보았던 듯, 왼쪽 어깨가 벌겋게 맨살을 드러내 놓고 있는 것으로 미루어보면 그야 말로 위기일발이었다.

"감히 암습을?"

분기탱천. 그 귀해 보이는 얼굴이 숯불처럼 달아올랐다.

"감히 나 유마옥에게?"

그 정도로 벌게지다니! 유마옥이란 자, 그 정도로 감정이 격해지는 것으로 봐선 전장의 경험이 별로인 자였다.

그에 비한다면 허치야말로 닳고 닳은 싸움꾼. 음식도 먹어본 사람이 잘 먹고 싸움도 해본 사람이 잘하는 법이다. 따지고 보면 험한 말 몇

마디로 간단히 승기를 잡은 셈이 아닌가. 허방산은 한껏 진기를 배가
시켰다.

'절호의 기회, 단 일격에 눕혀야 한다!'

허방산은 순간을 놓치지 않았다.

홍시같이 붉어진 유마옥의 면전으로 냅다 쇄박권 한 대를 재차 쏘아
보내며 바람처럼 유마옥의 면전으로 육박해 들었다.

아니, 그 이전.

"뇌정……!"

이화뇌정권이었다. 비록 예전만한 위력은 아니었다 해도 무서웠다.
우레 치는 소리와 함께 화끈한 노을빛 권영 하나가 쇄박권력을 그림자
처럼 따라붙었다. 질풍신뢰가 따로 없다. 설마 그러랴 싶었나 보다.

"이, 이놈이?"

시야가 흐릿해지자 유마옥이 치를 떨며 쌍장을 흔들어댔다. 첩첩의
손 그림자와 함께 검은 장세가 구름처럼 일어났다.

쿠우우— 쿠쿠쿠쿠쿠—

만장의 폭포수가 떨어져 내리듯,

검은 돌개바람처럼…….

그렇다. 찰나를 또 찰나로 나눈 구정토혈의 본모습이 그 위세일진
대, 아쉬운 것은 그것이 너무나도 창졸지간에 발휘되었다는 것이다.

"……!"

유마옥의 얼굴이 일그러졌다.

늦었다는 표정. 보라, 구정토혈의 먹빛 장세 한가운데에 퀭한 동공
이 생겨나고 있지 않은가.

치치치칙…….

타는 듯, 부서지는 듯, 마치 먹장구름을 헤치고 나타나는 태양처럼 뻥 뚫린 구멍은 온통 이글거리는 광염뿐이다.

휴지처럼 구겨진 얼굴, 그 얼굴에 일순 검은 묵기가 폭발하듯 번져 올랐다. 호신강기, 그럼에도 불구하고 느껴지는 것은 용암 구덩이에 빠진 것만 같은 화끈함뿐이었다.

콰앙!

"크아악……!"

정확히 가슴이었다. 구정토혈을 분쇄시키며 쏘아간 이화뇌정권력은 유마옥의 가슴 부위를 여지없이 갈겨 버렸다.

유마옥은 피분수를 뿜어내며 가랑잎처럼 떠올랐고,

'아깝다. 공력만 온전했더라도……!'

끝장을 내려는 것인가.

허방산은 창응비천무로 유마옥을 따라 올랐다.

쉬리리릭.

금광 한줄기가 번쩍 직선으로 뻗어나간다. 바로 화우금대가 창출해 내는 유성급흉의 일점혈식.

하되, 성공하지는 못했다.

"막아라… 크흐흑!"

흑의인 하나가 자신의 몸으로 일점혈을 막더니,

"대, 대종……."

"어서 종주를……!"

거푸거푸 줄줄이 막아선다. 삽시간에 생겨난 인간의 장벽 하나. 유마옥은 그 순간에 물 건너갔다. 할 수 없었다. 허방산은 핑그르르 신형을 반전시켜 뒤로 물러났다.

“제길…….”

아쉬움이 길게 남는다.

직접 덮쳐 갔던 것은 놈을 생포하고자 했던 때문이었다.

곱게 자란 눈치였으되 대종 어쩌고저쩌고하는 것을 보니 짐작이 맞았던 모양이다. 군림대종, 군림마가의 수뇌가 그리 불리지 않았던가?

이화만 온전했더라면……!

벌써 화우도 한 칼로 끝장을 봤을 것이다. 그러기엔 진력이 모자랐다. 현재로서의 최선은 뇌정권 정도, 그래도 놈은 최소한 중상이었다.

‘그렇다면 차선이라도……!’

허방산은 안광을 번쩍였다.

“모두 내 뒤를 따른다!”

벗어나고자 한다면 지금이 적기였다. 죽이고자 한다면 낭월에게도 그 이상의 손실이 있으리라. 적은 그 정도, 게다가 이곳은 험지였다.

허방산의 전음에,

“안 돼요!”

단호하게 외치는 사람은 여시였다.

“보세요. 주군께선 지금 얼마나 창백하신지, 자신은 모르실 거예요. 선봉은 아구가 섭니다. 제발… 무리하지 말아요.”

애절한 어조였다.

그러나 마이동풍, 허방산은 길게 진기를 들이마셨다.

여시의 말은 사실이었다. 구정토혈에, 놈의 호신강기에 부딪치며 겨우 안정이 되어가던 내부가 다시금 뒤흔들려 버렸던 것. 그러나 그것이 또한 한시라도 빨리 이곳을 벗어나고자 하는 이유이기도 했다.

옴짝달싹할 수 없는 곳이다. 붙는다면 어느 쪽 하나가 전멸되어야만 끝이 날 지형이요, 형세였다.

상책은 물 건너갔으니 차선책은 일보의 후퇴였다.

그렇다고 되돌아갈 수는 없는 일. 아니, 되돌아가? 되돌아간다? 방금 전의 잔교, 그 정도의 험난함이라면……?

"……!"

지금의 이 시점이라면 명왕도 다시 재고해 봐야 했다.

새로운 적에 문제는 내상, 먹치와의 조우가 있었다면 또 다른 국면일 수도 있겠으나 아직까지는 아니었다.

허방산은 즉시 전음을 발했다.

"일단은 뒤를 치고 빠진다……."

말꼬리가 길어졌다.

그도 그럴 것이, 잠시 멈칫했던 그사이였다. 전면에 포진해 있던 자들 절반 정도가 단애 위로 몸을 띄워 올리고 있지 않은가. 우두머리가 쓰러져 지휘 계통이 상실된 자들의 움직임이라고 보기엔 너무나도 일사불란했다. 포위를 강화해 이 지리에서 끝장을 보고아 말겠다는 뜻이 아니고 뭔가.

"음……."

어쨌거나 그로 인해 진로는 정해졌다.

앞으로.

"좋아… 아구가 길을 뚫고 혈월비가 엄호한다."

유마옥. 군림대종의 모습은 보이지 않았다.

모르긴 몰라도 저 먼 어디쯤 후송되고 있을 터. 모두가 낭월포를 바싹 조였다. 이윽고,

“가자.”

우—

한마음으로 부르짖는 낭월지후. 메아리가 협곡을 뒤흔드는 가운데 드디어 죽음의 질주가 시작되었다.

“마, 막아랏!”

“하아아앗!”

일백 군림수라 했던가?

어떻게 해서, 어떤 연유로 나타나 저리도 죽음조차 도외시하는 것일까? 일 대 일이었다면 모르되 합공은 무서웠다.

길을 막아서는 전면의 적 따로, 허공을 오르내리는 적 따로……

흑의 군림수는 섬뜩한 묵수로 잔영을 끌며 육탄으로 짓쳐들었고 피를 보기 전에는 절대로 물러서지 않았다.

게다가 운신조차 낭월비류에 버금가는 흑천비마영이었다. 떨쳐 버리기엔 경공이 모자랐고, 숨통을 끊어버리기엔 손이 모자랐다. 베고 베고 또 벤다. 그러던 어느 일순, 낭월포가 진땀으로 젖어갈 무렵이었다.

보다 못한 허방산이 전면으로 나섰다.

“우우웃……!”

잠시 진기를 가다듬었기 때문일까, 아님 혼신의 힘을 다해서였을까. 허공을 격해 치는 일권 일권에 무서운 열기가 실리기 시작했다.

우릉우릉. 주먹이 울고 비명이 운다.

“흐으윽.”

“와아아악!”

장몽궁의 허치를 화신이라 불리게 만든 바로 그 주먹이었다. 이마에 구슬 같은 땀방울을 매달고 있어도 그는 무적이었다.

주먹질 하나에 죽음이 하나…….

어김없는 그 현실, 대략 이, 삼십은 협로에 몸을 뉘었을 것이다. 그 때였다.

스윽.

웬 자 하나가 불쑥 전권으로 뛰어들었다.

여일한 복장에 어김없는 복면. 그러려니 하고 무심코 뇌박권 한주먹을 내질렀을 때였다.

땡땡땡땡.

가슴에서 경종이 울렸다. 본능의 종소리. 머리보단 가슴이 먼저 느끼고 우는 생사의 경고음.

"……!"

다른 것은 딱 하나였다. 눈, 눈이 달랐다. 다른 자들과는 달리 놈의 눈은 차갑되 시리도록 맑았다.

'진짜는 이놈이었다!'

찰나가 겁으로 멈춘다. 천지간엔 오직 그와 나뿐, 아득해지는 그 순간에 그가 문득 우수 중지를 가볍게 뻗어왔다.

소리도 없고 기세도 없었다.

옥지(玉指). 사내의 손임에는 분명했으되 예의 흑옥마수가 아니었다. 검기는커녕 오히려 투명하리만치 희디흰 백색이었다.

서늘한 한기가 느껴진다. 그렇다고 얼음처럼 차가운 것도 아니었고 소름이 일 정도의 냉기도 아니었다. 그저 서늘했다. 놈이 내민 옥지에서 느껴지는 기운은 단 하나, 서늘함이었다.

늦가을의 산들바람이랄까?

그러나 허방산의 표정은 그것이 아니었다.

'이, 이럴 수가! 이, 이화가 움츠러들다니!'

대경실색, 있을 수 없는 일이 벌어진 것이다.

단지 시원하다 할 수 있을 정도로의 서늘함뿐이었거늘… 정말이었다. 뇌박으로 뻗어나갔던 이화진력이 놈의 옥지에 스치는 순간 거짓말처럼 눈 녹듯이 소멸되고 있지 않은가.

불이 물을 만난 듯…….

뿐만이 아니었다. 권세를 헤친 놈의 옥지는 그대로 왼쪽 가슴을 찔러왔다. 심장을 겨냥했던 것이리라. 놈의 그 옥지 끝에서 눈부신 백색의 광화가 폭사되어 나온 것은 놈과의 간격이 일 장 정도로 좁혀들었을 때였다.

절체절명. 허방산의 얼굴은 하얗게 질렸다.

"어서… 어서 일어나라, 이 망할 자식아!"

도대체가! 비록 흐트러졌다곤 해도 다시금 기틀을 잡아가고 있던 대약단정이었다. 지금까지 권력에 섞어왔던 진기도 바로 그 힘이었고 근본이었다. 한데 웬걸, 단정이 갑자기 뱀을 본 개구리마냥 꼼짝달싹 미동조차 하지 않질 않은가.

"어, 어이해……?"

두 눈을 빤히 뜨고 당하다니……!

어처구니가 없었으되 그것은 사실이었다. 정체불명의 일지는 허방산의 왼쪽 가슴을 가차없이 파고들었다.

퍽!

낭월포에 구멍이 뚫렸다.

그와 동시에 핏물도 튀겼다. 그러나 바로 그 순간, 한껏 움츠러들었던 이화단정이 불끈하고 일어났던 것도 믿지 못할 사실이었다.

"우아아……!"

가슴에 구멍이 뚫린 고통보다는 분노가 더 컸다.

'웃는 건가? 놈의 저 눈이 웃고 있는 건가, 지금?

일지의 빛은 일권으로. 용솟음치는 진력으로 허방산은 막 눈앞을 스쳐 가는 놈의 가슴을 냅다 갈겨 버렸다.

콰앙!

"우아아아……."

절규인가, 비명인가. 거의 동시에 터져 나온 두 사람의 비명. 하나는 선 채로 몸을 떨고 하나는 실 끊어진 연처럼 날려 나간다.

적아를 불문하고 그것은 변고였다. 서로가 상대를 팽개치고 콩 튀듯이 튀었다.

"주, 주군……!"

"흐흑."

하나같이 피에 절었다. 반은 적의 피고 반은 본인의 피다. 빙 둘러 허방산을 원 내로 가두며 급기야 여시는 눈물을 보이고야 말았다.

"흐흑흑… 주, 주인."

심장이었다.

배어 나오는 핏물로 봐선 절명이었다. 얼마나 고통스러우면 저리도 사시나무 떨듯 떨고 있단 말인가? 게다가 눈은 또 왜 저리 부릅뜨고 있단 말인가?

잡아먹을 듯이 노려보는 눈, 그 눈은 지금 막 군림수 하나의 품으로 안겨 들고 있는 놈의 일신에 꽂혀 있었다.

"태, 태상……!"

"괘, 괜찮으시오니까?"

놈은 죽지 않았다. 입 언저리가 벌건 핏물로 물들긴 했어도 숨은 붙어 있었다.

"어, 어서……."

대체 무슨 말을 하려고 하는 것일까?

태상이라 존칭되었던 자, 그는 말 대신 핏물을 게워냈다.

복면 아래 목 언저리로 흘러내리고 있는 선지피로 보아 절대 간단한 상세는 아니었다. 급격하게 흐려지는 눈, 그 눈에 문득 저럴 수도 있나 싶은 불신이 떠올랐다.

다름이 아니었다. 심장에 구멍이 뚫린 애송이, 그가 이글거리는 불덩이로 화해 떠올랐던 것이다.

"태워 죽이고야 말리라!"

광포한 목소리, 불덩이는 곧장 날아왔다. 그것은 식(式)도 초(招)도 아니었다. 그냥 이글거리는 화염이었다.

"어서 막아, 저 괴물을……!"

"태상을 보우하라!"

태상의 앞이 순간적으로 새까매졌다.

그래서였을까, 불덩이가 멈칫했다. 그러더니 휘르르 허공에서 방향을 꺾으며 협로를 치달아가기 시작했다.

콰르릉.

분열이라도 하는 것일까?

불덩이가 출렁거릴 때마다 뇌성과 함께 화염이 뻗어나간다. 거기에 휩쓸리는 것은 어정쩡한 상태의 군림수 몇.

"크아아아……."

"저, 저게 뭐냐… 으악!"

화염지옥.

미친 불바람에 스치고 나면 남느니 한 줌의 재뿐이다.

보이는 것이라곤 오직 눈부신 노을빛 광화, 거기에 그 무슨 혹옥마수고 흑천비마영이고가 있을 수 있겠는가.

앞은 순식간에 훤해졌다. 허공을 불사르는 하나의 혜성처럼 불덩어리는 협곡을 그렇게 지나쳐 갔고, 갈색의 낭월포 일군이 그 뒤를 꼬리처럼 이었다.

태상의 말문이 트인 것은 그 즈음이었다.

그것도 복면이 벗겨지고 나서야.

"어서 군림호(君臨號)를 올려라. 심장이 찢어졌으니 살아날 순 없을 것이나… 반드시, 반드시 목을 잘라라. 놈은 그래야만 안심할 수 있는 자다."

"사, 사부님……!"

"어, 어서 신호부터 보내라."

"꼭 난혈수(丹血手)마저 내보여야만 합니끼? 말씀대로라면 놈의 주음은 십 중 십이온데 그 정도를 확인하려고 굳이 군림의 최후 지력까지 내 보인다는 것은 너, 너무 과한 처사가 아니올는지요?"

언제 나타났던 것일까. 아님 복면을 벗고 나니까 나타난 얼굴일까. 태상을 부축하고 있는 사람이 있었는데 그는 유마옥과 비슷한 인상의 청년이었다.

태상이 고개를 저었다.

"아니다. 내 신분의 노출을 무릅쓰며 직접 나섰던 것도 실은 그놈 때문이었다. 너도 보지 않았느냐. 출기불의로 놈의 의표를 찔렀건만 결국은 양패구상이었던 것을?"

"으음……."

"나도 그 정도일 줄은 몰랐다. 놈의 마지막 일격은 나조차도 예상치 못한 것이었다. 내가 준비했던 공세는 정확히 성공했고, 예상대로였다면 놈은 그 즉시 숨이 끊어졌어야 마땅하거늘 오히려 더욱 지독한 괴물이 되고 말았지 않았더냐."

"……!"

"게다가 이곳은 적지. 명왕이 언제 뜻을 바꿔 돌아올지 모른다. 나와 네 형까지 이 모양이 된 이상 속전속결, 단숨에 끝을 보고 돌아가야 한다."

"아!"

"올려라, 어서. 그리고 너도 군림수를 이끌고 가라. 수단과 방법을 가리지 말고 놈의 수급을 베어라. 알겠느냐?"

"예, 사부님."

청년은 이내 돌아섰다.

하되 참으로 묘한 대화였다. 마치 허방산을 허방산 본인보다도 더 잘 알고 있는 듯한 말투가 아닌가.

태상이라는 자, 나이 오십은 넘었을 것이다. 청수한 얼굴에 보고 또 봐도 학자같이 맑은 인상인데 하는 말은 어찌 그리 음울할까.

그는 나직하게 중얼거렸다.

"내 아무리 방심을 하고 있었다고 한들, 어떻게 그런 일이 일어날 수가 있단 말인가. 내 호신강기를 무너뜨리다니… 설마 그런 무적지경에 벌써? 그럴 리가… 그럴 리는 없다. 회광반조였겠지. 아암, 분명히 그랬을 것이다."

글쎄, 그 운명을 뉘라서 알리요.

나도 모르고 너도 모르는, 오직 신만이 아는 그 운명을.

그래서 모사재인(謀事在人)이요, 성사재천(成事在天)이라 하지 않았던가. 뜻대로만 된다면 세상사 그 무슨 재미가 있을까. 모르긴 몰라도 그리 큰 재미는 없을 것이다.

하여간, 얼마 지나지를 않아 일대는 조용해졌다.

마지막 불꽃이 화려한 이유는 그것이 마지막이기 때문일 것이다. 그리고 그래서 그 끝도 그리 허망한 것일지 모른다.

돌덩이처럼 툭……!

그는 그렇게 떨어져 내렸다. 미친 듯이 치달려가던 불덩어리는 핼쑥한 안색의 청년으로 화했고 여시의 품에 안겨 들며 깜박 정신을 놓아버렸다.

"주, 주군!"

여시의 목이 단번에 잠겨들었다.

어찌 그러지 않겠는가. 주군이자 가주이며 마음속에 꼭꼭 숨겨놨던 정인이었다. 그런 사람이, 자신의 전부인 존재가 죽어가고 있으니 그럴 만도 했다. 심장에 구멍이 났는데 무슨 정신이 있으랴. 부둥켜안은 채로 멍하니 넋을 잃었다.

사내들이라고 별수있을까. 하나같이 눈물만 글썽이는데 아구만은 달랐다. 긴가민가, 혹시나 하는 기대로 그가 나섰다.

"가, 가만……."

언젠가도 그랬다. 천산의 억장굴에서 차천곤의 담뱃대에 구멍이 뚫렸을 때도 바로 작금의 상황이었다. 후일 넌지시 물은 적이 있었다.

대체 어찌 된 연유였냐고 했더니 왈,

"난 오른쪽이야."

그랬었다. 세상에 그런 사람이 어디 있느냐, 누굴 바보 천치로 아느
냐고 했더니 픽 웃으며,

"있어, 새꺄."

그랬었는데…….
"맞다, 맞아. 분명히 그랬었어!"
먼저 손을 대봤다. 왼쪽은 아니었다. 박동이 있는 곳은 확실히 오른
쪽이었다.
"흐으……."
단순무식 허치는 정말 생긴 것까지도 어디로 튈지를 모르는 족속이
었다. 그래도 미덥지 못해 이번엔 귀로도 확인해 봤다.
쿵쿵쿵쿵…….
아구의 입이 귀밑까지 벌어졌다.
"으키키키……!"
실성한 놈처럼 헤벌쭉 마구마구 웃는다.
"아암. 설사 염라대왕이라 할지라도 허치의 허락 없인 그의 터럭 하
나 건드리지 못하지. 하물며 그 중한 목숨임에랴, 으핫핫핫……!"
진짜 미친놈, 그는 계속 떠들어댔다.
"단지 정신을 잃은 것뿐이야. 문제는 내상… 주군의 상세는 더욱 깊

어져 버렸다."

"……!"

눈물 반 의혹 반. 그런 사내들 틈에서 여시가 푸르르 고개를 흔들었다.

"지금 뭐, 뭐라고 했어요?"

"핫핫핫… 주군의 심장은 오른쪽에 있다 이 말이다."

"예?"

여시의 두 눈이 토끼처럼 동그래졌다. 그러고 보니 느낌도 따뜻하기만 했다. 게다가 부드럽기까지 한 것이 절대 시신이 아니었다. 그래도 혹시나, 미덥지 못한 마음에 귀가 아니라 얼굴 전체를 갖다 댔다.

역시, 쿵쿵쿵.

"살았다. 살았어……!"

여시의 얼굴은 금방 목련꽃처럼 환해졌다.

주체할 수 없는 희열과 기쁨. 그것은 이내 전염병처럼 사내들의 얼굴로도 옮겨 붙었고 여시를 닮은 웃음꽃이 하나둘 만발하기 시작했다.

하나 그 기쁨도 잠깐이었다. 아구는 물론 모두가 심각해졌다.

"개자식들……!"

지금 있는 곳은 협곡의 끝자락이었다. 구절양장이었는지라 눈에 보이는 것은 없었으되 가까워지는 느낌은 있었다. 그렇다. 마침내 놈들의 추격이 따라붙었던 것이다.

"내가 주군을 업겠소."

호치였다. 원래가 발재간이 주특기인 그다.

해서 낭월비류의 진전을 가장 많이 얻은 사람도 그였다. 그의 경공 실력은 아구도 인정하는 바였다. 반대한 사람은 여시였다. 그녀는 머리칼이 얼굴에 휘감길 정도로 고개를 저었다.

"됐다. 주군은 내가 모신다."

은근한 내심이야, 평소에 바라던 바 절호의 기회.

하긴…….

말이 필요없었다.

그 발로 여시는 지면을 박찼으니까. 논쟁할 틈도 없다. 적은 지척, 이제는 옷자락 펄럭거리는 소리까지 들렸다.

아구가 부리나케 여시의 뒤를 이었다. 유마옥에게 당했던 일격의 여운이 아직도 남아 있는지 웅거가 가슴을 문지르며 떠올랐고 맹호연에 이어 호치와 악치도 몸을 날렸다.

"어, 어디로 가지요?"

누군가가 물었다.

그리고 누군가가 답했다.

"일단은 아미로 가자. 지금으로선 그 수밖에 없다."

길은 험난했다.

다행인 것은 오르막이 아니라 내리막이었다는 것. 낭월비류는 사람을 날개 없는 새로 만들었다. 웬만한 계곡이나 언덕쯤은 단걸음에 날아 넘었다.

"으흐흐… 언젠가 댓빵이 그랬었지, 개죽음을 당하고 싶지 않거들랑 발바닥이 닳도록 뛰라고. 흐흐… 그 말은 정말 공자님 말씀이었다."

눈이 있는 곳은 진즉에 지나쳤다. 이제는 푸르른 청송의 군락이 곳곳에 나타나기 시작했다.

"그래도 그렇지, 이렇게 상갓집 개꼴이 되고 말다니……."

이 발에 차이고 저 발에 차이는 상갓집 눈치덩이, 앞장서 길을 잡고 있는 아구는 뭐라 뭐라 연방 투덜거렸다.

허치의 존재 유무가 이렇게나 절실할 줄은 미처 몰랐다. 그가 있을 땐 싸울 때마다 무적을 구가하더니 그 하나가 누웠다고 이처럼 꼬리를 말아야 한단 말인가?

"이런 씨앙……!"

부아가 돋았나, 아구는 자기 말에 자기가 취했다.

"그냥 확 한번 붙어봐?"

난석과 청송이 어우러져 있는 언덕에 이르렀을 때였다.

그가 갑자기 조개처럼 입을 꼭 다물었다. 푸들푸들 경련을 일으키는 것이 뭔가 충격을 받긴 받았던 모양인데 이제는 아예 경공까지 멈추었다.

"뭐라고? 다시… 다시 말해 봐라."

여시에게 대든 말이었다.

일행 또한 덩달아 발길을 멈추었고 하나같이 가쁜 황소숨을 몰아쉰다. 그에 비히면 이구는 지극히 정상적이었다. 의미를 알 수 없는 경련만 제외한다면……!

부르르르.

벌벌 떤다. 대체 무엇이 천하의 아구 달단양을 저리도 학질 걸린 환자로 만들어 버렸을까.

아구의 머리 속은 텅 비었다. 그의 영혼을 송두리째 지배하고 있는 것은 오직 하나, 벌건 인두로 다가와 지을 수 없는 낙인으로 찍혀 버린 여시의 전음 한 구절뿐이었다.

"바보 사형, 이분이 바로 우리들의 가주세요."

가주?

우리들의 가주?

“……!”

그랬나, 그랬었나?

갑자기 눈물이 핑 돌았다.

'빌어먹을… 정말 빌어먹을!'

설움이 북받쳤기 때문이었을 것이다. 그것도 아니라면 풀 한 포기 없이 삭막하던 돈황의 이름 모를 야산에 묻힌 부친이 생각나서였을 것이다.

“킁.”

아구는 주먹으로 눈물을 훔쳐 냈다.

그리곤 허리를 쭉 폈다.

호연한 기개가 푸른 대쪽처럼 쩡 하고 일어난다.

풍기는 분위기 자체가 달라졌다. 얼굴조차 예전의 그 얼굴이 아니었다. 습관처럼 실실거리던 웃음기 하나만 없어졌을 뿐인데도 완전히 다른 사람으로 보였다.

저 모습이 바로 만리금웅의 진면목일지니…….

삼십육천웅의 일좌, 아구 달단양은 입술을 깨물었다.

“쉬었으면 출발한다.”

목소리도 장중했다. 어떻게 사람이 저리도 달라 보이는지 모두가 새삼스럽다는 눈초리로 그를 응시하는데, 그때였다.

아구의 안광이 횃불처럼 밝아졌다.

“……!”

여시와 웅거도 흠칫하며 고개를 돌렸다.

장담하건대 추적자와는 일각 이상의 여유가 있다. 그들은 아니었다. 살기가 느껴지고 있는 곳은 반대쪽 산 아래였다.

가야 할 쪽이라니, 그럼 적은 하나가 아니었다는 말. 적은 급속도로 가까워졌다. 아구의 불같은 시선이 악치에게서 멎었다.

“악치야.”

“예.”

“구구한 얘기는 하지 않겠다. 말이 없어도 우리는 다 알 수 있는 사이니까. 다만 한 가지, 목숨으로 주군을 지켜라. 할 수 있겠느냐?”

“당연한 것을… 새삼스럽게 왜 그래요?”

“뒤는 모두 내가 맡는다. 너희들은 주군과 여시를 호위해 아미로 향하라.”

“……!”

“내 느낌으론 아래쪽이 보다 강적이다. 나타나는 즉시 들이칠 것이니 그 틈을 타 죽어라고 뛰어라!”

평소 같았으면 어느 누가 토를 달아도 달았을 것이다. 하지만 분위기가 아니었다. 어조도 비장했던 데다가 앞뒤가 직이니 누군가가 뒤를 끊긴 끊어야만 하는 상황이었다. 모두가 묵묵히 고개를 끄덕이는데 불쑥 웅거가 나섰다.

“헤헤…….”

곰살궂은 그 특유의 여유, 항상 싹싹하고 다정하게만 느껴지던 그 여유였는데 지금은 그마저도 눈물겹게 보였다.

게다가 웅거는 이상한 짓도 했다. 품 안을 뒤적거려 네 구석이 다 닳아빠진 종이 봉투 하나를 꺼내 들더니 다짜고짜 여시에게 내밀었다.

“뭐야?”

물어볼 수밖에.

계면쩍었던지 웅거가 뒤통수를 긁적거렸다.

"이거 가지고 있다가 내게 무슨 일이 생기면 대장에게 보여줘."

"뭐라고?"

"무, 물론 너도 보아선 안 돼. 그리고 만약에 말이야, 이건 정말 만약인데 우리가 다시 만나게 된다면 그땐 고스란히 내게 도로 돌려줘야 돼. 어때, 해줄 수 있겠지?"

"반달아, 대체 너 무슨 말이야?"

"시간이 없어. 약속해 다오."

사실 뭐를 묻고 자시고 할 상황도 아니었다. 여시가 고개를 끄덕이며 봉투를 받았다.

"알… 았어."

이상한 행동은 그뿐만이 아니었다.

웅거는 메고 있던 쇠도리깨도 내려서 손을 봤다.

봉대와 도리깨 판을 능숙하게 분리해 내더니 봉대만 남기곤 죄다 던져 버렸다. 몇 번 손을 보니 봉대의 끝은 서슬 퍼런 날로 변한다. 한마디로 찌르면 창이요, 베면 다섯 자 길이의 대검이다.

웅거는 그 봉검을 짚고 서서 소풍 가는 아이처럼 환하게 웃었다.

"떠버리, 우리 손발 한 번 더 맞춰보자."

"뭐, 뭐야?"

그제야 이해가 되었다.

저 친구 지금, 죽음을 같이하자 이 말이 아닌가. 뒤를 맡겠다는 뜻은 목숨을 내어놓겠다는 것과도 다름이 없는 일이었으니.

"바, 반달아."

코끝이 찡해졌다. 과거 천산에서도 그랬다. 토로번의 반월검사에게 포위를 당해 목숨이 경각에 달렸을 때도 둘은 서로가 등을 맞댔었다.

"맞아… 그때도 우린 좋은 짝이었지."

눈시울도 뜨거워졌다.

아구는 덥석 웅거의 손을 붙잡았다.

마음과 마음이 하나로 이어진다. 뭉클하고 격해지는 사내들의 가슴, 그때와 다른 것이 있다면 단 하나, 그것은 이제 너나 나나 감출 것이 없다는 사실이었다.

꺼내놔도 된다, 이제는……!

"내 원래 전문은 이 칼이야."

웅거가 봉검을 들어 보이자 아구도 장침을 버렸다. 그리곤 히쭉이 웃었다.

"으흐흐흐… 나도 네게 보여줄 것이 있다. 기대해도 좋아, 무림제일이라는 참류마조공의 손가락 공부니까."

더 이상의 진한 나눔은……

용납되지 않았다.

스으으—

언덕 아래에서 핏빛 혈영 몇 개가 둥실 떠올라왔다.

숫자는 모두 일곱. 하나같이 붉은 홍포를 전신에 두르고 있는 자들이었는데 섬뜩하게 무심한 표정이 마치 석고상을 보는 듯했다.

병장기는 보이지 않았다. 보이는 것이라곤 금방 핏물에 담갔다가 빼낸 듯이 시뻘건 두 개의 손뿐이었다.

순간,

"혈… 마수로구나!"

아구가 놀라 외쳤다.

그도 그럴 것이, 혈마수는 전설이 아닌가.

본래의 명칭은 단혈마수. 척천오장원의 진산, 흑옥마예의 정수로 금석을 부수고 내가고수의 호신강기조차도 종잇장 찢듯이 찢어버린다는 전설의 척천수가 바로 혈마수였다.

한번 연성하면 일세를 풍미할 순 있으되 그 연신 과정이 천리를 역행하는지라 종국에는 뇌가 마비되어 백치가 되고 말기에 흑옥마예에 마(魔) 자가 붙은 것도 실은 그 때문이었다. 한 덩이 구름처럼 표연하게 허공에 머물러 있는 자들, 나타난 자들은 바로 그들이었다.

아구의 눈빛이 격하게 타올랐다.

'떨쳐 버릴 순 없다, 죽이기 전에는……!'

특히나 그중의 하나, 유일하게 두 눈에 감정이란 것이 깃들어 있는 자 하나가 있었는데 그가 우두머리였다.

"크크크……."

웃음이랄 수도 없는 괴악한 입 소리, 잔혹하게 번들거리는 눈, 놈의 그 눈이 먹이를 본 야수처럼 사이하게 빛을 뿜었다.

"크카카, 무적의 단혈수여. 가, 갈기갈기 찢어버려라."

그때였다. 악치의 쌍수가 번개처럼 허공을 훑었다.

쾌에에에…….

목표, 놈의 시뻘건 입천장. 게다가 단 십 장의 지척 거리, 혈월비는 떴다 싶은 순간에 벌써 놈의 코앞을 내달았다.

"카으……!"

놈이 꺾어져라 고개를 옆으로 젖혔다.

그러나 늦었다. 입을 꿰뚫진 못했어도 혈월비는 놈의 입을 귀밑까지 찢으며 지나갔다.

"카으으……."

아픔보다는 놀람이었을 것이다. 제자리를 찾아오는 놈의 얼굴엔 경악한 기색이 역력했다. 그 얼굴이 또 흙빛으로 변했다. 그랬다. 혈월비는 한 자루가 아니었던 것이다.

무려 열두 자루, 마치 연주포가 쏘아지듯 놈의 면상을 노리고 날아갔던 혈월비 열두 자루는 비도무적혈의 최고 경지인 십이혈화혼……!

"이, 이……!"

거의 반사적이었다.

놈이 자라처럼 목을 움츠리며 두 손을 어지럽게 휘저었다.

붉은 손바닥 그림자가 층층으로 일어난다.

단혈마수로 떨쳐 내는 바로 혈마인 수법. 그러나 혈마수가 전설이라면 비도무적혈 또한 무적이란 이름이 붙어 있은 수법이었다. 혈월비는 무서운 섬광으로 변해 첩첩의 손바닥을 질러 버렸다.

"끄으으으……."

정상직이라면 꿰뚫고 지니기 버렸을 것이다.

그랬다면 오히려 고통이라도 덜했을 터. 하지만 박혀 있는지라 그 정도는 더했다. 막기는 막았으되 손바닥 두 개는 졸지에 바늘꽂이가 되어버렸다.

그가 휘청하며 고통에 몸을 틀었다.

그러나 보다 진짜는 혈월비를 뒤따라간 핏빛의 칼날 하나였다.

혈정도. 아니, 혈정도가 그려낸 홍예참도식. 그것은 정녕 무지개와도 다름이 없었다.

쭈아이아악!

보라, 허공이 대뜸 반으로 갈라지고 있지 않은가.

허공만 갈라진 것이 아니었다. 천하보도 혈정, 그 무정한 칼날은 그대로 놈의 상체를 두 조각으로 갈라 버렸다.

"컥!"

번갯불에 콩을 볶는다고나 할까.

정말 숨 가쁜 일련의 동작이었다.

놈이 나타나고 혈월비가 날아가고 여시의 손에 들린 보도 혈정이 놈을 장작 패듯 쪼개 버렸던 것은! 오죽했으면, '찢어버려라' 던 놈의 말끝이 이제야 여운을 털고 있으랴.

"되, 됐다."

손 하나가 떨어져 내렸다.

언제 정신을 차렸던 것일까. 호치의 품에 안긴 채로 이제 막 지면으로 널브러지고 있는 놈의 잔해를 가리키고 있던 허방산의 손이 툭 떨어졌다.

또다시 혼절, 혈마수들이 나타나던 그 순간에 잠깐 정신이 들었던 모양이다. 눈치로 봐선 악치와 여시의 연이은 공세 또한 그의 지시였던 것 같은데 문제는 놈이 죽기 전에 내렸던 살명이었다.

갈기갈기 찢어버려라!

지금 혈마수를 지배하고 있는 것은 바로 그 명령이었다.

혈영, 핏빛 그림자. 숫자야 단 여섯에 불과했으되 신수만은 그것이 아니었다. 놈들의 움직임이 달라졌다. 무심하던 시선엔 잔망이 서리기 시작했으며 너울너울 허깨비처럼 허공을 부유해 오기 시작했다.

스으으으……

이매란 말은 촉산이 아니라 바로 이들에게 써야 하리라.

붉은 홍학의 깃털이 허공에 일렁이듯, 악치의 혈월비가 재차 허공을 가른 것은 놈들이 시뻘건 혈수를 치켜들었을 때였다.

"누워랏!"

단전에 하나, 그리고 심장 어림에 하나. 혈화혼 수법으로 던져진 십이 비도가 각기 두 자루씩 부채살처럼 쫘악 퍼져 나갔다.

피하지 않았다기보다는 미처 피하지 못했다고 해야 옳을 것이다. 놈들은 그냥 무시하듯 날아왔고 비도는 예외없이 틀어박혔다.

퍼퍼퍼퍽……!

놀랄 일은 다음에 벌어졌다.

놈들이 부르르 떨었다. 하지만 그뿐이었다. 비도는 한 치 이상을 파고들지 못했다. 어찌나 단단했는지 암벽이라도 뚫고 들어갔을 그 역도가 겨우 살가죽에 어림에 그쳤고, 그나마도 몸 한 번 터는 동작에 모조리 떨어져 내리고 말았다.

"미, 믿을 수 없다!"

악치가 두 눈을 부릅떴다.

앞서 입이 찢어졌던 놈과는 뭔가가 딜라도 확실히 달랐다. 백치라서 그런가? 그래도 그렇지…….

한 번 더, 이번엔 눈알 두 개를 향하여.

쾌에에―

그제야 반응이 있었다.

켕기긴 했는지 놈들의 손이 일제히 얼굴을 가렸다.

또다시 바늘꽂이가 재현되는 것인가? 그러나 아니었다. 비도무적혈은 더 이상 위력을 발휘하지 못했다. 혈월비가 놈들의 시뻘건 손등에 부딪치며 허망하게 튕겨져 나갔던 것이다.

뒤쪽이 서늘해진 것은 그때였다.

설상가상이라고, 수십여 군림수가 마치 까마귀 떼처럼 새까맣게 날아오고 있지 않은가.

"이런 빌어먹을……!"

"어서… 어서 가라, 빨리!"

아구가 부르짖으며 떠올랐다. 웅거 또한 도약해 올랐고, 그 둘이 제일 먼저 단혈수에게 덮쳐들었다.

콰아아… 콰앙!

붙자마자 폭음, 웅크리고 웅크렸던 힘이었다.

둘과 둘은 그대로 뒤엉켜 버렸다. 그동안 호치가 허방산을 들쳐 업은 채로 추웅십팔각을 전개해 나갔고 그 앞을 혈정이 붉은 섬광을 토해내 먼저 길을 열었다.

호타에 준족이랄까. 그 뒤는 맹호연의 염라부였다.

"받아랏……!"

악치는 떠나지 못했다. 떠나가는 사람들을 엄호하느라 미처 몸을 빼내지 못했던 것이다. 유일하다 할 단혈수의 약점, 놈들의 눈을 향하여 혈월비가 줄기차게 빛살을 끌어갔다.

꽝!

드디어 합작품 하나가 생겨났다.

악치의 혈월비가 눈을 가린 사이에 웅거의 봉검이 단혈수 하나의 목을 반 넘게 베어 넘겨 버렸던 것이다.

"끄으으……."

웅거의 무지막지한 거력에는 무쇠 같던 신체도 소용이 없었다. 덜렁거리는 수급을 달고 단혈수가 기우뚱 넘어간다.

그리고 그 순간,

콰지직!

"끅!"

누런 황금색 응조였다. 마치 금분을 칠한 듯 휘황한 아구의 열 손가락도 단혈수 하나의 머리를 와작 깨뜨려 버렸다. 그 대가로 얻은 것은 죽어가던 놈의 혈마수 일격.

"우욱……!"

아구의 왼쪽 어깻죽지가 너덜너덜해졌다.

거기까지였다, 젖은 눈으로 바라봤던 금응사형의 용자는……!

"제발… 제발 무사하세요!"

표응이 울며 날았다.

그들이 잡아줬기에 몸을 빼낼 수가 있었다. 그러나 완전한 것은 아니었다. 그 와중에도 혈영 두세 개가 꼬리에 꼬리를 물며 따라붙고 있었으니까. 도주는 정말 이제부터였다.

제7장 **위기**

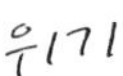

어디가 어딘지도 몰랐다.

그저 달렸다. 해가 뉘엿뉘엿할 때까지 달렸다.

"헉헉… 헉……."

숨은 턱에 차 오르고 가슴은 빠개질 듯이 아파온다.

'내가 짐이 되다니…….'

서글픔이 욱하고 밀려들었다. 짙은 자괴감, 그것은 정녕 패배보다 더한 치욕이었다.

'다들 한 자락씩 제 몫을 하건만 도움은커녕 민폐만 끼치다니… 죽어라, 맹가 이 쓰레기 같은 놈아!'

염라부 맹호연. 그가 우뚝 몸을 세웠다. 분노와는 다른 엄숙함이 그 얼굴에 감돈다. 맹호연은 씹어뱉듯이 말했다.

"더 이상… 나는 가지 않겠소."

“뭐, 뭐라구?”

따라서 설 수밖에.

하얀 입김이 연통처럼 길게 뿜어진다.

격한 숨결이다. 허방산을 업고 있는 호치도 주저앉기 직전이었다. 호흡이 가지런한 사람은 오히려 여시였다. 단시일에 형성되었던 호치의 내공에 비할 바가 아니다. 그녀의 눈앞에서 맹호연은 손도끼의 줄을 풀어 손목에 친친 동여맸다.

외팔인지라 도끼날을 입에 물고서 하는 짓이다. 안쓰러웠으나 지금은 그것을 따질 계재가 아니었다.

“맹가, 대체 왜 그래?”

여시가 묻자, 맹호연은 묵묵부답 도끼 자루가 손바닥에서만 놀 수 있도록 줄을 고정하고는 고개를 들었다.

“한 가지만 물어보겠소.”

저 위인, 이 판국에 지금 무엇을 묻고 자시고를 한단 말인가?

그렇다고 그냥 무시해 버리기엔 맹호연의 표정이 너무나도 절실했다. 여시는 주위를 살펴보는 일방 건성으로 고개를 끄덕였다.

“뭔데?”

“사실이오, 아니오? 내 그것만 알면 죽어도 여한이 없겠소.”

“……?”

대체 무슨 소리야. 미쳤나, 이 화상? 예전에도 눈만 마주치면 고개를 외로 꼬더니.

‘어라… 이 화상 그럼 혹시?’

여시의 얼굴이 갑자기 홍시처럼 붉어졌다. 그때마다 칼질해서 겁을 줬던 것도 실은 속을 꿰뚫어 보는 듯한 그 눈길이 부담스러웠기 때문이다.

그나저나 참으로 어처구니없는 작자가 아닌가. 맹호연은 지금 자신의 눈이 틀렸나 맞았나는 알고자 하는 것이다. 타고났다는, 그 아무짝에도 쓸모없는 처녀 식별안…….

'미친놈……!'

여시는 대답하지 않았다. 한 번 픽 눈칼을 쏘아주고는 호치에게로 다가갔다.

"여전하신가?"

"……!"

아무 말도 없는 것이 호치도 이상했다.

잠시 맹호연을 바라보며 입술을 깨물고 있더니 허방산을 바닥에 내려놓았다. 그리곤 넙죽 절부터 했다. 말리고 자시고 할, 아니, 뭐냐고 묻고 말고 할 틈도 없었다. 뭐라 뭐라 알아듣지 못할 말을 혼자 중얼거린다. 그러더니 벌떡 일어났다.

"가시오."

단 한마디였다. 디부진 어조에 숙연한 표정, 호치의 황간색 부리부리한 호랑이 눈이 번쩍 빛을 뿜었다.

"놈들은 지척에 이르렀소. 우리처럼 지치지도 않는 괴물들이니 길어봐야 반 각 안에 잡히고 마오. 상황으로 봐선 그 시커멓던 놈들도 금방 아구 형을 젖히고 몰아닥칠 것이니 이러다간 모두가 개죽음이오."

"……!"

"맹 대방이 뜻을 굳혔으니 나 또한 그와 생사를 같이하겠소. 가시오, 어떻게든 우리 둘이 시간을 벌어보리다."

"그, 그러지 말고 같이 가요."

"사나이로 태어나 할 짓 못할 짓 다 해봤으니 별 아쉬움은 없소. 다만 주군에게 십팔각 모두를 보여 드리지 못해 그것이 안타까울 뿐."

"버, 범 대방."

이자들 사람 가슴을 후비는 데는 정말 뭐가 있다.

가슴이 뭉클해 여시는 지금 자신이 경어를 쓰고 있다는 사실조차 느끼지 못했다. 울컥, 치미는 뜨거움을 이기지 못해 여시는 주르르 눈물을 흘리고야 말았다.

금세 뿌옇게 변해가는 사내들…….

"만나서 반가웠소."

"크큭큭… 잘 가시게, 검 낭자."

여시는 고개를 떨구었다. 무슨 할 말이 있을까. 설령 있었다 해도 목이 메었는지라 나오지도 못했을 것이다.

시시각각 적은 다가오고 사내들은 마지막을 생각한다. 하나도 아쉽고, 둘은 더 아쉬운 진짜 사내 중의 사내가 바로 저들이거늘! 아구 금 사형, 반달이 웅거, 묵묵한 악치 가등, 그리고 이들. 아아, 모두가 가슴 아픈 그 이름들……!

'그리고 보면 여시는 참 복도 많아. 이런 장부들과 한솥밥을 같이 먹었으니…….'

눈물이 앞을 가린다. 그렇다고 마냥 주저앉아 있을 수만도 없었다. 아니, 촌각의 여유조차 허용되지 않았다. 호치의 기세가 일순 바늘 끝처럼 예리해졌다.

"왔다!"

"버, 벌써?"

그랬다. 어느새 적이었다.

지겹고도 지겨운 저 핏빛 그림자들. 그것도 하나, 둘… 셋이나 되었다.

"제발… 제발 좀 일어나 봐요!"

시신인 양 여전히 눈을 감고 있는 사람, 여시는 울부짖으며 허방산을 들어 안고 떠올랐다.

"오오, 제발……!"

이어져 가는 것은 오열, 점점이 떨어지는 것은 그녀의 애끓는 눈물. 호치와 맹호연은 손바닥을 마주치며 크게 웃었다.

"프핫핫! 맹 대방, 우리 원없이 한번 싸워봅시다."

"아암, 맛을 보여주자고. 장몽궁 백대방의 깡다구가 과연 어떠한지를 말이야."

"우선 같이 한 놈을 요절내고 쌍으로 놀아보는 것이 어떻겠소?"

"그러지. 내가 먼저 도끼로 면상을 깔 테니 뒷마무리는 자네가 하게."

"핫핫! 좋소이다."

정말 끈질긴 놈이다.

호치 범강과 맹호연을 뚫고 나온 놈이 있었다.

혼자라면 모르되 사람을 안고서 놈의 허깨비 같은 경공을 따돌린다는 것은 불가능했다. 대체 무슨 놈의 조화인지 괴물은 추적술 또한 기가 막혔다. 본능이라서 그럴까? 이성은 죽고 본능만이 살아 있기에 이렇듯 사냥개가 무색한 것일까?

벌써 뒷덜미, 검여시는 이를 악물었다.

'할 수 없다. 어떻게든 끝장을 내는 수밖에!'

오목한 바위틈에 허방산을 숨겨놓고 혈정도를 움켜쥐었다.

땅거미가 내려앉아 사위는 어둑어둑했다. 특히나 산중의 어둠은 해만 지면 순식간에 짙어진다.

최대한 몸을 낮춰 바짝 웅크렸다. 여차하면 떠오를 자세, 공력은 있는 대로 끌어올린 후였다. 혈웅참마도결을 연성한 그녀였다. 혈정도 또한 쇠를 두부 베듯 하는 천고의 보도, 여시는 단 일격에 승부를 볼 작정이었다.

'시간이 없다. 무엇보다 저이의 상세를 치료하는 것이 급해……'

야속한 사람, 그는 반송장이었다. 살아만 있었지 완전히 물먹은 솜이었다. 마음은 급하고 가슴은 새까맣게 탄다.

'다른 놈이 나타나기 전에 베어야 한다.'

한순간, 야조 한 마리가 시야에 들어왔다.

온몸이 붉은 인간 새, 야공을 너울져 오던 놈이 머릿결에 이르렀을 때였다.

"……!"

소리없는 기합일성.

검여시는 수직으로 상승해 올랐다.

그와 동시에 끌어 올려지는 무서운 칼빛 하나. 바로 건곤도룡세, 그것은 땅에서 하늘로 이어지는 무서운 참형도였다.

기습에다가 오 장도 안 되는 단거리, 검여시의 혼신공력이 깃든 보도의 칼날은 번쩍 하는 그 순간에 놈의 사타구니에 올라붙었다.

"도(屠)!"

촤아아악―

과연 혈정……!

혈정도는 기대를 저버리지 않았다. 대쪽을 가르듯 붉은 혈정의 칼날은 놈을 완전히 갈라 버렸다.

그러나 천려일실, 아니면 너무나도 빨랐기에 최후라는 감각조차 잊었던 것일까. 일도양단되는 그 찰나에도 괴물은 핏빛 혈마수를 맹렬하게 휘둘러댔다.

"……!"

한껏 짓쳐 오르던 터였다.

한꺼번에 진기를 쏟아냈는지라 극심한 허탈감을 느끼고 있는 참인데 머리를 쳐오는 저 붉은 혈수라니……!

"흑!"

질겁해 허리를 뒤로 젖혔다. 다행히 머리는 피했다. 가슴팍에 충격이 전해진 것은 됐다 싶었던 바로 그 순간이었다.

"으흐흑……!"

극통. 눈앞이 캄캄해지는 극통이었다.

꽝! 하는 소리는 그 다음이었다. 검여시는 살 맞은 새처럼 후두둑 추락해 내렸다.

"마, 망할 자식."

땅바닥에 떨어졌기에 망정이지 바위였다면…….

후들거리는 다리에 힘을 주며 간신히 일어섰다. 머리 속이 하얗게 비워지고 어디가 아픈지 어쩐지도 느껴지지 않았다. 칼을 지팡이 삼아 흐느적흐느적 걸었다. 간신히 반송장을 들어 안았다.

'아아…….'

밉다.

미웠다.

정말 미웠다.

휘청휘청 그렇게 얼마를 걸었을까.

"이 나쁜 놈!"

검여시는 위인을 와락 내팽개쳐 버렸다.

진짜였다. 그렇게 미울 수가 없었다. 평소엔 천방지축, 자기 내키는 대로 이리 불쑥 저리 불쑥 잘도 하더니만 이게 뭔가. 자기 수하, 자기 여자(?)가 어떻게 되어가는지도 모르고 태평스럽게 잠만 퍼잔단 말인가. 그러던 그녀의 얼굴이 갑자기 샛노래졌다.

'또……?'

제아무리 감각이 무뎌졌다곤 하나 그녀는 표응이었다.

그것도 산중의 밤이었다. 옷자락 스치는 소리 하나를 알아차리지 못한다면 만리웅풍의 표응이 아니었다.

'셋이다! 그것도 나 이상의 고수…….'

방향 또한 지나쳐 온 쪽이 아니었다.

야공을 스치는 옷자락 소리는 산 아래쪽에서 들려왔다.

자라 보고 놀란 가슴 솥뚜껑을 보고서도 놀란다더니, 여시는 덜컥 겁부터 집어먹었다.

들키면 두 목숨이 죽는다.

어디서 그런 힘이 솟아났는지는 몰랐다. 부리나케 내팽개쳤던 위인을 들쳐 업었다. 그때였다.

커엉!

처음엔 아련하더니,

컹컹컹… 컹…….

이내 손에 잡힐 듯이 일직선을 그어오는 저 소리, 귀가 번쩍 뜨이는 저 소리. 저게 무슨 소린가? 오오!

"배, 백구다… 백구!"

여시는 그만 털썩 주저앉고 말았다.

신견 백구. 그 신통한 녀석이 왔다면 결코 제 놈 혼자만 온 것은 아닐 터. 그렇다면……!

크앙!

녀석은 바람처럼 날아들었다.

정말이었다. 꿈이 아니었다. 뿌연 잔월의 달빛 아래 흘러오는 하얀 그림자, 아니, 또 다른 백영 하나는 그보다 훨씬 더 빨랐다.

"……!"

운추심, 바로 그녀였다.

단번에 석상처럼 뻣뻣해진다.

그녀뿐만이 아니었다. 그녀의 뒤를 따라 스치듯 허공을 밟아오고 있는 사람들이 있다. 다른 이들이 아니다. 바로 마왕매 단리종도와 꺼먹귀신 먹치가 아닌가.

그들이 어찌 모였고 어떻게 함께 나타났는지는 지금 이 순간 의문조차 일지 않았다. 가슴속에서 치밀어 올라오고 있는 뜨거움이 반가움인지 뭔지도 몰랐다. 탁 말문이 막혔다. 뭐라 외쳐야 하는데 소리가 나오질 않는다. 여시는 가까스로 손을 쳐들었다.

"어, 어서!"

그녀가 가리키고 있는 곳은 시커먼 산등성이 저쪽, '어' 하면 '아' 하는 사람들이다. 불같은 눈으로 허방산을 일별한 단리종도와 먹치가 허공에서 회오리처럼 방향을 틀었다.

'제발 살아만 있어주기를……!'

기원하는 마음, 애절한 축원.

그리고 또 하나, 걱정과 우려가 어찌 인간만의 감정일까. 하는 것으로 봐선 개도 그랬다. 달려들자마자 그 충성스런 눈에 물기를 보이며 핥고 물고 난리가 아니다.

끄응… 끙…….

반송장의 얼굴은 물론 그를 안고 있는 여시의 손도 금세 녀석의 침으로 범벅이 되었다.

여시의 말문이 제대로 트인 것은 그 때문이었다.

아니, 사실은 다른 이유 때문이었다. 뻣뻣하게 굳어 있던 추심이 푸르르 도리질을 해대며 냅다 반송장을 빼앗아갔기 때문이다.

속절없이 빼앗겼다.

"아앙……!"

여시는 울음을 터뜨렸다.

그러다간 아예 방성대곡을 했다. 줄줄 눈물을 쏟아가며 산이 떠나가라 울었다. 스물여덟 해, 그 숱하고 숱했던 온갖 사연들을 한 번에 다 쏟아내기라도 하려는 것처럼 꺼이꺼이 목 놓아 울었다. 그런 그녀를 운추심은 물끄러미 바라보았다.

"……!"

복잡한 의미의 시선이다.

추심의 눈은 지금 여자의 눈이었다. 급하고 불안한 마음에 이대원은 아예 호북에다 떼어났다. 사천 경내에 들어서면서부터는 교랑까지도 뒤에 처졌다. 그렇게 밤을 도와 달려왔던 길이었다.

"하아……."

한숨이 나왔다.

‘늘보’ 의 상태는 이미 점검한 후였다.

가슴의 관통상은 문제가 아니었으되 심각한 것은 내상이었다. 아니, 내상도 내상이려니와 더욱 신경이 쓰이는 것은 가슴 경락에 머물고 있는 기이한 역도였다.

‘늘보’ 가 혼절해 있는 것도 바로 그 힘줄기 때문이었다.

물에 젖은 불길이 살아나지를 못한다고나 할까? 차다고 할 수도 없고 그렇다고 따뜻하다고도 할 수 없는 서늘한 기운, 그 기운이 이화단정의 운행 통로를 막고 있었기에 전체가 깨어나지를 못하고 있는 상황이었다.

의혹과 놀람, 추심의 복잡한 시선 가운데 가장 뚜렷한 기색은 바로 그것이었다.

‘역시 중원은 넓다. 신수지맥의 수정지기와 이렇게 유사한 공부가 있을 줄이야. 그나저나 어쨌든 다행이다. 상이했다면 나로서도 방법이 없었을 테니까.’

늘보는 죽마고우이자 낭군이었다.

어렸을 때는 비류연에서 함께 멱을 감고 놀았고 커서도 남녀라기보다는 서로가 놀이의 상대였다. 그러다가 남자와 여자 사이로 발전된 것은 아리골의 수정신수공 때문이었다.

수정공을 여자가 익히면 문제가 생긴다. 힘은 천하장사도 집어 던질 정도로 무시무시해지나 엄청나게 비만해진다는 것이었는데 거기에서 벗어날 수 있는 방법은 신공을 대성하거나 신수맥의 종파인 이화의 신기를 얻는 길밖엔 없었다.

그 또한 합방 외에는 대책이 없었던 터. 우격다짐으로 신방에까지 들긴 했다. 속이 상했던 것은 언제부터인가 ‘늘보’ 가 슬슬 눈치를 보며 피하기 시작했다는 것이었는데 설마 도망까지 치리라곤…….

하되 다 지난 일이었다. 어찌 됐든 그 늘보는 지금의 낭군이었고, 정리해야 할 것은 작금의 상황이었다.

"하아……."

다시 한 번의 한숨, 무엇이 그리도 서러운지 여시는 계속 울었다.

쉬이 그칠 기세가 아니었다. 그렇다고 달리 달랠 방도도 없다. 아니, 꼭 없는 것만은 아니었다. 같은 여자로서 어찌 그녀의 속내를 모를까.

그러나 싫은 것은 싫은 것. 길가의 돌부처도 돌아앉는다는 것이 시앗을 보는 일이다. 허락은 죽기보다 싫었다.

'안 돼, 절대로……!'

운추심은 애써 마음을 독하게 먹었다.

하나 말이 나오질 않는다. 겨우 했다는 소리가 이 소리였다.

"이이의 내상은 내가 돌볼 수 있네. 통로만 열어주면 되니까. 한데 대체 이 어떻게 된 영문인가? 말해 보게. 대체 어떤 놈이 이분에게 이런 실수를 썼던 게지?"

"……."

여시는 들은 척도 하지 않았다.

그러나 울음이 잠시 멎긴 했다. 가슴팍에 내비치고 있는 붉은 핏물하며 창백한 안색으로 봐선 그리 간단한 상세도 아니다. 저리 가만 놓아두면 내상만 가중될 뿐이다. 상심해 우는 것은 절대 좋은 일이 아니었다.

운추심은 할 수 없다는 듯이 낯빛을 흘트렸다. 다정도 병이라 다부지게 먹었던 마음이 스르륵 녹아버리고 만다.

"그만 그치고 요상부터 하게. 그럼 언제고 내… 비류연을 구경시켜 주겠네."

"……!"

아니나 다를까, 신기하기도 했다.

여시의 울음이 단번에 뚝 그쳤다. 마치 울며 보채던 아이가 곶감 하나를 받아 들고 눈물 그렁그렁한 얼굴로 활짝 웃듯이 여시도 배시시 그러한 미소를 그려냈다.

"주, 주모……!"

비류연을 구경시켜 주겠다니……!

그건 식구로 받아들여 주겠다는 말이 아닌가. 혼자만의 착각일지는 몰랐으나 여시는 그리 들었다. 이제는 기쁨의 눈물, 안도의 눈물이었다. 추심이 고개를 끄덕여 주지 않았더라면 그녀는 요상에도 들지 못했을 것이다.

정말 그렇게나 좋은 것일까?

하기야 마음이란 것이 꼭 정해진 길로만 가는 것은 아니다. 가슴이 그리 시키는 것을 어쩌란 말인가?

컹! 컹!

급해진 것은 백구였다.

녀석이 왕왕대며 펄쩍펄쩍 뛰었다. 물어 당기는 것은 추심의 바짓가랑이, 어서 빨리 주인을 내려놓으라는 얘기다.

"알았다, 그러자꾸나."

운추심은 낭군을 결가세로 주저앉혔다.

조심스런 손길, 그녀는 자신도 허방산의 뒤에 자리를 잡고 앉았다. 진기요상대법을 펼치려는 것이다. 백구에게 뭐라 손짓을 하고는 천천히 눈을 감았다.

원래가 신수와 이화는 한줄기다.

물과 불은 또한 결코 상극만은 아니었다.

상극이기에 상조도 되는 법. 서로가 서로를 제어하고 다스리듯이 일으켜 세움 또한 마찬가지이니 그것이 바로 수화상생의 이치가 아닌가. 모르긴 몰라도 이화단정은 쌍수를 들어 수정지기를 맞이하리라.

일대는 고요해졌다.

느닷없는 아녀자의 곡성에 놀랐던 달빛도 다시금 그윽해졌으며 산도 깊은 어둠 속으로 묻혀들었다.

살아 있는 것은 백구였다. 녀석의 충성스런 눈빛만 살아 움직일 뿐, 이름 모를 산속의 밤은 그렇게 깊어갔다.

제8장 식구를 잃고

허방산의 얼굴은 파랗게 질렸다.

"다시… 다시 말해 보라. 누가 어떻게 됐다고?"

비보 하나. 창응만리가의 가주로 하여금 턱살을 떨게 만든 슬픈 소식, 간만에 만난 아내의 손까지 뿌리치게 만들어 버렸던 비보는 먹치의 입에서 흘러나왔다.

"웅거와 맹호연입니다."

"……!"

"죄송합니다, 가주."

먹치, 아니, 삼십육천웅의 수좌이자 휘웅 전산산을 혈육으로 둔 사람. 붕천권 전위가 바로 그다. 그는 지금 죄인이었다.

"다른 형제들은 중상이나마 목숨을 구하긴 구했는데 둘은 너무 늦고 말았습니다."

“…….”

허방산은 아무 말도 하지 못했다.

망연자실, 우두커니 선 채로 그냥 넋을 잃었다.

‘웅거와 맹호연, 아아… 그들이……!’

웅거는 동기 묘객이었다. 곰처럼 우직하고 어눌했으되 그처럼 순박하고 싹싹한 친구가 또 어디에 있으랴. 이제 그의 ‘헤헤’ 거리던 웃음은 영영 가버렸다.

게다가 홍련에게는 또 무엇이라고 말을 한단 말인가. 과거 산산의 일로 홍련각을 들이쳤을 때 맹호연을 그냥 놓아두었던 것은 놈의 사내다움도 사내다움이었거니와 홍련의 눈에서 놈을 향한 애틋한 단심을 읽었기 때문이다.

반달이와 맹호연, 그 둘은 이제 다시 오지 못한다. 새벽은 왔건만, 이다지도 잔인한 여명일 줄이야.

‘그놈……!’

회심의 미소로 얼룩져 있던 두 개의 눈알을 붙여달고 비열하게 졸개들 틈에 끼어 있다가 불시의 기습을 가해왔던 그 야비한 놈! 태상이라 했던가, 그 더러운 놈이?

“으…….”

전신의 피가 끓어올랐다.

사지가 떨리며 머리칼이 곤두선다. 자칫했으면 그대로 포효하며 떠오를 뻔했다. 추심이 그의 손을 잡아왔다.

“서방님…….”

눈물 젖은 얼굴, 밤새 진력을 쏟아내느라 핼쑥해진 그 얼굴이 그러지 말라고 눈물로 애원한다. 그뿐이 아니었다. 언제 도착했던 것일까,

칠해교랑도 그 큰 손으로 덥석 허방산의 어깨를 붙들었다.

"도련님, 고정… 고정하시오."

허방산은 얼굴을 들었다. 솟구쳤던 눈물이 쏟아져 내릴 것만 같았기에. 깨어나는 하늘에 다시금 두 개의 얼굴이 그려졌다.

허방산은 두 주먹을 불끈 쥐었다.

'반드시… 반드시 박살을 내버리고 말리라, 그 추잡한 군림의 들쥐 새끼들을!'

악연도 그런 악연이 있을까. 처음엔 차천곤 차 집사, 그리고 이번엔 군림태상. 그것도 똑같은 부위에 똑같은 암습……!

"허허……."

분노는 조금씩 사라져 갔다.

아니, 조금씩 내부로 침잠해 들었다고 해야 옳을 것이다. 그러자 좋아한 것은 백구였다. 화염 같던 분노의 기세가 사라지자 녀석이 잽싸게 달려들어 손등을 핥아댔다.

끄응… 끙…….

그만 화를 풀라고. 기회는 많다고, 언제고 그 추악한 낯짝을 부숴 버릴 날이 있을 거라고……!

'그래, 그래, 네 말이 맞다.'

앞에는 붕천권 전위.

그 옆에는 단리종도, 둘은 하나같이 피투성이였다.

간밤의 역경이 어떠했는지는 불 보듯 뻔한 것. 허방산의 시선이 자신을 향해오자 단리종도가 들고 있던 장극을 짚어 세우며 정식으로 군례를 올렸다.

"흑응 단리종도, 삼가 만리웅풍의 지존을 뵈오."

흑응이라면 천웅제오좌. 십 년 전 적지 촉산으로 투신해 들었던 창응의 후예가 바로 그다. 그의 목소리는 생김새만큼이나 중후했다.

허방산은 고개를 끄덕였다.

"일어나시오. 얘기는 나중에 합시다."

"예, 가주."

상황이 달랐다면, 당연히 술이 있어야 할 자리였다. 그 인고, 그 오욕의 세월이 어찌 간단하기만 했겠는가. 모르긴 몰라도 두툼한 책 한 권의 사연은 족히 나올 것이다.

그러나 지금은 아니었다. 지금은 아구가 급했고 악치가 급했고 호치가 급했다. 그리고 목숨을 잃었다는 두 형제의 뒤처리는 더 급했다.

"……!"

여시에게 눈이 가며 허방산의 얼굴은 다시 한 번 아픔으로 물들었다. 파리한 안색에 피에 젖어 있은 앞섶이 너무나도 애처롭다.

일편단심(一片丹心) 애적심(愛赤心). 호오, 단심을 적심이라 한다던가?

여시는 쉽사리 깨어나지 못했다.

밤이 다 가고 새벽이 되도록 그녀의 운공요상은 계속되고 있었고 허방산의 시선은 그녀를 지나 그녀의 옆에 있는 바위 뒤쪽으로 옮겨졌다.

거기에 운공 중인 그들이 있었다.

둘은 앉아 있고 하나는 그러지도 못했다. 제일 먼저 눈에 띈 얼굴은 악치, 붉은 고수머리가 아니었다면 알아보지도 못했으리라. 그의 얼굴은 온통 피투성이였다. 쥐어뜯긴 듯이 짓이겨진 저 얼굴이 정말 악치가등의 얼굴이란 말인가?

"한쪽 눈도 상했습니다. 혈마수에 스쳤는지라… 그러나 생명엔 지장이 없습니다."

송구스러워하는 먹치의 말처럼 그래, 중요한 것은 살아 있다는 그 사실이다. 살아 있다 함은 빚을 갚을 기회가 있다는 것과도 동일한 의미이기에…….

또 한 사람은 아구였다.

만리금응. 참륙마조의 달인이자 일곱 번째 서열의 천응 아구 달단양, 그는 전신이 파혼이었다.

"부서진 왼쪽의 어깻죽지가 제일 심합니다. 급히 뼈를 맞춰놓긴 했으나 결과는 좀 더 지켜봐야만 할 것 같습니다, 가주."

풍선처럼 부풀어 있는 그 고통이 오죽할까.

그래도 호치에 비하면 아구는 좀 낫다 할 수 있었다. 호치는 사지 중 둘이 엉망진창이었다. 오른쪽 다리와 왼쪽 팔에 부목을 대서 친친 싸매놓았는데 한눈에도 부러지거나 으스러진 상처였다.

"제가 당도했을 때 염라부는 이미 명을 달리했고 호치의 추웅각은 단혈수와 얽혀든 채로 서로가 서로를 조이고 있었습니다. 암만해도 팔은 못 쓸 것 같고 나리 또한 성할 것 같시는 않습니다."

"……!"

모란각의 주인.

운명이 낭월과 엮지만 않았더라도 그는 지금도 여전히 장몽궁의 일각을 떵떵거리며 지배하고 있었을 것이다. 백모란의 화사한 향에 취해 이토록 잔혹한 피 냄새와는 인연이 없었을 것이고 그렇게 조용히 젊음을 보냈으리라.

결국은 불구. 그렇다 해도 죽은 이에 비할까.

낭월포의 웅거와 맹호연. 특히나 웅거의 낭월포는 완전히 붉은 넝마를 방불게 했다. 쥐어짜면 지금도 핏물이 떨어질 것이다. 대관절 얼마나 당했기에……!

“웅거는 선 채로 숨을 거뒀습니다. 사인은 단전의 관통상… 그를 벤 자는 유마강이란 자로 군림마가의 이가주가 되는 자였습니다.”

“……!”

유마옥은 안다.

대종이라 불렸던 자, 그럼 그 외에 또 다른 자가 있었던가?

그러나 그것은 그냥 찰나에 스쳐 갔던 의혹에 불과했다. 지금이라도 광망을 토해낼 듯 부릅떠져 있는 눈, 허방산을 옴짝달싹도 하지 못하도록 붙잡고 있는 것은 웅거의 그 눈이었다.

분노일까, 한일까. 정지되어 있는 그 눈빛의 의미는 웅거 본인만이 알고 있을 터. 허방산은 결국 눈물을 보이고야 말았다.

장부의 눈물이었다. 그리고 그 눈물은 맹호연을 확인하며 붉은 핏기를 띠기 시작했다.

“으으…….”

설사 홍련이 봐도 알아보지 못할 것이다.

맹호연의 얼굴은 완전히 부서져 있었다. 파흔은 지흔. 혈마수에 잡혔던 듯, 그리고 보니 그의 외팔에 매달려 있는 염라부도 보이지 않는다.

“그의 손도끼는 단혈수의 미간에 찍혀 있었습니다, 가주.”

“……!”

허방산은 가만히 있었다.

보는 것도 아니고 보지 않는 것도 아니었다. 그의 초점은 흐릿하기만 했다. 사실 그만큼 정이 많은 사람도 드물다. 때론 겁나게 굴고 때론 덜렁덜렁 거침이 없긴 했어도 그것은 투박하고 구김이 없어서였지 왁살스러워서가 아니었다.

게다가 독하지도 못했다. 어렸을 땐 땅을 비집고 올라온 죽순 하나 조차도 세상에 얼마나 아플까 하며 제대로 꺾지도 못했던 물렁이가 바로 그였고 그 여린 심성을 비웃으며 그렇게나 못되게 굴었던 자신에게도 항상 헤헤거린 웃음으로 일관해 줬던 순둥이가 바로 그였다.

추심이 지아비를 잡은 손에 힘을 주었다.

"서방님, 부디……."

그땐 늘보라 불렀다. 세상만사 모두가 태평이었고 느긋했던 사람, 그런 사람이 지금 저렇게 울고 있다.

소리없는 저 오열이, 대장부의 저 뜨거운 눈물이 아아…….

세상은 너무나 무섭고 흉측하다. 대체 무엇을 위하여 누구를 위하여 그리도 서러운 피를 봐야만 하는 것일까?

눈물은 칠해교랑, 그녀에게도 있었다.

"칠칠치 못한 놈들……!"

어찌 그러지 않겠는가. 서로가 몸으로 부내낀 정이다.

잡아 죽일 듯이 맹훈련을 시켰던 것도 다 이런 일이 없자고 했던 것이었거늘! 하나는 완전히 갔고, 둘은 반주검이 되어버렸다. 교랑의 얼굴도 온통 눈물이었다.

"으음……."

허반산은 천천히 고개를 들었다.

깊숙하게 가라앉아 있는 눈이었다. 눈물도 더 이상은 흐르지 않는다. 그러나 그러기에 왠지 더 불안하게 느껴지는 시선이었다.

그 시선을 받은 전위가 흠칫 몸을 떨었다.

천웅가의 대충신. 그가 없었다면, 그가 천절삼웅과 형제들을 잇는 허리 역할을 하지 못했다면 오늘의 장몽궁이 있기도 어려웠을 것이다.

자신의 딸자식마저도 과감히 풍진에 내어놓은 독종, 그가 지금 우려하고 있는 단 하나의 걱정은 호방하되 겁없는, 어쩌면 물불을 가리지 않을지도 모를 가주의 저 젊은 혈기였다.

"가, 가주……."

"적은?"

적이라면 군림의 무리들을 말함일 터. 전위는 조심스럽게 입을 열었다.

"살아간 자는 채 열이 넘지 못할 것입니다."

"태상이라는 자, 또한 대종이라 지칭되던 유마옥이란 자도 있었네. 그리고 그대가 말한 유마강이란 자, 그들은……?"

"그 둘은 보지 못했고 유마강과 그의 수하들은 도망쳤습니다. 분했으나 형제들 때문에 놈들을 쫓아갈 수가 없었습니다, 가주."

"그랬다… 좋네, 좋아. 한데 그대는 왜 이리 늦었던 게지?"

"……!"

다행이다. 그 성질로 박차고 떠오르지 않은 것만도 다행이었다. 전위는 내심 가슴을 쓸어 내렸다.

"북간이 나타났었습니다. 그들이 육박해 오기에 대동했던 형제들과 놈들을 요격하느라, 그래서 가주를 바짝 따르지 못했습니다."

"북간… 북천밀가, 그들도 나타났단 말인가?"

해연히 놀란 얼굴.

전위는 고개를 끄덕였다.

"그것도 칠십이밀혼좌에 속하는 정예였습니다, 가주."

“이상하군. 군림이 기다렸다는 듯이 습격을 가해오고 게다가 밀가까지 나타났다. 촉산이 이 지경이 되고 낭월의 본신이 우리 창응이라 확신을 했다면 모르되 우연으로 치기엔 너무나도 공교롭지 않은가.”

“그렇습니다. 암만해도 가주의 정체를 의심하고 있는 것이… 하나, 춘추백검이 움직였으니 놈들도 가만히 있긴 뭐했을 것입니다. 잘만하면 어부지리도 노릴 수가 있었을 테니까요.”

“춘추?”

“단리 아우, 그 건은 자네가 말씀드리게.”

“예, 형님.”

단리종도가 끼어들었다.

“단목광이 나타났습니다. 원래 명왕은 귀주를 거쳐 광동의 분타로 가서 세력을 정비할 요량이었는데 검왕자가 백검을 이끌고 그를 막았습니다.”

“검왕자에 백검이라… 전력을 동원했던 것이로군. 결과는?”

“그것은 아직… 군림의 움직임을 접하자마자 떴는지라, 하지만 명왕 곁에 남겨놓은 수하가 있으니 곧 소식을 보내올 것입니다.”

“으음…….”

결국은 구천사가 전체가 움직인 셈이다.

또 하나가 있다면 군림마가. 그것이 무슨 의미일까?

하긴, 칠석지쟁이래 구천의 후예는 서로가 적이었다. 호시탐탐 틈을 노렸고 기회만 있으면 세력을 확장했다. 그것이 표면적으로 드러난 것이 바로 창응겁, 이매와 춘추의 격돌을 예상했다면 절대로 그 기회를 놓칠 북간이 아니었다.

군림마가 또한 어떤 방식으로든 개입을 하긴 했을 것이나 의외였던 것은 태상이라는 자까지도 몸소 나타났다는 것이고 암수까지 써가며 덮쳐들었다는 것이다.

명왕의 뒤를 노리지 않고 낭월을 노렸다?

의혹은 바로 그 점이었다. 하되 결론이 없다. 허방산은 일단 그 의혹을 접었다.

"그럼 대동했던 식구들은?"

전위는 혼자가 아니었다.

설웅을 비롯한 일곱 형제가 그와 함께했었다.

"아, 예, 정체를 드러내야 할 정도의 충돌은 없었는데 때마침 놈들을 따라 남하해 온 개방이 나타났기에 동정만 살피라 명하곤 저만 먼저 떠나왔습니다."

"개방?"

"용등호약 구주풍운의 사대천왕이 모두 보였습니다, 가주."

"……!"

그 정도면 정녕 경동이라 할 만했다.

대경동. 강호는 드디어 폭풍에 휘말리기 시작했다. 곪은 상처가 터지듯이 창응겁으로 야기되었던 군림의 야망이 마침내 쟁패로 터지기 시작했던 것이다.

동녘이 붉게 타올랐다.

어둠의 잔재를 산산이 부서뜨리는 일출의 광양. 허방산은 한참 동안이나 동천의 찬란한 광구를 바라보다가 쓸쓸히 웃고 말았다.

'모두가 바보 짓이거늘…….'

태양은 저렇게나 밝고 찬란하건만 인간이란 부류는 대체 무엇이 아쉽고 모자라 그리도 처절한 삶을 영위해 간단 말인가? 그래 봤자 저 마른 나뭇가지에 앉아 있는 한 줌 눈꽃의 의미만도 못한 것을.

"이것을……."

허방산은 품에서 약왕금강신단 한 갑을 꺼내 들었다.

"반은 먹이고 반은 개어 상처에 발라주게."

"예."

그 즈음이었다. 전위가 허방산에게 약갑을 받아 들었을 때였다. 매 한 마리가 멀리 동천에서 날아들었다.

끄으윽.

길게 울음을 토해내는 벽옥색 각응(角鷹) 한 마리. 그 즉시 단리종도가 날카롭게 휘파람을 불었다. 한차례 허공을 선회하던 각응은 이내 맹렬한 속도로 떨어져 내렸고 단리종도가 내민 장극의 끝에 스치듯 내려앉았다.

"어서… 어서 오너라."

급한 손길, 단리종도는 매의 다리에 매달려 있는 동관에서 돌돌 말린 전서 한 장을 꺼내 들었다.

춘추와 이매 동패구상, 춘추는 백검의 절반이 전사했음. 그 결과 이매의 주력 대부분은 고혼으로 누웠고, 명왕 또한 검왕자의 응전검에 한 팔을 잃고 도주함. 방향은 동(東), 행선지는 아직 미정임. 저는 계속 명왕을 따르겠음.

"역시……!"

단리종도는 눈을 빛냈다.

예상했던 결과였을까. 반짝했던 이채는 전서를 건네받은 전위나 허방산도 마찬가지였다. 전위가 떨떠름한 표정을 지었다.

"앞으론… 북간이 더욱 기고만장해지겠군요."

맞는 얘기다. 명왕은 근거지를 잃었고, 어떤 연유에서 그런 출혈을
감수했는지는 모르나 백검도 절반으로 세력이 꺾였다. 이는 삼족의 팽
팽하던 균형이 깨지고 강호의 판도가 달라졌다는 뜻이니 좋아진 것은
북천밀가밖에 없지 않은가.

그러나 허방산의 생각은 좀 달랐다.

"문제는 군림마가네."

"……!"

"어제의 일은 시사하는 바가 크네. 놈들은 우리만 노렸어. 그것은
창응의 비밀이 노출되었다는 것과도 다름이 없으니……."

"아!"

"하긴, 창응의 절기가 낭월에게서 나타났으니 누구든 짐작이야 할
순 있었겠지. 어느 정도 각오는 했으나 이렇게까지, 그것도 군림의 무
리에게 뒤통수를 맞을 줄은 미처 몰랐네."

"그럼?"

무슨 생각이 들었나, 전위가 흠칫 몸을 떨었다.

"궁… 장몽궁도 위험한 것이 아닐까요?"

"맞네. 웬만큼은 노출이 되었다고 봐야 하니 장몽궁은 이제 의미가
없어졌어. 미친놈들이 뭔 짓을 할지 모르니 자칫하면 백리향에 영문도
모르는 피가 흐르고 마네."

"으으음……."

"이렇게 된 이상 생각을 달리해야 되겠네."

"……!"

“전 수좌가 속히 신녀의 의견을 들어보게. 죄없는 사람들을 더 이상 담보로 잡고 있을 순 없지 않은가. 내 생각엔 아예 대놓고 선포를 하는 것이 좋겠어. 창웅의 부활을 말이야.”

“아, 만리웅풍 창웅비상⋯⋯!”

“그렇지. 장소는 낭월대가, 촉산이 무너진 이상 궁에 있는 천웅만 옛집에 복귀해도 수비엔 별 지장이 없을 걸세.”

“아아!”

“음⋯⋯.”

전위와 단리종도의 눈빛이 태양처럼 타올랐다.

어찌 그러지 않으랴. 간판을 내걸다니, 그 뼈를 깎고 한을 씹던 오욕과 인내의 세월이 마침내 빛을 보게 되는 순간이 아닌가!

“알겠습니다. 속히 신녀와 타합을 해서 그리하도록 하겠습니다, 가주.”

“그러시게.”

격정의 아침, 형제들만 잃지 않았다면 더 더욱 가슴이 벅찼을 것이다. 허방산은 나직하게 중얼거렸다.

“어차피 앞으로는 정면 승부야. 석연치 않은 점 몇 가지만 확인되고 나면 그 누구든 정면으로 들이칠 걸세.”

촉산명왕이 생각난 것은 그때였다. 그는 창웅겹에 숨겨진 속내가 있었다고 했다. 그것이 무엇일까? 당사자도 모르는 사연이 과연 있을 수 있는 것일까?

‘그는 반드시 만나봐야 할 사람⋯⋯.’

그러는 사이, 하나둘 부상자들이 깨어나기 시작했다.

제일 먼저 눈을 뜬 사람은 여시, 그녀는 상황을 알아차리자마자 대뜸 오열부터 터뜨렸다. 그렇게 울고도 또 흘릴 눈물이 남아 있었던가.

"가주, 이것을……."

여시가 떨리는 손으로 종이 봉투 하나를 받들어 올렸다. 그것은 반달이 웅거, 그가 남겼던 것이었다.

직접 말할 용기가 없기에 글로 남기오.

웅거 이놈은 하늘을 우러러 단 한 점 부끄러움이 없이 살아왔으되 한 가지만은 그리하지 못했소. 그것은 이놈에게 칼 잡는 법을 일러주신 분이 바로 검왕 어르신네였다는 사실을 숨겼다는 것이오. 그렇소. 백검 중 천패검이란 이름의 소유자가 바로 이놈 웅거요. 웅거가 궁에 들어갔던 것은 가주 지명에 따라 창응의 흔적을 찾아내고자 함이었소. 하나 맹세하건대, 그뿐이오. 나는 아무것도 보지 못했고 발설하지도 않았소.

봉투에서 나왔던 것은 달랑 종이 한 장이었다.

빛 바랜 황지. 이제는 유서가 되고 만 누런 종이는 작성된 지도 꽤나 오래되어 보이는 웅거의 속마음이었다.

설마 아무것도 보지 못했을 리는 없을 터, 그럼 그는 무엇을 말하고자 했던 것일까? 웅거의 마음은 한 줄이 더 남아 있었다.

대장을 만나 즐거웠소. 언제고 이 말을 내 입으로 직접 할 날이 있으면 좋으련만…….

그랬었던가. 그래서 단목추 노인이 나타났을 때도 그렇게 스스럼없이 곰살궂게 다가갔으리라. 엉큼한 노인네, 그도 역시 창응의 동정에 지대한 관심이 있었던 것이다.

호의일까, 악의일까. 명왕의 수족을 잘라준 것으로 봐선 분명히 호의였다. 허방산은 슬쩍 종이를 비벼 재로 만들었다.

"자네는 낭월의 일원이네. 내 이미 과거는 묻어버리겠다고 말했던 터, 자네는 낭월의 이름으로 묻힐 것이고 낭월의 이름으로 남을 것이네. 설사 단목추 그 노인네가 반대를 한다 할지라도 말일세."

혼자만의 약조.

허방산은 조용히 뇌까렸다.

"자네는 낭월의 반달일세, 영원히……."

천패검 웅거, 아니, 반달이 웅거. 그는 타인이 아니었다. 오래전부터 그는 이미 한식구였다. 그래서 하나같이 저리들 서러운 눈물을 보이고 있지 않겠는가.

신수지력은 현묘했다.

군림태상에게서 받았던 서늘한 기운은 말끔히 가셨다.

문제는 내상, 신수가 이화의 약동을 도왔다고는 해도 본래가 중내상이었다. 단징이 태동은 했으되 앞으로도 이삼 일은 족히 더 다스려야만 역도가 완전해질 상황이었다.

"음……."

사실 천자매와의 격돌 시 단징이 흐트러지지만 않았어도 오늘 이 아침의 참담한 눈물은 없었을 것이다.

'그래도 그렇지, 마치 천적이라도 만난 것처럼 그렇게 속수무책이었다니, 어떻게 그런 일이 있을 수가 있었단 말인가.'

어쨌거나 놈에게서 느꼈던 그 서늘함의 정체는 반드시 짚고 넘어가야 될 중대사였다.

‘태약경에만 이르렀다면… 역시 그것이 문제다. 이화가 금강이화에 도달하려면 반드시 지금의 대약경을 탈피해야만 한다. 그래야만, 꼭 그래야만 그 못된 놈들을 일격에 때려눕힐 수가 있다!’

말 그대로의 금강이화, 화우벽력의 수발이 마음대로 이루어지는 태신태약의 경지, 그 어떤 존재의 침습도 허락지 않는 지고지순의 절대지경으로 절실했으되, 아직은 요원하기만 했다.

참으로 가깝고도 멀었다.

태약은 깨달음으로 이루어진다. 수련으로 가능하다면 무슨 짓을 했어도 이미 했을 것이다. 한순간에 문득 올 수도 있고 평생을 목을 매고 기다려도 오지 않을 인연이 바로 그 돈오였다.

“그러나……!”

허방산은 눈을 부릅떴다.

‘군림태상, 그도 온전치는 못할 것이다. 하루 차이니 멀리 벗어나지도 못했을 터…….’

명왕이 세력을 잃었다 하니 그쪽은 안심이었다. 북천밀가 또한 개방이 발목을 잡고 있는 바 군림마가의 수뇌를 들이칠 수 있는 기회는 지금이었다.

‘놈도 별 세력을 동원하진 못했다. 그것은 급히 서둘렀다는 의미… 잡아서 그 더러운 손가락의 내력부터 알아봐야 한다. 그냥 지나쳐 버리기엔 너무나도 께름칙한 손속이었다. 더군다나 저들의 한은 단 한시도 묵혀둘 수 없는 것들이다.’

말이 없는 웅거와 맹호연. 젖은 눈으로 올려다보고 있는 아구와 호치, 그리고 핏발이 곤두선 악치의 외눈……!

분하고 원통한 그 눈빛의 의미를 어찌 모르랴. 힘만 남아 있었어도,

소리라도 칠 수 있는 한 올의 힘만 회복되었더라도 그들은 벌써 날아 올랐으리라.

허방산은 주먹에 힘을 주었다.

우두두두둑!

관절 튀는 소리가 요란하게 일어난다.

그것은 그가 뭔가 마음을 굳혔다는 뜻에 다름이 아니다. 덜컥하는 가슴으로 던져 오는 전위의 시선과 마주치며,

"수좌는 형제들을 데리고 복귀하게."

"가, 가주."

전위의 표정은 단번에 흙빛으로 변했다.

성질 급한 상전, 그가 벌써 떠오르고 있지 않은가. 전위는 펄쩍 뛰었다.

"다음 기회를 보시지요. 무리하실 때가 아니오. 가주도 결코 정상은 아니오이다."

"괜찮아. 내 곧장 돌아가도록 하지."

성격 때문이 아니었다. 무슨 말을 해도 붙잡을 것이 뻔했기 때문이다. 그러나 지금은 가야 할 때였다.

허방산이 떠오르자 모두가 발을 동동 굴렀다. 중상자들이 있었기에 전위와 단리종도는 어찌할 바를 몰랐고 아구 이하 낭월단원들도 다급함을 감추지 못하고 애써 몸을 일으켰다.

그래도 차분한 사람은 운추심이었다.

"그분 말씀대로 하세요, 내가 동행을 할 터이니……."

"아!"

"자네도 조심하게."

여시에게 한 말이었다.

"주모……."

따뜻한 말 한마디에 여시가 눈물을 머금는 사이였다.

애처로워하는 시선으로 식구들을 일별한 추심이 슬쩍 지면을 박찼다. 바늘에 실 가듯이 백구와 칠해교랑이 그 뒤를 이었고, 그들 이인 일견은 급속도로 시야에서 멀어져 갔다.

"하, 하긴……!"

전위가 시선을 돌렸다.

"가주께선 창응비천을 연성하신 분, 어떤 경우라도 당신 몸 하나 빼내기엔 부족함이 없을 것이다."

"그럴 것입니다, 형님. 가주께선 촉산의 천자매도 깨뜨리신 분이 아니오. 별일은 없을 것이외다."

"형제들과 같이 왔어야 했는데 그것이 한이로구먼."

그랬다. 북천밀가만 나타나지 않았더라도, 그들을 제지하느라 지체만 하지 않았더라도 이런 지경에까지 이르지는 않았을 것이다. 전위는 한숨을 내쉬었다.

"자아… 우리도 어서 움직이도록 하세나."

"예, 형님."

컹컹… 컹컹컹…….

신견 백구. 녀석이 방향을 잡는 데는 채 일각도 걸리지 않았다.

단서는 여시가 베었던 단혈수의 체취, 주인의 화급해하는 심정을 알아 모시기라도 하듯이 백구가 쏜살처럼 내달아 길을 잡았다.

"정말 괜찮아요?"

“하하……."

둘은 손을 잡고 있었다.

오랜만에 연을 튼 비류연과 아리골의 후예, 걱정스러워하는 추심의 말에 허방산은 조용히 웃었다.

“최소한 당신과 한판 벌일 정도는 되니 그렇게 울상은 짓지 마.”

“서방님도 차암……."

하여간 다시 볼 일이다. 다소곳이 고개를 숙이는 그녀를 보고 어찌 왕년의 그녀를 연상해 낼 수 있을 것인가. 극과 극, 지금의 추심에게 거칠기만 했던 옛날의 왈패기는 단 한 점도 보이지 않았다.

“하아……."

어찌 됐거나 이 얼마 만의 해후인가.

두 사람만의 분위기를 잡아준답시고 교랑은 백구와 함께 저만치 앞장서 간다. 추심이 살짝 얼굴을 붉혔다.

“노산에도 빨리 가봐야 될 텐데……."

입 안에서만 맴돌았던 말이다. 신행도 없었으니 시가엔 인사도 없었던 것이 사실이다. 얼토당토않게 첫날을 보내 비린 후 찾아뵙지도 못했던 어른들이었다. 어떻게 보면 완전한 며느리는 아닌 셈이다.

곁눈으로 몰래 지아비의 표정을 살폈다.

‘서방님…….’

웃음은 보였으되 그것은 소리뿐이었다.

지아비의 눈은 분노에 떨고 있었다. 참고 내색치를 않았던 것뿐이지 그는 아내의 손을 잡고 있다는 사실조차 잊고 있는 듯했다. 할 수 없었다. 거기에다 대고 무슨 투정을 부릴 수 있으랴. 우러나는 것은 오직 연민뿐이었다.

‘암만해도 오래 걸릴 것만 같아……’

안타까운 여심에 추심은 지아비의 손을 꼭 쥐어주었다.

몸은 어지간히 풀렸다.

적당한 땀이 전신 구석구석에 활력을 느끼게 한다. 경공을 시전하며
일심으로 이화를 다스려 왔기에 얻은 결과였다.

땅거미가 지고 있을 무렵, 드디어 백구가 멈춰 섰다.

크르르…….

귀를 세우며 낮게 으르렁거린다.

온몸은 땀투성이, 그러나 숨을 가빠하는 가운데서도 신견 백구의 눈
을 정광을 잃지 않았다. 새벽부터 달려 거의 사백 리를 주파했으니 따
지고 보면 천지준마가 무색한 각력이 아닌가.

백여 장 밖이다. 외진 곳에 허름한 농가 한 채가 있었는데 백구의 눈
은 거기에 가 있었다. 칠해교랑 또한 마찬가지. 그녀는 대뜸 해골도의
손잡이를 잡아갔다.

“부상자 둘에 성한 놈이 셋이에요.”

그녀의 성질은 불이다. 여태껏 말 한마디 제대로 하지 않았던 것은
모두 허방산 때문이었다. 자신이 배 아파 낳지를 않았을 뿐이지 비류
연의 아들은 금이야 옥이야 젖 먹여 키웠던 자신만의 보물 단지. 녀석
의 혈기를 우려치 않았더라면 자신이 광분하고 말았을 것이다.

교랑의 눈빛은 전광이었다. 들썩들썩 하는 것이 금방이라도 덮쳐 갈
태세다. 추심이 안타까운 눈으로 그녀의 옷소매를 잡았다.

“유모……”

“말리지 말아요, 아기씨.”

“유모까지 그럼 난 어떻게 해요. 저이만 해도 어찌 터질까 불안해 죽겠단 말이에요.”

“……!”

사실 성질로야 치자면 셋 다 거기서 거기다. 다른 것은 다만 여자와 남자의 차이였고, 지아비와 지어미의 차이였다. 기실 교랑을 말리는 추심의 속도 터지기 일보 직전이었다.

“저 이가 화를 풀도록 내버려 둬요. 완쾌된 몸이 아니라 걱정은 되지만 어떻게 해요. 눌러두면 속병이 돼버릴 것 같은데.”

“……!”

허방산은 살기에 젖어 있었다.

파르스름한 것이 내상 따위의 문제가 아니었다. 추심의 말마따나 터뜨릴 것은 터뜨려 버려야 한다. 그래야 병이 되지 않는다. 교랑은 애써 자신을 달랬다.

불꽃 같은 시선. 허방산은 지금 활활 타오르고 있었다.

이에는 이로, 피는 피로……!

웅거와 맹호연을 생각하면 피가 끓었다. 한 가지 바람이 있다면 놈들 중에 군림태상, 그 추악한 놈이 있어달라는 것. 허방산의 눈에선 으스스한 잔광이 폭사되어 나왔다.

‘부디 있어만 다오.’

정면으로 부딪쳤다면, 아니, 이화단정이 지금 정도만 되었더라도 결코 그런 수모는 겪지 않았을 것이다.

“따라오지들 마, 험악한 꼴을 보여주고 싶진 않으니까.”

그 직후였다. 허방산은 아직도 우려의 기색을 감추지 못하고 있는 운추심의 어깨를 다독거리곤 그대로 떠올랐다.

한 덩이 부운처럼, 보기엔 그리 빠른 운신도 아니었다.

하나 누가 잡아끌기라도 하듯이 허방산은 단 두 번의 도약으로 백 장 공간을 찰나적으로 질러 나갔다.

일컬어 운리쾌형(雲離快形). 경공이 상승지경에 이르면 자연적으로 터득되는 내가절기인 바, 속도가 빛살을 방불케 한다. 그럼에도 불구하고 미세한 파공성조차 없으니 가히 신기라 할 만했다.

멈추지도 않았다. 허방산은 날아가던 그 탄력 그대로 초가의 흙벽을 들이받았다.

꽈앙!

얼기설기 대나무로 외를 엮고 흙을 개어 홑벽과 맞벽을 친 토벽이었다. 허방산의 호신강기에 접한 토벽이 일거에 터져 나갔다.

"헉!"

"뭐, 뭐냐?"

마른하늘에 날벼락이었으리라.

방 안, 짚으로 만든 멍석 위에 앉아 있던 흑의인 셋이 벌떡 일어났다. 혼비백산한 표정에 기겁한 얼굴, 일견에도 군림수였다.

또 다른 둘은 홍포에 혈수, 부자연스런 동작으로 엉거주춤하게 일어서고 있는 그들은 단혈수. 그 특유의 무표정한 얼굴은 분명히 그들이었다.

"……!"

한을 품게 했던 자들이었다. 이성이 없고 강시에 가까운 자들이었으되 웅거와 맹호연을 사선으로 밀어 넣었고 악치와 호치를 불구로 만든 장본인들이었다.

"으득!"

허방산은 이를 갈았다.

비록 유가 형제나 태상이 없어 실망이긴 했으나 단혈수의 핏빛 혈포 하나만으로도 우선은 충분했다. 군림마가의 단혈수. 가슴께에 나 있는 혈흔은 대충 봐도 단리종도의 장극에 상한 창상, 분명히 어제의 그놈들이었다.

"와라."

허방산은 불쑥 좌수를 내밀었다.

한줄기 역도가 무섭게 일어났다. 금채도의 포천나금식을 변형한 금나수 일초로 떨쳐지는 대접인공력, 막 일어서고 있던 군림수 하나의 목이 빨려들 듯이 손아귀에 잡혀들었다.

"케에에……."

무서웠다.

그것은 반항하고 자시고 할 수 있는 것이 아니었다.

무지막지한 거력을 어찌 거부할 수 있단 말인가. 손을 내밀었다 싶은 순간에 목젖이 빨려들었고, 속절없이 혓바닥이 빼물려졌다. 조금만 힘이 더 들어갔어도 목뼈가 으스러졌으리라.

그와 동시였다.

이번엔 우수가 떨쳐지며 쇄박권 두 대가 거푸 쏘아져 나갔다. 아니, 쏘아지고 말 틈도 없었다. 손만 뻗으면 서로가 닿을 지경인 것을…….

"으흑."

반사적이었다. 얼떨결에 가슴을 막아가는 군림수 둘의 양손이 새까맣게 변했다.

"흑옥마수? 홍……."

코웃음 그대로였다.

허방산의 흐릿한 노을빛 주먹은 그대로 흑옥마수의 교차점을 내질러 버렸다.

콰콰앙!

"으아아……!"

"으와아악!"

처음엔 팔뚝이 으스러졌다.

마치 검은 숯덩이가 부서지듯이, 그 다음엔 가슴이 박살났고 그도 관통이 되었는지 부서진 내장 조각이 시뻘건 핏물과 함께 뒤쪽에 있는 문에 가서 부딪쳤다.

가공할 권격이었다. 이화지기를 실은 허방산의 쇄박권은 그리고도 힘이 남아 놈들의 육신까지 날려 버렸다.

이미 숨이 끊어진 자들이었다. 놈들과 함께 마침내 문짝도 떨어져 나갔다. 피비린내가 코를 찌른다.

단 일 수에 일격, 그사이였다.

느끼한 피 냄새에 눈살을 찌푸리고 있는데 엉거주춤하게 몸을 세우고 있던 단혈수 둘이 선뜻 몸을 솟구쳐 올렸다.

"도망을?"

그것은 아니었다. 몸에 배어 있은 습관 때문이었다.

본래 흑옥마예의 일절기 혈마수는 답공마운(踏空魔雲)이란 경공절기와 병행되는 수법이었다. 무게감을 느끼지 않을 정도로 허공에서의 운신이 자유로운 절기가 답공마운인 바, 혈마수는 바로 그 경공과 배합이 되어야 제 위력을 나타내게 되는 것이다.

강철같이 단단한 몸에 지칠 줄 모르는 근력, 그리고 귀영 같은 운신에 상대는 그야말로 기가 질리고 만다. 그것이 단혈수였고, 방금 막 떠올랐던 것은 바로 그 때문, 공격에 들기 위해서였다.

우르르르…….

그리 크지도 않은 상량이 부러지며 서까래와 함께 지붕이 폭삭 주저앉았다.

"……!"

따라 오르지는 않았다.

군림수의 목을 움켜쥔 채로 문밖으로 나섰던 허방산, 그의 눈빛이 일순 야수처럼 새파래졌다.

텃밭이었다. 원래 이 집의 주인이었던 듯, 어린아이 하나와 함께 부부로 보이는 중년의 남녀가 거기에 새파랗게 얼어붙어 있지 않은가. 입가엔 한줄기 핏물, 한눈에도 내부가 부서진 상흔이다.

"정말 상종 못할 종자들이로군."

축 늘어져 있는 놈을 얌전히 내려놓았다.

바로 쳐죽였을 것이로되 필요한 것은 놈의 입이었다.

그리고 그 이전에 마무리를 해야 할 것은 말없이 허공을 갈라오고 있는 두 쌍의 핏빛 혈수였다.

쉬하하학!

혈선을 끌며 날아들고 있는 손동작이 제법이었다.

이성은 죽고 본능만이 살아 있다는 그들이었으나 무공에 있어서만은 꼭 풍도몽마를 대하는 기분이었다. 앞서거니 뒤서거니 포개진 듯이 겹쳐 날며 노려오는 곳도 꼭 면상이 아닌가.

허방산의 입술이 슬쩍 벌어졌다.

"박살을 내주마."

불끈 치솟는 분노로, 처절하게 일그러져 있던 염라부의 얼굴을 대했던 바로 그 심정으로…….

콰르릉!

뇌박이었다.

불덩어리라고 해야 하나, 짙은 노을색 권영 두 개가 뇌성을 동반하며 다섯 자 가까이까지 근접해 온 단혈수의 얼굴을 때려갔다.

콰앙… 콰앙……!

탔다기보다는 부서졌다고 해야 옳을 것이다.

폭음과 함께 단혈수들의 얼굴이 없어졌다. 머리 자체가 반 넘게 사라져 버렸던 것이다. 섬뜩한 일은 그 다음에 벌어졌다. 그런 몰골로도 혈마수의 기세는 여전히 살아 있었다는……!

"억!"

하마터면 스칠 뻔했다.

황급히 짓쳐들고 있는 혈수 둘을 휘감아 던지듯이 메다꽂았다.

쿵쿵.

소리도 둔중하게 땅바닥에 처박혀 뒤통수가 등에 붙고 나서야 괴물들은 겨우 잠잠해졌다.

"지겨운 것들, 하긴… 저 정도도 아니었다면 내가 슬펐을 것이다."

흑옥마예.

척천오장원의 산물, 맹호연과 웅거의 목숨을 앗아갔던 것은 바로 그 척천의 흑옥마예였다. 통한의 군림마가, 그 무슨 악연인지 그들은 갈수록 빚만 더한다.

"우선은 놈들의 행방부터……."

제9장 **유마강**

"흑웅의 창날에 관통상을 입었던 단혈수가 둘이 있었어. 다른 군림수 세 놈은 그들의 창상이 대충 봉합되면 인도해 떠나려고 했던 것이고."

"아."

"태상이란 놈이 이곳을 떠난 지는 반 시진 전, 유가 형제 놈도 있었다고 하니 잘된 것이다. 조금만 더 가면 그 더러운 낯짝들을 볼 수 있을 것이다."

"괜찮으시겠어요? 우리 셋뿐인데……."

"셋이나지. 그리고 이 정도면 충분해. 다 죽어가는 놈들밖엔 없으니까."

"……!"

"걱정 마, 놈들에겐 버들이 너와 같은 보약은 없었다니까. 아까 그놈에게 확인해 봤던 바에 의하면 군림태상이나 유마옥, 그 둘은 아직도 빈사 상태다."

"그, 그래도……."

"걱정하지 말래도? 네 덕분에 난 말짱해졌잖아. 지금 이 정도는 어제 놈들과 부딪치기 전보다도 훨씬 양호한 거야. 부딪쳐 봤더니 말만 척천이니 흑옥이니 번드르르했지 사실 별것도 아니었어. 해봐야 모두 한주먹감이라고."

"큰소리는……."

"하하. 너, 그렇게 흘겨대다간 눈 돌아간다. 자칫하면 사팔뜨기 애가 나온다구."

"뭐, 뭐야?"

"그래, 이제야 좀 낫군. 그렇게 눈에 힘도 좀 주고 그래 봐라. 아리골의 버들이가 언제부터 요조숙녀였다고 이리 내숭을 떤단 말이냐. 우리끼리만 있는데 뭐 어때. 내 어지간하면 먹살도 한 번쯤은 잡혀줄 용의가 있으니 생각이 있음 언제고 말해라."

"또… 또 그 소리. 옛날 일은 꺼내지 않기로 했잖아?"

"하하……."

"흥!"

그런 그들. 이제야 맘이 놓이는지 교랑이 미소를 지으며 백구를 재촉했다.

"가자, 백구야."

컹!

주인들이 환히 웃자 녀석도 기분이 좋았는지 몸놀림이 부쩍 경쾌해졌다. 무너져 내렸던 농가로부터 새로이 시작된 추적이었다.

혼적은 여실했다.

백구가 아니었더라도 알아차릴 수 있는 혼적은 바로 사인교(四人轎)의 발자취였다. 한 걸음에 오 장을 건너뛴 네 쌍 여덟 개의 발자국, 희미하긴 했으되 그 외 이십여 족흔들의 호위 하에 사인교는 일로 북을 향하고 있었다.

"단혈수 일곱에 군림수 일백. 그것이 이번에 놈들이 동원했던 숫자의 전부였다. 남은 것이라고 해봐야 겨우 이십 정도. 이제 걱정은 우리가 아니라 놈이 해야 하는 것이다."

시리도록 맑기만 했던 놈의 눈, 옥지를 펼쳐 가슴을 쳐왔던 군림태상, 놈의 그 더러운 눈이 바로 코앞에서 어른거렸다.

'어울리지 않는 그 눈알부터 파버리고 말리라!'

그 야비했던 행사만 아니었다면 놈은 그 눈빛 하나만으로도 존경받아 마땅할 위인이었다. 그런 눈은 아무나 가질 수 있는 눈이 아니었다. 세월이 담겨져 있었고 냉철한 이지가 스며 있던 눈이었다. 그런 눈을 가진 놈이 그토록 추잡한 손속을 지녔다니……!

인면수심이었던가?

나쁜 놈……!

"좀 더 속력을 내보자꾸나."

백구가 힘들어했다.

하긴, 온종일 달리기만 했으니…….

허방산은 녀석을 아예 들어 안았다.

한 손엔 백구, 한 손엔 아내. 둘 다 죽마고우이자 목숨보다도 소중한 존재들이다. 마음 같아선 피 냄새 한 가닥도 맡게 하고 싶지 않은 존재가 그들이었다. 허방산은 교랑도 재촉했다.

“해교 아줌마. 힘들면 천천히 와.”

“무, 무슨 말씀을!”

“우웃.”

허방산은 타는 듯한 심정으로 공력을 배가시켰다.

척천오장원은 과거 속에 묻혔던 이름이었다.

지난 이백 년 동안 나타난 적도 없었고 설령 나타났다 하더라도 척살을 면치 못했을 것이다. 당금은 구천의 세상, 구천무문의 후예들이 건재한 이상 약자는 그들이었다. 발견되었다면 그 이유 여하를 막론하고 공적 신세를 면치 못했을 것이다.

그래서였나, 사인교는 애써 인가를 피한 흔적이 역력했다. 거의가 산중이 아니면 들판, 게다가 쉬지도 않았다. 마치 추격을 예상이라도 하고 있었다는 듯이 줄기차게 북으로, 북으로만 내달렸다.

평원이었던가. 으스름한 달빛에 하얀 눈밭이 끝도 없이 펼쳐져 있는 곳이었다.

일망무제, 설백의 광야에 야심한 삼경.

끼이잉…….

백구가 귀를 쫑긋 세웠다. 허방산 부부와 칠해교랑 또한 전 신경을 귀에 모았다.

우르르르—

이 소리, 뭔가?

산이었다면 눈사태였다고 할 것이고, 바다였다면 해일이었다고 할 것이다. 아련하긴 했으되 그것은 지축을 울리는 소리였다.

“말…….”

“말발굽 소리?”

이구동성.

그렇다면 대군이다.

아직은 사천 경내, 조금만 더 북진하면 섬서가 나온다. 군병이 이동을 하고 있는 것일까? 하면 대체 그 무슨 급한 일이 있다고 이 야심한 밤에 저리도 굽을 놓아 달리는 것일까. 밤이어서 그렇지 낮이었다면 볼 만했을 것이다.

짐작되는 거리는 십여 마장 정도, 신경이 쓰이는 것은 그 소리가 마주 오고 있다는 그 사실이었다.

그때였다. 심각해진 것은 그때부터였다.

슈우우…….

앞에서 별똥별 하나가 거꾸로 치솟았다.

붉은 꼬리를 매어 달고 오르는 불덩어리 하나, 삼십여 장 상공에 이른 불덩어리는 이내 ‘팡’ 하고 터졌다.

폭죽, 아니, 신호탄. 분수처럼 명멸해 내리는 노란 불꽃, 폭죽은 뇌리에서도 터졌다.

“이런 제길……!”

일행의 신형이 빨랫줄처럼 뻗어나갔다.

그랬던 것이다. 그래서 놈은 일로 북진해 갔던 것이다. 군림마가의 본체는 북경유가, 권력의 핵심에 위치하고 있는 그들이다. 여차할 경우에는 병력의 동원도 간단히 해치울 수 있다는 뜻이니…….

“아니길… 아니길 바랄밖에!”

폭죽이 올라갔던 곳은 대략 반 마장 앞. 예까지 쫓아와서 한숨만 쉴 수는 없는 노릇이 아닌가.

크르르르…….

백구가 털을 세우며 주인의 품을 벗어났다.

살기. 무서운 살기가 느껴진다. 그를 감지했던 추심도 지아비의 손을 놓았고 허방산 혼자만이 폭풍처럼 전면을 휩쓸어갔다.

살기는 진짜였다. 땅거죽이 뒤집어지며 눈 바닥이 벌떡 일어서더니 순식간에 시커먼 군림수로 변하는 것이 아닌가. 그것도 둘, 아니, 그 이전에 벌써 그들이 쳐냈던 장력은 어둠처럼 허방산의 가슴으로 쇄도해 들고 있었다.

"참(斬)……!"

떨어지는 일갈, 그 순간에 번쩍인 것은 금빛이었다.

몸은 이미 혹옥마장의 장세 사이를 통과해 갔고 칼날처럼 뻗어나간 금채도는 굽이치듯 두 번을 휘돌았다.

"욱!"

"크어억!"

피보라와 함께 날려가는 두 개의 수급, 그 수급이 미처 땅에 떨어지기도 전이었다.

"서랏!"

"대공의 쌍호위가 여기에 있다!"

어디에서 나타났던 것일까. 날카로운 고함 소리와 함께 뭔가 시커먼 것이 득달같이 시야를 갈라왔다.

위이이이잉—

그것은 륜(輪)이었다.

둥근 쟁반만한 철륜이 둘, 하나는 수평으로 하나는 수직으로 대기를 쪼개오는 것이 여간 예사로운 기세가 아니었다.

하되 돌진해 가던 기세였다. 허방산은 한입 진기를 들이마시며 맹렬하게 쌍권을 쳐냈다.

쉬이이… 꽝꽝!

쳐 날려 버리려던 심산이었다.

하지만 이게 웬일인가. 쇄박권 두 대는 분명히 철륜의 날을 쳐냈음에도 불구하고 기세가 죽지 않았다. 회전하는 날이었기 때문일까? 그 순간 철륜이 팍 하고 터졌다.

"이런……!"

허방산의 몸짓이 다급해졌다. 보라, 단 두 개였던 철륜이 수도 없이 많아졌지 않은가.

"흐흐… 척천비폭륜이 충격을 받으면 열 개로 나누어진다. 그래서 이름도 비폭… 이제 네놈은 잘 썰린 어육이 되고 말리라."

"어어… 어?"

십여 장 저 너머, 눈처럼 하얀 백포를 뒤집어쓰고 웅크리고 있다가 몸을 일으키는 자들이 있었다.

숫자는 둘. 둘 다 예의 철륜을 왼손에 하나씩 들고 있었는데 그중 하나의 눈이 찢어질 듯이 휘둥그레졌다.

"저, 저럴 수가!"

다름이 아니었다.

허방산의 신형이 모호해 보일 정도로 흐릿해졌기 때문이다.

창응무류(蒼鷹霧流), 바로 창응비천무상의 초절정 내가경공절기가 펼쳐졌던 것이다. 지금은 몸이 수평으로 떠 있는 상태, 그래도 속도는 전혀 줄지 않았다. 금리가 격류를 타고 오르듯 얼마나 빨리 뒤척였으면 신형조차 모호해졌을까.

그것은 실로 눈 깜짝할 사이에 벌어졌던 일이었다.

이십여 개의 세륜으로 나누어졌던 척천비폭륜은 단 하나도 피를 보지 못했다. 오히려 마지막의 한두 개는 목표물의 손에 얌전하게 잡혀 들기까지 했다.

"가라."

윙―

또 하나, 위잉―

놀람이 극에 이르면 몸이 굳는다.

"세상에, 척천비폭륜 사이를 누빌 수 있는 경공의 대가가 있을 수 있다니……!"

부릅떠진 눈.

경악으로 치떠진 눈. 세륜 하나는 떠나갈 때보다도 배나 더 빠른 속도로 되돌아갔고, 무정하게도 자신을 애지중지해 줬던 주인의 그 눈 사이를 갈라 버렸다.

"크윽."

그래도 그는 비명 소리라도 냈다.

어육이 어쩌고저쩌고했던 자는 소리도 내지 못했다. 종이처럼 얇은 세륜이 그의 목을 썽둥 잘라 버렸으니까.

그 다음은 질풍이었다.

"하아앗……!"

혼신진력을 다했다.

그럴 수밖에 없었다. 사인교. 하얀 은색의 사인교가 드디어 시야에 들어왔던 것이다. 흑의인 넷이 받치고 있는 사인교는 날듯이 멀어지고 있었고 그 반대로 검은 점 몇 개는 급속도로 확대되었다.

도망치는 사인교, 그 뒤를 끊는 흑의군림수. 보다 심각한 문제는 지축을 울리며 가까워지고 있는 군마의 말발굽 소리였다.

"우……."

용의 분노.

한 소리 굉량한 창룡후와 함께였다.

허방산의 신형이 일순 노을빛 무지개로 화했다.

다시금 펼쳐지는 운리쾌형, 그리고 부풀어 오를 대로 부풀어 오른 이화의 불기운. 무엇이든 이제 건드리기만 하면 터지고 만다.

과연,

쾅!

처음엔 흑옥마장이었다.

하되 그것은 내쳐 왔던 팔 하나가 숯으로 변한 것으로 종식되었다.

허방산은 피하지 않았다. 아니, 피할 틈도 없었고 그럴 마음도 없었다. 일로 직선을 그어갔고 부나방처럼 이번에는 몸째로 흑옥마장이 전면을 막아왔다.

콰아앙!

"크흐흑……."

단말마의 비명, 생의 마지막이 화염지옥이었으니 그 고통이 오죽이나 화끈했을까? 그래도 막아온다.

콰앙… 콰앙…….

세 번까지는 괜찮았다. 그러나 그 이상은 무리였다. 대약이 완전했다면 모르되 아직까지는 아니었다. 명색이 군림을 꿈꾸는 이들이 아닌가. 가슴에 은은한 통증이 느껴지기 시작했다.

허방산의 짙은 눈썹이 역팔자로 곤두섰다.

"바란다면 죽여주마."

누런 손칼이 손바닥에 잡혔다.

천강금정을 벼려 만든 날이다. 예리함으로 따지자면 혈정도 이상의 신병이라 할 수 있는 화우도다. 진력의 소모를 감안해야 할 지금 시점에선 가장 적당한 방법이었다.

스각!

도기만으로도 군림수는 세로로 쪼개졌다.

아지랑이처럼 일어나는 한 자 길이의 도기, 이화가 스며들었다면 천자매를 베어버렸던 무적의 화우도강이 일어났을 것이로되 지금은 아니었다.

그렇다 해도 막강이었다. 장이 오면 손바닥을 째고 몸으로 부딪쳐오면 몸을 가른다. 화우도엔 식이 없고 초도 없다. 있는 것이라곤 오직 이화를 칼에 싣는 법문뿐이었다. 바로 화우벽력.

"케에에에……."

"으악!"

서글픈 이승의 마지막 비명.

그러나 그것으로 인해 허방산의 질풍 같던 기세가 주춤해진 것도 사실은 사실이었다.

"아깝다. 대약만 완전했더라도 수유벽력이 가능했을 것을……!"

수유벽력은 어기도. 도신에 이화를 실어 내던지는 상승도결로 백 장 너머의 적도 수유간에 목을 쳐 날릴 수 있는 가문의 비전이다. 허방산이 알고 있는 화우벽력도결의 최대 정화는 바로 그것이었다.

백 장, 바로 그 백 장이 문제였다.

그 너머 어림을 치달리고 있는 문제의 사인교, 죽어라고 달리며 그것도 모자라 연방 신호탄을 쏘아 올린다.

"빌어먹을 놈……!"

사인교의 끝, 저 멀리에 군마가 눈에 잡혔다.

어마어마한 군세였다. 최소한 이천은 되어 보이는 기병이었다. 가해지는 박차, 창검을 꼬나 잡고 땅이 뭉그러지는 듯한 기세로 쇄도해 온다.

"이런 제길……."

눈은 화광을 토해내고, 화우도는 짚단 치듯 군림수를 베어 넘겼다.

앞서거니 뒤서거니 전면을 막아서는 군림수는 이제 여남은. 허방산은 전 공력을 칼끝에 모았다.

"막으면 죽는다!"

우릉!

한 자 길이 화우도가 몽둥이처럼 길어졌다.

도신일합, 그는 칼과 한 몸이 되어 순식간에 백 장 공간을 가로질렀다. 그 사이에 걸려든 것은 거푸 쌍장을 교차해 내는 군림수 셋.

쭈아아아아—

대기가 갈라지고 육신도 갈라진다. 구천을 메아리치는 비명은 혼마저도 불에 탄 최후의 몸부림이다.

"끄아아아……."

"우에에엑!"

어기비행에 이어지는 수유벽력도!

"케에에……."

하늘과 땅을 일거에 아우르는 대장관, 찬란한 노을빛 무지개의 그 끝은 바로 사인교였다.

콰아앙!

사인교에 불벼락이 떨어졌다.

교자가 산산이 터져 나가고 비산되는 파편 사이로 좌정한 채 떠오르고 있는 복면의 사내 하나. 내부가 울렸음인가, 떠오르는 것만으로도 혼신의 힘을 다한 듯 입 부분은 홍건한 핏물이었다.

"대단… 정말 대단하다."

감탄인가, 아니면 경악인가. 그러면서도 그는 쭈욱 쭉 앉은 채로 허공을 물러났다.

"심장이 깨지고서도 그런 괴력을 발휘할 수 있다니… 너, 너야말로 천하제일, 아니, 고금제일이다."

수정같이 정명한 두 눈 가득 놀람을 담고 있는 자, 그는 바로 군림태상이었다.

"으……."

허방산은 신형을 휘청거렸다.

극심한 진기의 소모가 순간적인 허탈경으로 심신을 몰아넣었던 것이다. 수유벽력은 최후의 절정도, 베지 못하는 것이 없고 부수지 못하는 것이 없다. 하되 그만큼의 막대한 공력의 소모를 동반한다. 다급한 마음에 무리를 해봤으나 더 이상은 진력이 이어지지 않았다.

놈은 점점 더 멀어졌다.

허방산은 이를 악물었다.

"절대… 놓칠 수 없다."

소모된 것이지 근본이 상한 것은 아니었다. 격하게 진기를 들이키며 재차 지면을 도약해 올랐다. 최후의 진력 한 올까지 모조리 끌어올린 셈이다.

“한 칼… 단 한 칼이면 놈을 잡을 수 있다.”

콰아아아—

벽력일섬, 화우도가 드디어 마지막 불꽃을 일으켰다.

그러나 그사이, 검은 인영 하나가 돌개바람처럼 끼어든 것은 화우도의 벽력화가 막 칼끝을 떠나가기 직전이었다.

“마왕수……!”

흑옥마장의 진수 구정토혈의 정화, 첩첩의 장세가 폭발하듯 아홉 번이나 일어나며 하나로 뭉쳤다. 그러면서 나타난 것은 거의 다섯 자에 달하는 거대한 손바닥 하나, 시커먼 묵수는 선뜻 벽력화를 잡아왔다.

“유마옥?”

허방산의 눈살이 찌푸려졌다.

하나 그는 아니었다. 얼핏 봤을 때는 군림대종 그였으나 그보다는 약간 어렸다. 하되 그의 신수는 유마옥보다도 더 나아 보였다. 젖 먹던 힘을 다하는 듯 그의 이마에 불끈 핏줄이 곤두섰다.

“죽어라!”

“흥!”

토해내기 직전의 힘이었다. 화우도의 벽력화는 번쩍이는 섬광과 함께 폭발해 버렸다.

콰릉.

“으흑!”

마왕수가 일거에 부서져 나갔다.

목옥을 깎아 만든 것 같았던 검은 묵수는 흔적도 없이 사라졌고, 마왕수를 떨쳐 냈던 손조차 팔꿈치 어림까지 날아갔다.

그는 유마강이었다. 군림대종 유마옥의 동생이자 군림마가의 이가

주. 그는 비명과 함께 튕겨져 올랐다.

"과, 과연… 화신! 네 대체 무슨 사술을 썼기에 아직도 이 정도란 말이냐?"

"음……."

허방산의 안색은 백지장처럼 창백해졌다.

진기의 소모도 소모였거니와 놈의 마왕수 일격에 깃들어 있었던 역도가 간단하질 않았던 것이다. 마음은 급하고 힘은 다했다. 급히 단정을 추슬러 보나 시간이 필요했다.

'일각… 아니, 반 각의 여유만 있었더라도!'

아쉬움이 곱절로 커졌다.

군림태상은 완전히 물 건너갔다. 군마는 손에 잡힐 듯이 다가왔고 놈은 그들과 조우하기 일보 직전이었다. 보나마나 한 통속, 걱정을 해야 할 것은 이제 이쪽이었다.

그것을 확인해 준 것은 바로 유마강이었다.

흘낏 뒤를 돌아다보던 그가 돌연한 자신감을 보이며 하나 남은 왼팔을 치켜들었다.

"천하없는 사술이라도 염통이 상한 이상은 격발잠력도 한계가 있는 법이지. 어디, 내 마왕수를 한 번 더 받아보아라."

"……."

"아직도 쓸 잠력이 남아 있다면 내 너를 인정해 주지."

"후훗……."

이자, 지금 무슨 말을 지껄이고 있는 것인가. 무슨 말인지는 몰랐으나 한 가지는 생각이 났다. 반달이 웅거에게 최후를 안겨줬다는 자가 군림대종의 동생이라는 유마강이라고 했다. 면상을 보아하니 이놈이 바로 그놈, 허방산은 으스스하게 말했다.

"절대 쉽게 죽이지는 않겠다."

"크하하하! 이제 죽을 놈은 너다. 내 네놈을 잡아 능지처참을 하고야 말리라."

"그래?"

단 몇 번의 호흡에 불과했으되 그 정도만으로도 대약단정은 제 길을 찾고 있었다. 힘껏 주먹을 말아 쥐는데,

"방자한 놈, 네놈이 감히……!"

짜릉 하는 교갈이었다.

언제 다가왔던 것일까, 운추심이 바로 뒤에 떠 있었다.

백구를 품에 안고 있는 그녀, 그녀의 뒤로는 가슴이 허물어진 군림수 하나가 막 지면에 처박히고 있었다. 참담한 비명 소리가 연방 꼬리에 꼬리를 문다. 보나마나 칠해교랑의 해골도가 그녀를 따랐을 터, 추심의 우장이 선뜻 허공을 가로 끊었다.

눈보다도 더 희어 보이는 그 손이 짚고 있는 수결이야말로 신수절학 수정신공장의 발초세다. 파르르 대기를 진동시키며 무서운 역도 한줄기가 유마강의 단전을 향하여 소리없이 뻗어나갔다.

"계집년, 아가리를 찢어……."

욕설을 퍼붓던 유마강의 얼굴이 험악하게 일그러졌다.

거의 무의식적인 동작으로 쌍장을 발출시켰던 것인데 그만 단장임을 잊고 말았던 것이다. 구정토혈은 아홉 번의 장세가 중첩되어야 한다. 쌍장이 각기 네 번, 맨 마지막이 이미 날아가 버렸던 우장이었다.

그 손으로 밀어냈어야 했는데…….

그래서 습관이란 무서운 것이다.

밀려 나갔던 것은 잠시 망각하고 있었던 고통이었고, 폭사되어 나간 것은 경동맥의 핏줄기였다.

피가 폭포수처럼 빠져나간다.

아찔했을 것이다. 저도 모르게 휘청하는데, 그때였다. 추심의 수정 신공장력은 그의 아랫배에 통렬한 손도장 하나를 박아버렸다.

꽈앙!

가죽 북 터지는 소리.

"와아아악……!"

꺾여진 새우가 따로 있을까. 유마강은 얼굴과 무릎이 맞닿은 채로 삼 장여를 날려 나갔다. 아마도 뱃가죽이 터졌을 것이다. 휘청거리는 바람에 단전요혈은 피했을지 몰라도 날아가는 그 순간에 이미 그는 반송장이었다.

허방산은 묵묵히 고개를 끄덕였다.

'신수지력은 원래가 여자에게 걸맞은 무결이라 했다. 저 정도면 이화의 칠성 수준… 대약 이전이었다면 나도 당해내진 못했으리라.'

…각골명심, 대를 이어 평생을 매진하라. 봉래가 대해에 묻힌 한이 그로 인해 잠들 수 있나니 그 이전 이화가 세상에 나간다면 신수의 저주가 그를 파멸시키리라.

비류연에 남아 있는 조사의 유훈.

그에 따르면 이화의 상극은 신수였다. 아리골과 비류연이 하나가 되었기에 망정이지 자칫했으면 큰일을 치를 뻔했지 않은가. 허방산 본인으로서도 수정신공장의 위력을 대한 것은 지금이 처음이었다.

운추심. 그녀의 봉목이 서늘해졌다.

유마강의 숨통을 완전히 끊어놓으려고 재차 허공을 밟아가고 있던
차, 또 하나의 마왕수가 전면을 덮어왔기 때문이다.

"크으으… 멈춰라, 멈추지 못할까!"

속 창자를 끄집어 올리는 듯한 괴로움 소리, 사력을 다해 마왕수를
전개해 오고 있는 자는 분명히 군림대종 유마옥이었다.

촉산에서 간신히 목숨을 부지했던 그였다. 그리고 하루, 내상을 다
스렸으면 얼마나 다스렸을까. 악을 쓰곤 있으나 첩첩의 장영을 일으키
고 있는 그의 안색은 이미 거무죽죽하게 죽어 있었다.

그의 뒤로는 일단의 기병이었다.

더 뒤로는 파도처럼 몰려오고 있는 수천의 군마, 그 정점이 바로 유
마옥이었다. 여태껏 보이지 않더니 그렇다면 놈이 군병을 휘몰아왔던
것일까?

태상이란 작자는 완전히 사라졌다.

이제는 늦었다. 유마옥의 마왕수 뒤에서 십여 명의 흑의인이 쇠뇌처
럼 몸을 던져 온 것은 그때였다.

"제기랄."

쾌에에―

말아 쥐고 있던 주먹이었다. 심중의 안타까움을 잔뜩 담아 마왕수의
중앙을 향하여 쇄박권 한 대가 빛살을 끌며 날아갔다.

쿠앙!

마왕수가 깨지며 유마옥의 신형이 뒤집어졌다.

하나 그것이 다였다. 진력이 달렸다. 최후를 주기 위해선 한주먹이
더 필요했다. 그 찰나였다. 칠해교랑의 해골도가 긴 칼 빛과 함께 날아

왔다.

"도련님, 어서……!"

젊은것들은 몸을 사리지 않는다. 겁도 없다. 무수한 군마의 창칼이 바로 코앞이거늘 무엇을 더 아쉬워한단 말인가. 게다가 몸을 던져 오는 저기 저 흑의인들의 신수도 일견 보통은 아니다.

"아기씨……!"

부우웅.

해골도가 바람을 일으켰다.

과거 동해를 주름잡았던 해천일자도. 당시 그녀는 수하들의 반역에 남편과 젖먹이 아들을 잃었다. 중상을 입고 산동 해안을 표류하던 차운추심의 부친에게 구함을 받았던 것이 아리골과 인연을 맺게 된 동기였다. 이후 그녀의 해골도는 내가도로 변신했다.

바로 지금의 저 칼이다.

해천일자도. 바다의 창파 일결을 담은 칼이다. 해골도는 무지막지한 기세로 전면을 횡으로 그었다.

"허거걱!"

"크흑."

하나는 허벅지, 하나는 허리가 잘렸다. 거무스레한 장력을 뿜어내던 흑옥마수 한 쌍도 마찬가지였다. 칠해교랑의 해골도는 거친 파도처럼 그 모두를 한 칼에 휩쓸어 버렸다. 후퇴 또한 질타를 방불케 한다. 교랑의 거구가 맹렬하게 눈밭을 찍으며 핑그르르 반전해 올랐다.

"갑시다."

높게 쳐들린 말발굽이 면상을 찍어올 듯하다.

여차하면 휩쓸리고 만다. 두셋의 힘으로 수천의 기병과 맞닥뜨릴 수는 없는 일, 게다가 정예 관군이 아닌가. 관병을 베어 생길 후환보다는 우선 그 기세에 질렸다. 돌아설밖에.

"가자, 버들아⋯⋯."

"예, 서방님."

한 쌍의 용봉, 두 사람은 눈을 마주쳤다.

손에 손을 잡았으니 피 튀기는 전장만 아니었다면 가히 한 폭의 그림이었으리라. 교랑의 해골도가 다시 한 번 뒤를 끊었고, 셋은 바람처럼 허공을 갈랐다.

"잡아, 잡아라! 우우욱!"

유마옥이 피거품을 물었다.

그렇지 않아도 네 굽을 놓던 군마들이다. 회오리처럼 눈보라를 일으키며 달려나간다.

"나는 괜찮다. 그대들⋯ 무영위(無影衛)도 가라."

교랑의 해골도에서 살아남은 흑의인들이다. 그들에게 내린 명령이었는데 그 즈음이었다. 유마옥의 악쓰던 소리가 갑자기 비명으로 변하는 것이 아닌가.

"크악⋯⋯!"

무슨 일일까? 밤하늘에 떠 있던 교랑의 신조, 취옹만은 그 짧은 순간에 벌어졌던 일련의 변고를 알아보았다.

다름이 아니었다. 누군가가 뒤에서 유마옥을 찔러 버렸던 것이다. 유마옥은 말 아래로 굴러 떨어졌다. 그의 등짝에 박혀 흔들거리고 있는 것은 시커먼 장창 한 자루⋯⋯!

"유가 새끼, 맛이 어떠냐?"

"프핫핫⋯⋯."

그를 낙마시킨 기수, 그리고 그의 좌우에서 철창을 휘두르고 있는 또 다른 기병 둘, 그것은 정말 의외의 변고였다.

창 솜씨도 예사로운 것이 아니었다. 뒤에 있다가 박차를 가해 선두로 나서며 사방으로 창날을 번뜩였는데, 마치 풍차가 돌아가는 듯했다.

"와아악!"

"네, 네놈들은……?"

"고수… 무림의 고수로구나!"

그야말로 추풍낙엽이다. 역삼각형을 이루며 달려오고 있던 정점의 일각이 허무하게 무너졌다. 무영위라 했던가, 그들이 막아서지 않았더라면 유마옥은 기가 막힌 창 맛을 한 번 더 봐야 했을 것이다.

"프핫핫… 또 보자꾸나, 이 못된 유가의 반군 놈들아!"

"하아, 하아……."

돌연했던 변고에 허방산 부부와 교랑의 신형이 돌아섰다.

일망무제의 설원, 군마를 떨쳐 버리자면 땀깨나 흘려야 한다. 악착같이 따라온다면 피도 각오하고 있던 참이었다. 그런데,

"허 대협, 나요."

아는 사람이었던가? 그였다. 창대로 후려쳐 잡은 빈 말 두 필을 잡아 끌고 오고 있는 사람은 호약개 담자기, 바로 그였다.

"아니, 당신이 어떻게?"

장강의 대회전 때 헤어졌던 그였다. 전위의 보고에 의하면 북천밀가의 남하를 저지하고 있다고 했거늘, 예서 이렇게 만나다니……!

의문을 발하는 그에게 담자기가 말고삐를 건넸다.

"어서… 우선은 피하고 봅시다."

"……!"

추격은 목덜미였다.

추심을 끌어안고 선뜻 말안장에 올랐다.

말이라면 서역길에서 신물이 나게 타봤던 그였다. 내공을 써서 몸을 가볍게 하고 몰면 거의 빈 말이나 마찬가지다. 거구의 교량이 염려였으나 전직이 해적이다. 그녀는 보란 듯이 말고삐를 놓았다.

"이랴, 이랴……!"

달리며 보니 섬전추 정해도 있었다.

그가 싱긋 눈을 마주쳐 왔다. 그리고 또 한 사람, 그는 정해의 연배로 보이는 중년의 사내였다.

"질풍개요."

그가 슬쩍 고개를 숙이자 담자기가 몇 마디를 덧붙였다.

"구주노사의 애제자올시다, 허 대협."

"아!"

구주노사라면 용등호약 구주풍운이라 칭송되는 개방 사대천왕의 하나. 하되 그는 다른 세 사람의 경공 사부였다. 다시 말해 호약개 담자기의 경공 기틀을 잡아줬던 사람이 구주노사였으니 강호십대풍가의 최정상으로 인구에 회자되는 개방 일장로가 바로 그다.

"그분은 잘 계시오?"

강호의 노선배에 대한 예의였다. 그래서 그냥 물었던 것인데 무슨 일이 있는 모양이다. 담자기의 안색이 눈에 띄게 흐려졌다.

"노사는 실종되셨소."

"실종?"

"그렇소이다. 벌써 한 달째 소식이 없으시오."

"허어……."

연유는 묻지 않았다. 타인의 사문에 대한 질문은 실례다. 먼저 말을 꺼내온다면 또 모르되, 그것이 아닌 이상은 모른 체하는 것이 도리였다. 담자기가 말을 돌렸다.

"낭자 분은……?"

"내 안식구요."

"오!"

담자기가 눈을 크게 떴다.

그도 소문은 들었던 모양, 수인사가 오간 후 잠시 말이 끊겼다. 왠지 담자기는 다시 시무룩해졌고 허방산 또한 방금 전의 일전과 오랜만에 맡아보는 아내의 냄새 때문에 다른 생각은 하지 못했다.

풍우.

건마는 바람처럼 달렸다.

기수 또한 절정의 내가고수들. 단 반 각도 되지 않아 뒤를 쫓아오던 추격마들과의 거리는 백 장 이상으로 벌어졌고, 시간이 지날수록 그 거리는 급격하게 늘어났다.

부드럽게 휘감겨 오는 머릿결, 아릿한 향수…….

"한데 어찌 된 영문이오?"

한참 만이었다. 한껏 아내의 냄새를 음미하고 있던 허방산이 불쑥 물었다. 그러자 무슨 생각을 하고 있었던지 박차를 가하는 것도 잊고 있던 담자기가 퍼뜩하며 고개를 들었다.

"아……."

"들어봅시다."

"허허, 내 정신 좀 보게. 일은 이렇게 되었소. 허 대협과 촉산 사이에 있었던 경과에 접하고 있던 차 군림마가를 전담하고 있던 질풍개 형제한테서 보고가 올라왔소. 그것은 산서 지방에서 농성하고 있던 유뢰의 반군이 남하를 해오고 있다는 내용이었는데……."

"유뢰?"

낯선 이름이 아니었다. 연전 함곡관에서 조우했던 폭도 민병이 바로 유뢰군이 아니었던가. 유뢰는 스스로 왕을 참칭하는 산서의 반역도, 장강에서 만났을 때 거기에 관련된 내용도 담자기에게 언질을 준 바가 있었다.

"그렇소이다. 우리를 쫓고 있는 놈들이 바로 그 유뢰의 군병이오."

"오라, 그랬었군?"

"해서 부랴부랴 북상을 했는데 초저녁쯤에야 놈들의 대열에 끼어들 수가 있었소. 본 방에서도 군림의 무리를 추적해 왔던 터, 유뢰 본인이 직접 나타났다고 해서 나섰는데 누군가와 합류를 하리라고는… 게다가 허 대협까지 만나게 될 줄은 더 더욱 몰랐소이다."

"혹시 복면인 하나를 보지 못했소?"

"아, 봤소. 유뢰가 있던 중군으로 날아가고 있던 자가 하나 있었소이다."

"그놈이 바로 군림태상이오."

"구, 군림태상?"

"제에기, 다 잡은 놈을 놓쳐 버리다니……!"

"그, 그럼?"

"그렇소. 그리고 바락바락 악을 써대던 자는 군림대종 유마옥, 바로 그놈이오."

"유마옥!"

담자기가 입을 쩍 벌렸다.

그도, 강호의 정보통인 그도 거기까지는 몰랐었나 보다.

그는 쉽사리 벌린 입을 다물지 못했다. 핑핑 머리 속이 돌아간다. 그래도 그는 호약개 담자기, 냄새만 맡아도 그 본질을 알아내는 사람이 바로 그다.

그는 허방산의 몇 마디 말에 허방산과 군림마가 사이에 있었던 일련의 사건 거의를 유추해 냈다.

"그랬었구려."

"……!"

"그럼 창질이나 용코로 해줄 것을……!"

담자기가 쩝쩝 입맛을 다셨다.

그러나 서운한 것은 허방산이 더했다. 우리 속으로 숨어버렸으니 이제 다시 어떻게 놈을 잡는단 말인가? 군은 놈의 아성, 황실이나 관 또한 놈의 수족이나 마찬가지니 무슨 짓을 할지 모른다.

'가증스러운 놈……!'

놈이 무서운 것은 그 본신의 실력이 아니라 무소불위를 자랑하는 북경유가의 그 권력이었다.

'어쨌거나 관과 부딪칠 수는 없다. 다시 기회를 볼 수밖에… 일단은 철수토록 하자. 지금으로서의 급선무는 천웅을 모아 낭월대가를 일으키는 일이다.'

정말 아까운 기회였다. 하다못해 유가 형제 중 하나만 생포를 했더라도 이렇게까지 안타깝지는 않았으리라. 하나 이미 지나간 일이다. 허방산은 애써 심중의 아쉬움을 털어냈다.

"북간과 접전 중이라 들었소만."

"허허, 그 소식도 들으셨소? 그렇소이다. 때마침 본 방의 풍운 대형께서도 연공을 마치고 출관을 하셨던 터라 겸사겸사해서 서로 간의 힘 조절을 해보고 있는 중이지요. 그러나 조만간 언 놈 박이 터져도 터지고 말 거요."

"……!"

"자아… 이제 웬만큼은 된 것 같으니 담 모는 그만 하직을 고할까 하오."

아닌 게 아니라 추적자의 말발굽 소리는 꽤나 멀어져 있었다.

담자기는 서둘러 하직을 고했다. 모르긴 몰라도 북천밀가와의 대치 상태에서 몸을 빼냈을 것이다.

"그럼."

"또 뵙겠습니다, 허 대협."

그들은 이내 멀어져 갔다. 이제 남은 것은 허방산과 운추심, 아니, 늘보와 버들이 부부. 교랑이야 다른 말을 타고 있으니 그렇다 치고 지금 이 순간의 애물단지는 다름 아닌 백구였다.

끼이잉…….

머리라도 쥐어 박혔던 것일까. 추심에게 안겨 있던 백구가 앓는 소리를 내며 떨어져 나갔다.

"눈치없는 자식."

"호호……."

끝없는 설원, 가슴속에 황실과 관이라는 이름의 무거운 돌덩이만 들어차지 않았더라면 정말 모든 것이 다 광활했을 것이다.

제10장 낭월대가

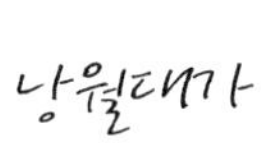

강호에 소문이 퍼졌다.

그 하나, 내용은 과거 창응겁에 버금간다 할 수 있을 정도의 사안이었으되 소문은 꽤나 은밀하게 퍼져 나갔다.

《촉산명왕이 근거지를 버리고 자취를 감추다.》

사실이 그랬다. 명왕 사마혼은 검왕자에게 밀려 패퇴했다. 살아남은 자들은 뿔뿔이 흩어졌고 그마저도 홀연히 사라졌다.

소문의 그 둘,

《드디어 북천밀가와 개방이 격돌하다. 춘추와 이매의 격전에 연이어 벌어진 쟁패였는바, 아미와 무당의 개입으로 결국 북천밀가가 철수하

고 말다.》

자세한 내용이나 진상은 밝혀지지 않았다.

다만 하나, 지난 이백 년에 걸친 개방과 북천밀가와의 앙숙 관계가 마침내 터지고야 말았다는 추론이었으되 결국은 승자도 패자도 없는 결과였다는 것이 소문의 요지였다.

마지막 세 번째의 소문, 그 소문은 의혹 반, 경악 반의 진실로 일약 전 강호를 경동시켰다.

《남경, 과거 창웅만리가의 옛 터전에 만리웅풍의 깃발이 다시 오르다. 낭월대가에 내걸린 웅풍기의 주인은 화신 허방산, 그가 바로 창웅의 후인이다.》

오오, 창웅만리! 그 이름을 다시 듣게 될 줄이야!

구천의 종가이자 대륙구만리에 그 호쾌한 위명을 드리웠던 만리웅풍가. 게다가 허방산, 그가 누군가. 천하색향 백리향의 총방 직에 있는 사람의 이름이 바로 그 이름이 아니던가.

파다하게 퍼져 나간 그 입소문,

"낭월대가에 건축물이 들어서기 시작했다. 백리향의 절세가기 몇몇이 식솔로 불려갔고, 묘객도 적잖이 차출되었다. 그럼 혹시 그들이 창웅만리가의 후손들……?"

"그럴지도… 그럴지도 모른다."

"아아, 어쨌거나 다행이다. 창웅의 장쾌한 웅풍이야말로 전 강호인의 우상, 그들의 기상이 예전과 다름이 없다면 이 얼마나 복된 일이냐."

　입에서 입으로 연결된 소문, 그 소문은 무려 여섯 달 동안이나 구주 사해를 맴돌았다.

　그러나 강호는 이상하리만치 조용했다. 혹독했던 그 겨울이 지나고 봄을 스쳐 여름이 될 때까지도 그 고요함은 계속되었다. 아니, 적막만큼이나 더욱 깊어졌다. 마치 폭풍의 전야처럼……

*　　　　*　　　　*

　무더위가 비로 씻겨 내린다.

　시원한 장대비로 쏟아져 내리는 한밤의 폭우였다.

　삼경, 그 으슥한 시각. 갑작스런 소나기에 물에 젖은 생쥐 꼴이 되어 버린 작자들이 있었다.

　칠흑처럼 검은 야행의에 두 눈만 빠끔히 내놓은 복면의 괴인들, 적은 수도 아니었다. 야트막한 담장에 박쥐처럼 붙어 있는 자들은 모두 오십 명이나 되었다.

　도둑놈들일까. 그렇다고 보기엔 눈빛이 아니었다. 재물을 노리고 남의 집 울타리를 넘는 자로 보기엔 눈빛들이 아니었다. 음울한 살광, 그럼 떼강도일까. 그럴지도.

　살벌한 안광으로 봐선 그럴지도 몰랐다.

　하지만 딱히 그 같지도 않아 보였다. 피를 볼 작정을 한 자들이라면 제아무리 담대하다 할지라도 일종의 광기가 보여야만 한다.

　하나 지금 보이고 있는 눈빛엔 은은한 공포가 섞여 있었다. 세상에 일을 치르기도 전에 겁부터 집어먹는 강도는 없다. 게다가 여느 강도라고 보기엔 꽤나 긴 호흡이었다.

그것은 두 가지를 말해 줬다. 하나는 이들이 무림인이라는 사실이었고, 다른 하나는 담장 안에 있는 사람이 이들로 하여금 죽음을 생각하게 할 정도로 무서운 존재라는 사실이었다.

문득 뾰족한 목소리가 흘렀다.

"이번이 다섯 번째다. 이번에도 실패한다면 모두 알아서들 목숨을 끊어라."

끔찍한 소리였다. 떨어져 내리는 빗방울조차 소스라칠 정도로 피 냄새 물씬한 말이었다. 의외였던 것은 그 목소리의 주인공이 젊은 여자였다는 것이다. 자못 위엄이 서려 있는 것으로 봐선 꽤나 존귀한 지체인 듯도 싶은데. 하여간,

"오늘 잠행의 목적은 놈의 생사를 확인해 내는 것이다. 그것만 알아내면 된다. 간단해. 그것이 바로 너희 암향대의 임무다. 알겠느냐?"

"……!"

대답은 없었다.

하되 그녀의 목소리는 여전히 쨍 하고 흘렀다.

"본녀가 이렇게 몸소 너희 천것들과 행동을 같이하고 있는 것만 봐도 사안의 중대성은 익히 짐작되리라고 믿는다. 존주의 출관이 임박했다. 부디 그분의 출관 예물로 놈은 이미 송장이 되어 묻혔다는 말을 전해 올릴 수 있도록 해다오."

"……!"

"심장에 구멍이 뚫리고도 살아나는 놈은 없다. 본녀는 그리 믿는다. 일전에 왔던 놈들이 어찌해서 그리도 허망하게 소식이 끊겼는지는 모르나 절대 놈의 솜씨는 아니다. 그러니 그렇게 겁을 집어먹을 필요는

없다. 암향대주……!"

"예옛, 녹로부인."

"수하들에게 다시 한 번 상황을 상기시켜라."

"옛."

중년 사내의 목소리 하나가 짤막하게 끊어진다. 암향대주라고 했던가? 사내의 긴박한 목소리가 빗방울에 뒤섞이기 시작했다.

"이 안엔 도합 일백 정도가 살고 있다. 그간의 정보를 종합해 보면 그중에 약 이십여 명의 천웅이 섞여 있는 것 같은데 누가 누구인지는 모른다. 백리향에서 이주해 온 몇몇이 그들로 추정되긴 하나 그것도 추측일 뿐이다. 어쨌거나 그들은 일당백의 고수자들. 주의해야 할 것은 바로 그들이고 그들의 이목을 피하느냐 피하지 못하느냐에 오늘 일의 성패가 달려 있음을 제군들은 잊지 마라."

긴장된 목소리였다.

사내는 잠시 호흡을 가다듬었다.

"목적물은 지난 촉산전 이래 단 한 번도 모습을 나타내지 않았다. 신공 연성차 모처에서 폐관수련을 하고 있다 하는데 그 진위 여부를 가리는 것이 우리의 목표이다."

"……!"

"방법은 단 하나, 그것을 확인해 줄 수 있는 사람을 잡아 족치는 것뿐이다. 결론은 자운영이란 놈의 측근으로 신녀각이란 건물에 살고 있다는 계집인데 다행인 것은 그년이 무공을 모른다는 것이다. 잘 들어라. 그년의 생포 작전은 이러하다."

꿀꺽꿀꺽.

우중에도 침 넘어가는 소리가 여기저기에서 들렸다.

긴장할 대로 긴장하고 있다는 뜻이니, 사실 이번이 처음의 잠입은 아니었다. 벌써 네 번에 걸친 시도가 있었다.

그러나 들어가긴 들어갔으되 돌아 나온 동료는 하나도 없었다. 처음엔 셋이 갔고 다음엔 열, 그렇게 야금야금 들어갔다가 행방불명이 되었던 동료들의 숫자는 자그마치 오십이 넘었다.

그것이었다. 입 안이 바짝바짝 타 들어갈 정도의 긴장과 살 떨리는 공포의 이유인즉슨.

"나와 부대주를 중심으로 이 개 조로 나눈다. 일단 신녀각까지는 같이 행동하되 부대주조는 엄호와 교란을 맡고 실행은 본 대주가 한다, 이상."

줄곧 딱딱하기만 하던 어조였다. 암향대주, 그의 목소리가 갑자기 부드러워졌다.

"그럼 시작하겠습니다, 녹로부인."

"암향대주, 오늘 일만 성공한다면 너의 앞길은 탄탄대로를 보장받게 될 것이다. 비록 본녀가 독단으로 처리하는 일이긴 하나 이는 그분께서도 노심초사하셨던 사항이니 향후 존주께서 오늘 일의 성공을 아신다면 얼마나 기뻐하시겠느냐?"

"아."

"반드시 성공시켜라. 내 너의 공을 잊지 않겠다."

"가, 감사합니다."

"시작해."

"옛."

휘리릭. 모두가 담을 넘었다.

일견에도 예사 몸놀림이 아니었다. 밤고양이처럼 발자국 소리 하나

없이 빗속을 파고든다.

오늘은 하늘도 도왔다. 설령 그 누가 지청술을 발휘하고 있다고 해도 이런 폭우 속에서 인기척을 분간해 내기는 불가능하다고 봐도 무방할 것이다.

암향대 오십은 순식간에 어둠 속에 묻혀들었다.

맨 마지막은 허리가 잘록하고 가슴이 불룩한 복면의 녹영 하나, 녹로부인이다. 그녀도 몸을 솟구쳐 담장 위로 올라섰다.

담이라고 해봐야 한 길도 안 되는 높이였다.

그도 그럴 것이 이 집의 담은 담으로서 존재하는 것이 아니었다. 그저 여기서부터 이거니 하고 쳐둔 표식에 불과했다.

원래부터 그랬다. 과거 이백 년 동안이나, 그러다가 이십오 년 전 주인이 바꿔진 이후로는 삼 장 높이로 높아졌다. 그 높이가 다시 원래의 높이로 환원된 것은 불과 몇 달 전, 본래의 주인이 들어서고 난 이후였다.

"방자한 것들……."

녹로는 툭 내뱉었다.

이 집에는 없는 것이 있었다. 여타 무림세가에는 필수로 존재하는 것, 그것은 보초였다. 있을 필요가 없다 이 말인가?

"훙."

뿐인가. 그 흔한 기문진세나 매복도 하나 없다. 들어올 테면 들어와 봐라 이건가?

"그러다가 골로 갔지, 얼간이들."

녹로는 픽 웃었다. 그딴 것도 전통이라고 흉내를 내다니……!

"호호……."

녹로는 가는 비웃음을 흘리며 담장을 박찼다.

한 번 도약에 십여 장이 단축된다. 보기 드문 경공, 그것도 몸을 사렸기에 그 정도였지 거칠 것이 없었다면 한 마리 우중의 야조를 방불케 했으리라.

울울한 송림을 지났다. 연무장인 듯 널찍한 공터를 지나니 이제부터 본원인가, 소나무 숲이 계속 이어졌다.

"백만 평이나 된다더니만 우라지게도 넓군."

건물이 나타난 것은 그 숲의 중간 지점이었다.

박공 모양의 지붕이 보이기 시작했고 그때부턴 암향대의 동작들이 더할 나위 없이 조심스러워졌다.

사사삭.

사람과 소나무가 하나로 동화된 것은 정말 잠깐이었다.

그것은 녹로도 마찬가지였다. 굵직해 보이는 소나무 줄기에 찰싹 달라붙었다.

그런 자세로 목을 뺐다.

수십 채의 전각이었다. 남경 일대의 이름있는 장인들이 여기저기에 갖은 재주와 건축술을 발휘해 놓은 곳이라 했다. 서른여섯 채의 천응각이라 했던가? 듬성듬성 보이는 지붕들로 봐선 그것도 아니었다.

"법도도 없고 질서도 없다. 집터조차 저리 엉망이니, 호호… 삼십육천응? 개나 물어가라."

녹로의 조소는 한층 더 심해졌다.

과거 삼십육천응은 무림제일의 진용이었다. 단 서른여섯에 불과했으되 그들은 정녕 일당백의 용자들이었다. 오죽했으면 이매와 북천이 연수해 기습을 가하고서도 절반 이상이나 꺾였겠는가.

천웅에 대응해서 구축된 것이 이매의 백팔망량과 북천의 칠십이밀혼, 그리고 춘추의 백검 조직임은 온 세상이 다 아는 사실이다.

"그러나 우리에게도 이젠 정예 일백의 단혈이 있다. 그 정도면 가히 천하무적이라 할 만하지. 망량은 이미 고혼으로 스러졌고 백검조차 반 이상이 죽었으니 남은 것이라곤 구질구질하기 짝이 없는 저 북간의 무리와 있는지 없는지도 모를 너희 천웅뿐. 호호…… 머지않아 세상은 군림을 경배하게 될 것이다."

벌써 승자의 웃음이다. 녹로부인, 소리 죽여 웃느라 한껏 가늘어지고 있던 그녀의 눈이 일순 반짝 하고 빛났다.

"……!"

완전한 어둠 속, 눈길을 끄는 불빛 하나가 있다.

장대 같은 빗줄기만 아니었어도 쉽게 알아볼 수 있었을 것이다. 시력을 집중해 보니 봉창의 불빛이다. 누구일까? 무엇을 하고 있기에 이 야심한 시각에도 불을 밝히고 있는 것일까?

녹로는 손을 들었다. 휘젓는 수신호는 기다리라는 의미, 녹로의 교영은 귀영처럼 흐르기 시작했다.

흐느적흐느적.

그러나 믿을 수 없을 만큼 빨랐다. 녹로는 불 꺼진 전각군 사이를 지나 순식간에 백여 장 거리를 가로질렀다.

하나 녹로는 알고 있었을까.

육육은 삼십육, 주위에 신축되어 있는 전각이 모두 서른여섯 채였으며 그 전각들이 육합연환진세로 구축되어 있었음을?

일견 무질서하게 보였어도 실제는 그것이 아니었다. 육합연환은 정중포란세(正中抱卵勢)다. 중앙의 알을 품는다는 뜻이니 여섯 겹의 육합진세가 어느 방위에서든 철저하게 내부를 방호하게 된다.

그 중심에는 세 채의 석조대전이 품 자형으로 서 있었다. 일컬어 삼원합벽, 그 또한 상호동조세로 어느 한 곳에 화가 미치면 좌우가 하나로 호응해 일어난다는 법가의 호심수비진세였다. 불빛이 새어 나오고 있는 곳은 삼원에서도 중원에 해당하는 전각이었다.

들킬세라 숨을 멈추고 맥박까지 차단했다.

그런 상태로 살금살금 봉창에까지 바싹 접근해 들었다. 보이지는 않되 뭔가 소리는 들렸다.

"근데, 아기씨는 언제나 볼 수 있어요?"

'아기씨?

녹로는 쫑긋 귀를 세웠다.

부드럽게 감칠맛 나는 것이 분명 계집이었다. 이어서 또 하나의 아늑한 목소리가 흘러나왔다.

"하늘을 봐야 별을 따는 법이다. 영춘이 너도 알다시피 벌써 반년째 독수공방이 아니더냐."

"호호… 참 재주도 없으시오. 전에는 그럼 만날 잠만 주무셨수?"

그도 저도 아닌 또 다른 목소리다. 모두가 계집, 그러고 보니 한둘이 아니었다. 까르르 웃는 웃음소리만도 여럿이었다.

"못된 것, 말을 함부로 하는구나. 그것이 어찌 사람 마음대로 되는 일이라더냐. 더구나 시집은 원래가 손이 귀한 집안이었다. 너희들도 알고 있다시피 그분은 오대독자가 아니냐. 그러니 꼭 내 잘못만은 아니다 이런 얘기니라."

"그래도 그렇지요."

"호호, 주모님도 차암……."

주모? 그럼 운추심이란 계집?

녹로의 전신이 파르르 긴장으로 물들었다.

정보에 의하면 그녀는 놈조차도 설설 기는 고수라 했다. 설마 그렇기야 하리만은 어쨌든 주의해서 나쁠 것은 없다.

그러고 있는데,

"그럼 오늘은 역사가 이루어지겠네요."

"정말. 근데 출관을 하시자마자 군사부터 찾았으니 혹여 딴생각은 안 하셨는지 몰라."

"망할 것. 너는 약빙 언니를 보고서도 모르니? 어림도 없다."

"호호, 방회 너는 어서 자리를 봐놔라. 오시자마자 얼른 일부터 치르시게끔."

"호호… 호호호……."

또다시 웃음 한바탕, 녹로는 뜨악한 심정으로 몸을 떨었다.

'설마 그럴 리가! 이는 놈이 진짜 살아 있다는 말이 아닌가. 얘긴 즉 소문대로 놈이 폐관에 들었었고 오늘 출관을 했다는… 그, 그럴 리가!'

믿을 수 없었다.

복면 속, 녹로의 입술이 잘끈 씹혔다.

'내 눈으로 확인하기 전에는… 믿지 못한다. 존주께서 가장 우려하시고 회의하시는 부분이 바로 그 부분인데, 흐으…….'

만에 하나 그것이 사실이라면 이는 실로 중차대한 정보였다. 기실 오늘 몸소 출행을 감행했던 것도 놈의 죽음을 확인하고자 함이었지 살아 있음을 알고자 했던 것은 아니질 않은가.

'그럴 리 없지, 아암. 어쨌거나 이번 일로 인하여 나의 대종후 자리는 보다 반석 같아질 것이고 내 사랑을 빼앗아간 년들은 감히 얼굴도

들지 못하게 될 것이다. 그나저나… 저 쫓고 까부는 계집들이 정말 천응의 일원일까?

갑자기 그런 생각이 들었다.

그래도 그렇지 서로가 주종지간임은 분명할진대 저렇게 스스럼없이 노는 것은 또 어떻게 이해를 해야 하나? 모호한 감정이 복잡하긴 했으나 다만 한 가지, 부러운 감정만은 확실했다.

갑자기 낯선 타향에 홀로 내던져진 느낌이 들었다. 멀고도 막막한 느낌, 한여름의 밤비가 차갑다는 것은 이때야 처음 알았다.

'내가 혹시 질투를? 마, 말도 안 돼!'

부정하는 몸짓으로 그녀는 홱 몸을 돌렸다.

처마를 떠나 폭우 속으로 들어섰다. 빗줄기가 얼굴을 때린다. 하나 그녀는 아랑곳하지 않았다. 연유도 모를 분기가 사정없는 빗줄기도 잊게 했다.

'일단은 그년의 숙소부터 가보자. 그년을 잡아 족치면 모든 것을 알수 있겠지.'

녹로부인은 암향대주의 앞에 나타났으며 잔뜩 화난 눈빛으로 다짜고짜 성질부터 부렸다.

"앞장서라!"

"예옛, 알겠습니다."

신녀각은 꽤나 외진 곳에 있었다.

육합진세를 이루고 있는 전각군을 벗어나 있다는 뜻이다. 무인지경, 비만 아니라면 풀벌레 소리가 한창일 곳이었다.

이곳에도 불은 밝혀져 있었다. 청승맞게 한밤중의 빗소리를 즐기려는 것은 아닐 테고 무엇일까, 대체 무엇 때문에 집주인은 이 늦은 시각에 창까지 열어놓고 있는 것일까.

달랑 방 세 칸의 신녀각. 칸마다 불은 밝혀져 있으되 창까지 열려져 있는 방은 맨 가운데가 유일했다.

거기에 자운영이 있었다.

책을 보고 있었나 보다. '북방밀서'라는 표제를 지닌 책 한 권이 마지막 장을 보인 채로 펼쳐져 있었는데 자세히 봤다면 글씨의 방향이 반대쪽임을 알 수 있었을 것이다.

그 맞은편엔 텅 빈 방석 하나, 방금 전까지만 해도 누군가가 있었던 듯 앉았던 자국이 완연한데 지금은 그녀뿐이었다.

'저년이군.'

녹로는 까닭 모를 적의를 느꼈다.

신녀의 그림같이 단아한 자태 때문이었을까. 그래도 생면부지의 사람에게 느끼는 적의치곤 너무나 정도가 심했다. 녹로는 소리없이 이도 갈았다.

'홀딱 벗겨 진창에 치넣이도 그리 우아 긴빙을 떠나보자.'

들끓어 오르는 적개심, 주체할 수 없는 그 화를 잠재우기 위해선 대상이 필요했다. 잠을 자다가 제풀에 놀라 깬 아이가 공연한 심술을 부리듯이, 녹로는 발작적으로 손을 치켜들었다.

"……!"

녹로가 있는 곳은 고송 위, 신녀각 주위에 흩어져 있던 암향대 오십 쌍, 백 개의 눈이 일제히 그녀의 손끝에 모아졌다.

'가라!'

와락 손을 내렸다.

이상이 생긴 것은 그때였다. 녹로의 손이 내려짐과 동시에 뭔가가 움직였다. 처마 어림에서였다. 뭔가 누리끼리한 것이 번쩍 하고 지붕 위로 올라서는 것이 아닌가.

"……!"

녹로는 깜짝 놀랐다.

하나 놀랄 틈도 없었다. 명은 이미 내려졌고, 오십 마리의 불나방은 제 몸이 탈 줄도 모르고 일제히 불구덩이로 뛰어들고 있었으니까. 불은 그때 일어났다.

버언— 쩍!

번개처럼,

암천에 어둠을 일깨우는 하얀 섬광이 생겨났다.

한차례 폭죽이 명멸되었다고나 할까. 그것은 정녕 장관이었다. 지붕에서부터 시작되어 사위로 비산되어 나가는 무수한 별똥별, 폭우조차 아랑곳하지 않는 그 비도의 궤적은……!

처음엔 열두 개였다. 그러던 것이 분열하듯 갑자기 스물넷으로 늘어났고 새끼 치듯 찰나적으로 그 숫자를 늘여가더니 급기야는 수도 없는 빛살로 사방을 헤집어 버렸다.

"으악!"

"으아아아아……."

"우와아악!"

비명이 합창하듯 일어났다.

난사당한 까마귀 떼였다. 떠올랐던 자들은 살 맞은 새처럼 후두둑 떨어지고 막 한 발을 도약해 오르던 자들은 엉거주춤한 채로 팅겨져 나갔다.

우중의 살인. 암향대의 목줄을 끊어버린 것은 다섯 치 길이의 은색 비도였다. 하나도 아니었다. 한 사람 앞에 최소한 두세 자루는 고루고루 선사받았다. 이마와 명치, 그리고 아랫배 단전에……!

혈월비였다.

찰나간에 암향대 전원을 침묵시켜 버린 것은 바로 혈월비였다. 일순간에 무려 일백이십 개의 혈월비를 발출해 냈던 사람, 그는 지붕에 오연히 두 발을 벌리고 서 있었다.

붉은 고수머리에 부서진 듯 흉측하게 일그러져 있는 얼굴이 보는 이의 가슴을 철렁하게 한다. 게다가 살벌하리만치 짙푸른 벽광을 흘려내는 외눈박이 벽안, 그가 씹어뱉듯이 몇 마디를 툭 던졌다.

"쥐새끼들… 주군의 십보장(十步將)으로 명받은 악치 가등이란 사람이 바로 나다."

악치, 그 이름에 놀란 기러기처럼 푸드덕거린 자가 있었다.

"이, 이, 일수탈혼(一手奪魂)?"

암향대주, 그는 의외로 멀쩡했다. 본신의 실력이 뛰어나서가 아니라 죽음의 비도가 그의 목숨이 아니라 입을 원했기 때문이다.

아무튼 그 이름, 악치라는 바로 그 이름. 지난 촉산전을 기해 천하에 위명을 떨친 바가 있는 일수탈혼의 성명 두 자가 악치라는 바로 그 이름이 아니던가.

손짓 한 번에 혼백은 이미 유부에 흐르고…….

일수탈혼 악치를 칭하는 강호사가의 한 구절이다.

"으으……."

혼비백산, 암향대주는 질겁해서 튀었다. 지붕에 적이니 피할 곳이 없다. 급한 김에 후다닥 전각의 처마 아래로 숨어들었다.

"후아… 후아……."

순식간에 수하들을 전멸시켜 버린 그다.

눈에 뜨이는 그 순간이 죽음이다. 암향대주는 데구루루 눈알을 굴리며 도주로를 살폈다. 그때였다. 등 뒤에서 갑자기 늙수그레한 목소리가 들려왔다.

"노진인… 그냥 내버려 두시구려. 저런 잡것한테는 사석 하나도 아깝소이다."

난데없는 목소리였다.

'흐윽……!'

기절초풍하는데, 바둑이라도 두고 있었던가? 또 하나의 창노한 목소리가 웅웅 귓전을 때렸다.

"허허, 나는 청령인가 뭔가 하는 도사 놈이 아니라 여치일 뿐이라고 내 그리도 누누이 말했거늘… 한 번만 더 노진인 어쩌고저쩌고했다간 내 가만있지 않겠네, 야옹."

"프핫핫핫…… 알겠소, 알겠소이다. 이제 보니 핫핫, 진인께서도 벌써 세간의 반묘객이 다 되셨구려?"

"허어, 그래도……!"

벽이라면 이리 잘 들릴 리가 없다.

그러고 보니 등에 닿는 이 감촉은 문짝? 그러나 지금 그따위가 대수인가. 청령이라니, 게다가 야옹은 또 무슨 놈의 야옹?

'서, 설마……!'

용담호혈은 바로 이곳을 두고 하는 말이다.

암향대주는 자신의 바짓가랑이가 따뜻해지는 줄도 몰랐다. 너무나도 가공한 이름 두 개가 사십 장년의 그로 하여금 일개 코흘리개 오줌

싸개로 만들어 버렸던 것이다.

실례만이 아니었다. 어찌나 놀랐던지 암향대주는 자신의 등짝 명문혈에 바둑돌 하나가 박혀드는 것도 깨닫지 못했다. 그는 나무통마냥 뻣뻣해졌다.

기겁한 것은 녹로부인도 마찬가지였다.

누런 것이 시야에 어른거리는 그 순간에 그녀는 자신의 실수를 알아차렸다.

'하, 함정……!'

게다가 이는 원래의 계획도 아니었다. 원래는 암향대주가 지휘하는 일련의 상황을 몰래 지켜만 보다간 슬그머니 자리를 뜰 생각이었다. 녹로는 재빨리 상황을 판단했다.

'모두가 그년들 때문이다. 괜히 핏대는 올려가지고… 우선은 나가고 보자. 자칫하다 포위라도 당하는 날에는 빼도 박도 못하게 된다.'

스으윽.

역시 경공 하나는 일품이었다.

누가 뒤에서 잡아당기기라도 하듯이 녹로부인은 악치의 눈을 피해 십여 장을 뒤로 날았다. 그녀가 몸을 돌린 것은 도약력을 얻고자 한 발을 막 땅에 딛었을 때였다.

그 순간이었다.

"헉!"

녹로의 눈이 동그래졌다.

누리끼리한 것. 단번에 소름이 쭉 끼쳐 오르는 그 공포물이 바로 코앞에 있지 않은가. 견식이 있었다면 그것이 낭월포임을 한눈에 알 수 있었으리라. 그러나 그것이 문제는 아니었다.

문제는 하마터면 놈과 부딪칠 뻔했다는 것이었고 그 순간에 생사를 가름해야 할 판단을 내려야 된다는 것이었다.

녹로는 이를 악물었다.

'파심수를 쓰자, 일격에 숨통을……!'

그나마 다행인 것은 놈이 약간은 맛이 간 놈이라는 것이었다. 장승처럼 멀겋게 우두커니 서 있는 데다 상판조차 어리숭하게 생긴 놈이었다.

"타잇……!"

발로 땅을 찍던 그 바람이었다. 거기에 배가된 진력, 녹로는 맹렬한 기세로 놈의 심장 부위에 회심의 일장을 가했다.

콰앙!

"아악!"

치긴 쳤다. 폭음이 일어났고 비명 소리도 일어났다.

하나 비명과 함께 물러난 사람은 녹로였다. 아니, 물러난 정도가 아니었다. 어찌나 세게 튕겨졌는지 일 장을 날아가 질퍽한 땅바닥에 엉덩이를 처박았다.

"큭!"

튕겨진 그녀의 궤적을 따라 붉은 핏물이 선명하게 그려진다.

보라, 녹로의 우수가 손목 아래로 뭉툭하지 않은가. 그 손은 얼뜨기를 후려쳤던 손이었다. 하되 갈 때는 다섯 손가락 모두가 온전했으나 지금 이때는 흔적도 남아 있지 않았다. 있느니 오직 폭포수처럼 쏟아져 나오는 선혈뿐이었다.

녹로의 눈이 진득한 공포로 물들었다.

"세, 세상에! 이런 호신강기라니……!"

어리숭한 생김새와는 한참 거리가 멀었다.

그랬다. 일장을 때려 치는 그 찰나 얼뜨기의 몸에선 본신의 호신진력이 자연스럽게 발동해 나왔고 후려쳐 왔던 녹로의 손을 완전히 부숴 버렸던 것이다. 그 와중에도 치미는 의혹은 죽음만큼이나 지독했다. 녹로가 발악하듯이 외쳤다.

"누구냐? 네놈이 누구이기에 이 정도란 말이냐?"

"쯧쯧……."

어리숭하게 생긴 것이 혀를 찼다.

"내 아녀자에게 모질게 대하는 사람은 아니나 네게만은 예외를 두어야 할 것 같구나."

"……!"

어디서 나타났던 것일까. 녹로의 눈에 낯선 낭월포 하나가 더 들어온 것은 그 즈음이었다. 암향대주의 멱살을 틀어쥐고 있는 사람, 그는 금웅 아구였다.

"한 시진이면 될 것입니다. 제가 보고드릴 수 있는 내용을 도설받는 데에는……!"

"그렇게 하게."

"먼저 들어가시지요, 가주. 주모께서 기다리고 계십니다."

"알겠네."

얼뜨기는 서슴없이 등을 돌렸다. 언제 내려왔는지 벽안의 악치가 그 뒤를 따랐고 두 사람은 훌쩍 빗속으로 사라졌다.

일대는 조용해졌다. 녹로의 쿵쿵거리는 심장의 박동 소리만 아니라면 진짜 빗소리뿐이었을 것이다. 녹로는 지금 까무러치기 직전이었다.

가주라니,

오오, 그럼 그 어리숭하게 생겼던 것이……?

"허, 허방산?"

일어나려고 해도 몸이 말을 듣지 않는다.

그녀는 손만 날아갔던 것이 아니었다. 손이 날아가는 그 찰나 내장도 완전히 뒤집어졌다. 근근하나마 그래도 심맥이 이어져 있는 것이 다행이라면 다행이었다.

"그가 바로 화신?"

어쨌거나 목적은 달성한 셈이었다. 이곳, 소문만 무성하던 낭월대가의 주인을 몸소 겪어보았으니까. 하얗게 눈이 돌아가고 있는 녹로를 향해 아구는 더 하얀 웃음을 지어 보였다.

"악치가 분명히 십보장이란 말을 했을 텐데? 멍청한 계집, 말 그대로 십보장이니 그의 열 걸음 이내에 있을 수 있는 사람이 그분 외에 또 누가 있을 수 있단 말이냐?"

"저, 정말… 정말 그란 말이냐? 믿을 수 없다. 나, 나를 속이지 마라. 화신은 이미 죽었을 것이다. 세상에… 심장이 부서지고도 살아나는 사람은 없다."

"으흐흐흐…… 제법 뼈대가 있는 계집이로구나. 좋아, 덕분에 심심하진 않겠다. 이전 것들은 너무나 허약했거든?"

"으……."

"금달걀이 나올지 똥물이 나올지는 모르나, 일단은 가자."

"그, 금달걀?"

"흐흐흐, 기대해도 좋다. 참류마조가 너희들을 반겨줄 테니까."

"참… 류마조, 금웅참류마조?"

그것이 끝이었다.

연이은 경악과 공포로 녹로는 의식의 끈을 놓아버렸다. 금응참류마조는 강호제일의 손가락 공부다. 그것으로 인간의 육신에 고문을 가한다면 어찌 되겠는가. 모르긴 몰라도 갈기갈기 찢겨진 편육이 되고 말 것이다.

"척천의 척 자, 군림의 군 자만 들어도 피가 끓는 사람이 바로 나 달단양이다. 그렇지 않아도 네놈들의 근황이 궁금했는데 잘됐다."

웅거와 맹호연, 그 둘은 창웅의 자격으로 이곳에 묻혔다.

생각만으로도 왈칵 살기가 치밀었다. 아구는 야수처럼 섬뜩한 이를 드러내며 녹로의 복면을 벗겼다. 밀랍처럼 창백한 얼굴이다. 나이 이제 서른이나 되었을까, 반듯한 용모의 미인이었으되 꽤나 표독한 인상이었다.

아구는 히쭉 웃었다.

"행색을 보아하니 네년이 바로 독수마희 녹로, 그 군림대종인가 뭔가 하는 개잡종의 세 번째 첩년인 모양인데 잘 되었다. 네년 정도라면 태상이란 작자도 대략은 알 수 있겠지."

그러자면 지혈부터 해주어야만 했다.

콸콸, 아직도 쏟아져 나온다. 부랴부랴 손목을 틀어 묶고 멱살을 거머쥐었다.

"씹어 먹어도 시원치 않을 것들……."

아구는 이를 갈며 떠올랐다.

모든 것이 고요해진 지금, 여전한 것은 역시 빗소리뿐이던가. 이곳은 창웅의 옛 터전, 낭월대가였다.

늘보는 내리 사흘을 잤다.

한 번만 걸러도 죽는 줄로만 아는 끼니도 잊은 채 코만 골았다. 광대뼈가 도드라진 것이 꽤나 마르기도 말랐다. 그리도 번뇌가 깊었던 것일까, 생각할 것이 있다며 깨끗이 발굴된 과거 창웅가의 지하 안가에 들었던 것이 다섯 달 전이었다.

"응……."

기지개를 켜는 것이 잠을 깼나보다. 눈도 떴다.

베개가 재빨리 물었다.

"잘 잤어?"

"응."

그러고는 뚝, 말은 꼭 입으로만 하는 것이 아니다.

눈과 눈이 이어지고 한없는 말이 오고 간다. 그것은 마음, 가슴이 서로 이어지기에 말보다도 더욱 진한 것이 아닐까.

오붓한 부부 사이, 늘보가 갑자기 엉뚱한 짓을 했다. 스멀스멀 눈에 열기가 오르는 듯하더니 와락 추심을 끌어안았다.

"버들아……."

"흑."

추심은 바르르 떨었다. 바라던 바다. 그렇다고 불을 지피기에는 너무나 날이 밝았다. 게다가,

"야, 안 돼."

"안 되기는… 누구 몽달귀신 만들 일 있냐?"

"안 된다니까. 지금 모두들 토끼눈을 하고 있단 말이야."

"……!"

막 가슴을 파고들던 늘보의 손길이 멈칫했다. 서운한 것은 추심도

마찬가지였다. 새어 나오려는 한숨을 억지로 삼키며 그래도 파고드는 늘보의 손길을 사정없이 잡아뗐다.

"문밖에 다 있어."

"밖에?"

"응."

"다?"

"그렇대두."

"쩝……."

낭월청. 축산전에서 목숨을 잃은 웅거와 맹호연을 기려 붙인 대청의 이름인 바, 중앙엔 서른여섯 석을 갖춘 대형의 원탁이 위치했다.

원래는 꽉 들어차야 할 자리였다.

하나 지금 주인을 앉히고 있는 자리는 도합 열여덟, 나머지 반은 공석이었다. 더군다나 자리를 지키고 있는 사람의 대부분이 여자인 데다가 방향이 흐르다 보니 얼핏 보면 화류계의 모임이라고도 느껴질 광경이었다.

그러나 엄숙한 분위기였다.

어느 누구 눈빛 하나 흩뜨리지 않았다.

가히 지배를 철할 정도의 안광, 어지간한 담력으로선 감히 마주하지도 못할 눈빛들이다. 그 시선들은 모두 한곳에 모아졌다.

원탁의 대좌. 거기엔 허방산이 앉아 있었다. 뒤엔 악치와 호치가 시립했고 옆엔 운추심과 여치가 자리했다.

"오랜만이오, 형제들……."

그였다.

천웅대좌 허방산, 그가 천천히 말문을 열었다.

"이제 눈물의 시기는 갔거니와 앞으로는 만리웅풍의 위대한 비상만이 있을 것이오."

"……!"

아아, 천웅비상 만리웅풍……!

가슴 벅찬 그 말, 좌중의 눈엔 마치 약속이라도 한 듯이 뿌연 물막이 서렸다. 모질고도 모질었던 인고의 세월, 지난 이십육 년 굴욕의 삶이 주마등처럼 뇌리를 스쳐 간다.

대청을 떨어 울리는 허방산의 목소리, 거기에도 격정이 섞이기 시작했다.

"전 가족이 아니어서 그것이 아쉬우나 머지않은 시기에 이 천웅좌 모두는 반드시 주인을 맞게 될 것이오. 그날은 저 못된 북방의 도배들이 아침 이슬처럼 스러지는 날이 될 것이며 비명에 간 창웅의 원혼들 모두가 기꺼이 한을 풀게 되는 날이 될 것이오, 형제들!"

"아아……."

"흐흑!"

과거 이 땅은 완전히 유린되었다.

심지어는 축생들마저도 도륙되었으니 그 참상이 오죽이나 했으랴. 이곳에 있는 사람들 중에 창웅겁의 그 욕된 참사에서 자유로운 이는 단 하나도 없다. 모두가 부모 형제를 잃었던 사람이고 구사일생으로 참화를 피했던 사람들이다.

한은 구천에 사무치고 육신은 진창에 잠겼다.

타오르는 분노, 소리없는 오열이 좌중을 흐른다. 허방산은 잠시 말을 멈추고 형제들을 둘러봤다.

가장 연장자는 천절삼응을 대신해 있는 야응 노인, 가장 나이 어린 천응은 과거 영춘각의 간판가기였던 비연 영춘이었다. 도치 박포도 보였고 그의 쌍둥이 딸인 방희와 가희도 보였다.

낯선 사람은 없었다. 그도 그럴 것이 이곳에 있는 천응좌의 여인들 모두가 백리향의 일원이었던 것이니…….

냉오한 설빙염의 모습도 여전했고, 수좌천응 붕천권 전위의 근엄한 표정과 단리종도의 중후함도 여전했다. 모두가 눈을 감고도 그려낼 수 있는 저 얼굴들.

"……!"

눈이 마주치자 얼굴부터 빨개지고 마는 여시 검약빙, 그녀를 거쳐 허방산의 시선은 한곳에 멈추었다. 신녀 자운영이었다. 세가의 군사로 키워진 그녀야말로 뇌응, 당당히 천응 일좌를 차지하고 있는 가문의 핵심이 바로 그녀였다.

"군사, 시작하게."

"예."

자운영이 일어섰다. 그리고는 목소리에 힘을 주기 시작했다.

"오늘의 이 창응평의회는 실로 감개무량한 것입니다. 너무나도 오랜만에 개최되는 것이기에……."

짜랑짜랑하긴 했으되 떨림 또한 확연했다.

눈물이라고 그녀의 눈엔 없을까, 자운영은 가슴을 쓸어내리는 것으로 북받쳐 오르는 격동을 간신히 추슬렀다.

"먼저 새로 맞아들인 식구부터 소개하겠습니다."

"……!"

새롭다곤 하나 모두가 익히 아는 사람이었다.

다만 지금은 공표하는 의미에 다름 아니다. 좌중의 시선은 일제히 허방산의 뒤쪽을 향했다.

"바로 호치 범강과 악치 가등입니다."

하나는 장몽궁의 백대방이요, 하나는 소문난 독종이다.

낭월의 일원으로 촉산전에서 맹위를 떨쳤던 바, 얼굴이 부서지는 대신 악치는 일수탈혼이란 외호를 얻었고, 범강은 비록 한 발을 절게 되는 중상을 입긴 했으되 그도 선풍각이란 영예로운 이름을 얻었다.

일수탈혼 악치.

선풍각 호치.

보기 드문 호한들이다.

둘은 선 채로 묵묵히 장읍을 취했으며 자운영이 그들의 입을 대신했다.

"두 분의 공식 직함은 가주의 십보장, 본인들이 그렇게 원했고 이는 가문의 존장이신 야응 어르신께서도 쾌히 응낙하셨던 사항입니다. 앞으로 저 두 분은 세가의 좌우쌍치로 불릴 것이며 평생 동안 죽음으로 가주를 보필하게 될 것입니다."

좌악치에 우호치… 좌우쌍치!

아쉬운 것은 박수가 없었다는 것이다. 그러나 눈빛이면, 하나같이 진심 어린 그 눈빛이면 족하지 않겠는가?

"아암, 잘할게야. 모두가 진짜 사내자식들이거든?"

걸걸한 목소리는 야응이었다. 주먹코에 사자같이 위맹하게 생긴 노인, 그는 아직도 말술을 자랑하는 세가제일의 주당이었다. 그 바람에 머쓱해진 사람은 허방산이었다.

"허어, 이것 참……."

이야말로 상상치도 못했던 호사가 아닌가. 호위를 거느리다니, 그것도 평생 호위를! 공식석상이었기에 망정이지 여느 자리였다면 소름이 돋는다며 도망쳐 나가고 말았을 것이다.

어쩔 줄을 모르는 표정, 붉어진 그 얼굴에 좌중엔 이제야 웃음기가 생겨났다. 추심이 소리없이 웃었고 자운영도 곱게 미소 지었다.

"다음은 본 가의 만년식객을 자처하신 분입니다. 모두 아시다시피 그분은 여치세요."

"……!"

과거의 여치였다면 얼굴이 대번 홍시가 되었으리라.

청령 진인, 천하의 검선은 부끄러움도 유난히 많은 사람이었다. 계피학발이 다 되었어도 그 기질은 여전했다. 그는 아무 말도 못하고 눈만 감았다. 좌중은 다시 한 번 훈훈해졌고 야옹 노인은 급기야 대소를 터뜨리고 말았다.

"프핫핫! 사실 말이지만 그 시금털털한 무당산보다야 사람 사는 꽃밭이 백번 낫지. 아암, 백번은 낫고말고."

시금털털하다니?

꽃밭이라니?

"하하하……."

"호호."

화기는 꽤나 오래 이어졌다.

분위기가 차분해진 것은 이어지는 자운영의 보고 때문이었다. 오늘 평의회의 요지, 그것은 북방에 관한 건이었다.

"주적은 둘입니다. 하나는 군림마가, 다른 하나는 북천밀가. 하되 촉산을 깨뜨리고도 지금까지 그들에게 직접적인 행동을 취하지 못했던 것은 가주의 폐관연공 때문이 아니라 다른 이유에서였습니다."

"……!"

북천밀가와 군림마가, 아니, 북간과 척천오장원.

말만 들어도 가슴에 칼이 서는 그 이름들, 대청의 공기는 단번에 얼음굴처럼 차갑게 식었다. 자운영의 어조 또한 마찬가지, 그 곱던 목소리에도 싸늘한 한기가 서렸다.

"그것은 아직까지도 놈들의 총수에 대한 정보를 얻어내지 못했기 때문입니다."

"으으음……."

"북천밀왕은 나이 서른에 이른 자로 이름은 사도영, 북천 사도가의 장자로 그의 정체는 지난 이십 년 래의 의문이었습니다. 밀가에서 그의 흔적이 사라진 것은 이십 년 전, 그 비밀을 알아내기 전에는 어떤 행동도 의미가 없는 것이지요."

북천밀왕 사도영.

혹자는 그가 죽었다고도 했고, 혹자는 그가 모처에서 무공을 연마하고 있다고도 했다. 사실 그는 소싯적 북천일관옥(北天一冠玉)이라고도 불릴 만큼 뛰어난 사람이었으며 그의 실종은 많은 이의 억측을 자아내게도 했다.

천하제일을 자랑하는 개방의 이목으로도 알아내지 못했던 비사임에랴. 사도영의 정체는 북천밀가의 숙적인 개방의 오랜 두통거리이기도 했던 바, 자운영의 말은 바로 그 뜻이었다.

"그의 정체를 확인할 수 있는 방법은 놈을 대신해 갖은 권력을 행사하고 있는 북천대사마 사도헌, 놈의 이복 형을 잡아 캐는 수밖엔 없습니다. 사도영과 사도헌, 그 둘이 제거되어야만 북간의 뿌리가 완전히 뽑혔다 할 수 있을 것입니다.”

“음, 북간의 사도 형제라…….”

원래가 불같은 성격의 소유자였다. 야옹 노인이 꽝 하고 원탁을 내려쳤다.

“과거 만리응왕 종 가주에게 얻었던 내상이 발작해 돼졌다는 사도굉의 자식이 바로 그놈들이다.”

“맞습니다, 어르신. 그리고…….”

자운영이 말끝을 흐렸다.

가슴이 답답했던지 심호흡을 한 번하고는,

“군림마가 또한 마찬가지입니다. 아니, 그들의 행사는 북간보다도 오히려 더 교묘합니다. 촉산전이 아니었다면 그런 자들이 있었다는 사실조차 몰랐을 정도로 말입니다.”

“군림… 그 더러운 척천의 무리!”

대번에 욕설이 튀어나온다.

호치와 악치가 약속이라도 한 듯이 바드득 쌍으로 이를 갈아댔다.

왜 아닐까. 그날의 억울함이 지금도 눈앞에 선하거늘! 하나 청산이 있는 한 땔감 걱정은 하지 않아도 되는 법이다. 두 사람은 힘겹게 분기를 삼켰다.

“군림마가는 북경유가의 또 다른 이름, 이상한 것은 군림대종 유마옥의 위에 군림하고 있는 태상이란자의 존재입니다. 엊그제 몰래 잠입했다가 잡힌 녹로부인에게서도 놈의 정체는 밝혀지지 않았습니다. 이름이나 나이 같은 신상 내역은 물론 거처조차도 말씀입니다.”

“제길.”

“두더지 같은 놈들…….”

"녹로부인이 토설한 바로는 유마옥에게 무공을 전수한 사람이라고 하는데 역시 그의 정체도 유마옥을 잡아야만 알아낼 수가 있을 것 같습니다. 또 하나의 문제는……."

자운영의 이마에 가는 주름살이 잡혔다.

심각한 얘기인 듯,

"놈들을 정면으로 들이칠 수가 없다는 것입니다."

"그게 무슨 말이오, 군사?"

아구였다. 그가 벌떡 일어섰다.

"지금 우리의 전력이면 설사 군림과 북간이 연합을 한다고 해도 겁날 것이 없는 줄로 아오. 우선 북간부터 칩시다. 이에는 이, 피에는 피! 형제들을 모두 모아 깡그리 뒤엎어 버립시다."

"……!"

그럴 법도 했다. 이매가 사라졌으니 겁날 것이 무엇인가. 하나 그의 뜨거운 열기는 야옹 노인의 손짓에 의해 주저앉혀져야만 했다.

"앉아라, 그렇게 간단한 것이 아니다."

"제, 제 말이 틀렸습니까?"

"어허, 앉으라니까."

"……."

아구의 볼이 불룩해졌다.

가문의 어른만 아니었으면 '제기랄' 소리가 연속으로 튀어나왔을 것이다. 볼이 멘 그를 보고 야옹이 끌탕을 쳤다.

"달가, 저 녀석은 쥐방울만했을 때도 죽어라 속을 썩이더니만 어찌 커서도 저 모양일꼬?"

"제기랄."

진짜 제기랄, 아구의 얼굴이 벌겋게 변했다.

연방 투덜투덜, 어쨌거나 그는 자리에 앉았고 자운영의 말은 다시 이어졌다.

"그 이유인즉슨 북간이나 군림 그 모두가 관과 밀접하게 연관이 되어 있기 때문입니다."

"관? 그럼 황실을 말함이오, 군사?"

"그렇습니다. 자칫 잘못하면 황부에 빌미를 주게 됩니다. 관과 무림이 서로 상관치 않는 것이 전통의 불문율이라고는 하나 이번 경우는 다릅니다. 그간의 정보에 의하면 놈들은 권력의 핵심부에 위치하고 있습니다. 그중에서도 특히 북경유가는!"

"몹쓸 놈들……."

"무슨 짓이든 다 할 수 있다는 뜻이지요, 꼬투리를 잡힌다면 말입니다."

"그럼 대책은 무엇이오? 설마 이렇게 손을 놓고 앉아만 있자는 것은 아니겠지요?"

좌중이 후끈 달아올랐다.

자운영은 대답 대신 한 사람 한 사람을 천천히 둘러보았다.

답답했으리라. 한껏 날개를 떨치고 날아도 시원치 않거늘 웅크리고 있어야만 하다니, 하지만 보다 심각한 것은 그것이 아니었다. 자운영의 요지는 다른 것이었다.

자운영은 들릴락 말락 가는 한숨을 내쉬었다.

"그전에 먼저 전제되어야 할 것이 있습니다. 그것은 우리의 안전, 바로 이 낭월대가의 안녕이 보장되어야만 한다는 것입니다."

"아……!"

이미 물 밖으로 몸을 내민 셈이다. 다시 말해 이는 공격을 받을 수도 있다는 뜻일지니 과거의 창응겁이 재현되지 말라는 법도 없지 않은가.

비록 이매가 스러졌다고는 하나 새로운 적, 군림의 무리가 있다. 더군다나 형제들의 힘만 따져 봐도 과거의 천응에 비하면 많은 손색이 있는 것도 사실이었다.

작금의 천응은 반 이상이 여자의 몸, 마음은 그것이 아니라 할지라도 본신의 깊이야 어찌 사내를 따를 수 있겠는가. 창응겁 당시의 천응은 약응을 제외하고는 전원이 사내였다.

좌중은 숙연해졌다.

"해서 외지에서 암약하고 있는 형제들을 극소수만 남기고는 모두 복귀시키기로 결정했어요."

저건 또 무슨 소린가? 복귀를 시키다니……!

모든 이의 눈에 불똥이 튀었다. 특하나 아구, 그는 먼젓번의 무안도 잊고 다시금 자리를 박차고 일어났다.

"안될 말! 나아가도 성이 차지 않거늘 오히려 꼬리를 만단 말인가. 불가, 절대로 불가. 나는 반대요!"

"……!"

말은 없어도 모두가 동조하는 기색이다. 자운영이 반짝 하고 눈을 빛냈다.

"대신 가주께서 나가실 겁니다."

"……!"

당사자는 가만히 있었다.

보니 이 집의 안주인도 표정의 변화가 없다. 태연한 것은 야응 노인도 마찬가지였다. 사실 이 모두는 그들 사이에서 이미 사전 조율을 거쳤던 사항이었다.

그것을 관철시킨 사람은 다름 아닌 허방산 본인, 그가 묵묵히 있자 좌중은 다시금 조용해졌다.

"유감이나 세력의 이동 없이 조용히 유마옥이나 사도헌을 처리할 수 있는 분은 가주뿐이세요. 모든 일은 그 다음에 진행됩니다. 그리고 이것은 가주 지명이니 어느 누구도 더 이상은 왈가왈부하지 마세요."

칼로 베는 듯한 어조였다.

아니, 자운영의 그 단호함이 아니었다고 해도 토는 없었을 것이다. 유감이라는 말, 놈들을 잡을 수 있는 실력자는 가주뿐이라는 그 말에 무슨 할 말이 더 있겠는가.

하나같이 눈빛을 흩뜨리는데…….

"게다가 명왕이 죽었다는 소식도 아직은 없어요. 무슨 말인지는 다들 아시겠지요? 도처에 적이니 세력을 분산시키면 안 된다는 뜻입니다."

도처에 적, 그랬다. 길은 아직도 멀고 험난하기만 했다. 아니, 이제 시작인 길인 것을……!

"전면전은 그 이후가 될 것입니다. 적을 완전히 알아야만 촉산전의 슬픔 같은 아픔을 다시는 겪지 않게 될 테니까요."

신녀 자운영의 말은 길게 여운을 남겼다.

어느 피라고 서럽지 않을까마는 형제들의 선혈이야 오죽하겠는가. 어쨌거나 이제 방향은 정해진 셈이다. 내일 모레면 떠나가야 할 사람, 그가 손뼉을 쳐서 좌중을 일깨웠다.

"자아, 자. 그만하면 됐으니 이제는 술판이나 벌려보자고. 어떻습니까, 어르신."

"좋지, 좋다마다. 그렇지 않아도 한참 지루했던 판이네. 얘들 우거
지상을 지켜봐야 하는 것도 그렇고."

맞장구를 쳐주는 노인이 있어서 다행이었다. 추심이 방긋 웃으며 일
어났다.

"가만히들 계세요. 제가 준비해 오지요."

"어이구, 황공하옵게도 주모님께서 직접 말씀이신가."

"호호……."

좋은 일이다. 여자들이 우르르 따라나섰다. 하되 일은 정작 엉뚱한
곳에서 터졌다.

제11장 음모

독사 이대원. 그는 백리향의 총방 허치의 분신이랄 수도 있는 사람
이다. 그러나 그것은 반년 전의 일이었다. 지금은 낭월대가를 관장하
는 집순의 신분, 그는 자신의 직속 졸개와 함께 영내 순시 중이었다.

"헤헤… 아침 공기가 너무 좋습니다요."

"그렇구나."

헤헤거리는 졸개의 이름은 왈도.

과거 형문산의 마운령을 주름잡았던 산적 패거리 방가채의 두목, 바
로 그 방왈도다. 울퉁불퉁한 근육질의 표형대한, 곰보딱지 왈도가 독
사의 수하가 되었던 것은 순전히 재수가 없어서였다.

털려고 하다가 오히려 몽땅 털려 버렸다. 두목의 직위나 명예도, 마
지막 사나이의 자부심까지도 한순간에 다 날아가 버렸다. 다름이 아니
었다. 젖 먹던 힘까지 쏟아 부은 회심의 육도 일격이 풍우박인지 뭔지

하는 주먹질 하나에 죄없는 허공만 후리고 말았던 것이다.

그 결과는 쭉 뻗은 개구리 신세, 그 즉시 왈도는 양 무릎을 땅에 댔다.

"하이고… 성님!"

그 형님, 하늘 같은 그 형님이 떡 발길을 멈춘다.

"왈도야."

"예, 성님."

"저게 뭐냐?"

"어디요? 아……."

멀리 정문 쪽이었다. 청색 옷을 입은 사내 둘이 문을 붙잡고 용을 쓰고 있었다. 청의는 창응만리가 특유의 복장이다. 독사의 외눈이 단번에 파르스름해졌다.

"……!"

이대원은 수하 일백을 거느리고 있었다.

모두가 백리향의 일개 묘객에서 창응만리가, 그 전설로만 들었던 무림세가의 식솔로 탈바꿈을 한 사람들이었다. 백리향에서 낭월대가로. 아니, 창굴의 일개 묘객에서 천하에 그 이름도 쟁쟁한 창응만리가의 식솔로. 이 얼마나 꿈같은 일인가.

하나 순탄치가 않았다. 장난할 일이 아니라며 총방은 일언지하에 거절했다. 해서 평소에 점수를 따놓은 주모를 물고 늘어졌다. 간신히 성공. 그 결과로 탄생되었던 것이 오늘날의 낭월집순 이대원과 그의 휘하 일백의 졸개였다.

휘하의 복장은 청의 일색이다.

문을 잡고 실랑이를 하고 있는 사람들은 바로 자신의 부하였다.

일견에도 누군가가 들어오려 하고 있고 졸개들은 그것을 저지하고 있는 모습이다. 독사는 성큼 발을 떼어놓았다.

"가보자."

"예."

듣고 있자니 속에서 열불이 났다.

제까짓 것들이 군졸이면 군졸이지 예가 어디라고 감히……!

"허방산, 장몽궁의 총방 허치 놈을 압송하러 왔다 하지 않느냐? 어서 썩 문을 열지 못할까!"

요는 그것이었다.

이럴 수도 없고 저럴 수도 없었다. 문을 열어주자니 '허치 놈을 압송하러 왔다' 하고 묵살을 하자니 상대가 관부였다. 밖에서 고래고래 고함을 지르고 있는 자들은 다섯, 모두가 관아의 포쾌였다.

'그냥 확 죽여 버릴까, 어떻게 나오나 보게?'

한참을 망설였다. 그러고 있던 차, 휘하 순시조가 보무도 당당히 다가온 것은 그 즈음이었다.

"대장, 무슨 일입니까?"

"어떤 시러베아들 놈들이 식전 해장부터 저리 지랄발광이랍니까? 씨앙… 개자식들이구만요."

전직이 묘객이니 입이 고울 리 만무하다.

숫자는 열, 하나같이 늠름해 보이는 것이 절대 과거의 묘객이 아니었다. 그도 그럴 것이 독사 휘하 일백 무사의 연무 사부가 바로 금웅 아구였던 것이니 그의 혹독한 매질 아래 벌써 반년 가까이를 견뎌왔던 사람이 바로 이들이었다.

번뜩이는 눈빛으로 봐선 내공의 기초도 잡혔다. 몸은 탄탄해 보였고

손도 까마귀발처럼 우악스럽게 생겼다. 그들이 절도있는 동작으로 문 앞을 에워쌌다. 이윽고 독사,

"열어라."

"예옛, 대장."

문이 열렸다. 하되, 발을 떼어오는 자는 없었다.

그럴밖에. 독사의 바로 옆에 왈도의 육도가 새파랗게 곧추 세워져 있었던 것이다. 이대원은 씩 웃었다.

"좋아."

뒷골목 싸움에 잔뼈가 굵은 그였다. 싸움의 생리를 모를 리 없었다. 은근해진 놈들의 눈빛만 봐도 그 속을 창자까지 꿰뚫어 볼 수 있는 그였다. 이대원은 느긋하게 팔짱을 꼈다.

"나는 이 낭월대가의 집순이 되는 사람, 어떤 용무든 내게 말하면 되오. 그래, 무슨 일이오?"

"……!"

다섯 포쾌 전원이 일제히 흠칫했다.

생겨도 저리 험악하게 생겼을까? 쭉 째진 세모꼴의 외눈에 게다가 구멍만 달랑 있는 짝귀, 거기에서부터 흘러내려 있는 두툼한 칼자국. 이는 얼굴이 아니라 완전 전쟁터가 아닌가.

"어흠……."

가운데의 포쾌가 큰기침을 하며 나섰다. 콩알만해지는 간덩이와는 달리 잔뜩 어깨에 힘을 주며.

"우리는 남경 지부에서 나온 관인이다. 대인의 명을 받들어 허치라는 자를 압송하러 왔거니와 경을 치기 전에 그를 나오라 하라."

"……!"

처음부터 끝까지 '허치 놈' 이다. 속이 좋을 리 없다. 독사의 안면 흉터가 무섭게 꿈틀거렸다.

"무슨 명목이오?"

"그것은 나와 보면 안다."

"그래?"

대뜸 말투부터가 달라졌다.

오는 말이 고와야 가는 말이 고운 법이다. 여태껏 꼬박꼬박 존칭을 써줬던 것도 독사로서는 정말 많이 참은 것이었다. 명색이 집순이 아닌가. 집순이라면 대외적인 낭월의 간판, 한 번 더 꾹 참았다.

"명령서를 보여주시오."

"명령서?"

"당연한 일이 아닌가? 지부에서 나왔다면 지부대인의 직인이 있는 체포 명령서가 있을 터, 보여주시오."

"허어, 이놈 봐라."

"근자에 본 가에는 강도들이 출몰하고 있소. 명령서가 없다면 당신들도 지엄하신 관부를 사칭한 강도 떼로 간주할 수밖에 없으니 작살이 나고 싶지 않거든 당신네들부터 증빙하는 것이 좋을 것이오."

"자, 작살? 네 이노옴……!"

생긴 것과는 달리 고분고분해서였을 것이다. 포쾌들의 기세가 하늘을 찌를 듯이 높아졌다. 이젠 삿대질까지 해가며.

"보면 모르느냐, 우리가 어떤 분이신지를……?"

왜 모를까. 허리춤에 차고 있는 형문박도(刑紋朴刀)만으로도 저들의 신분이 관아형부의 포도사령임은 한눈에 알 수 있었다. 그러나 요즘의 관부가 어디 제대로의 관부이던가.

가장 썩은 곳이 당세의 관청이었다. 사리사욕에 눈이 멀었고 민초 위엔 제왕처럼 군림했다. 오죽했으면 '정덕세상 난세천하' 라는 말까지 나돌고 있으랴. 정덕은 당금의 황제를 지칭하는 바, 개국 이래 가장 무능한 황제로 손꼽히는 이가 바로 그였다.

'이런 구더기만도 못한 놈들이……!'

마침내 독사가 벌컥 가슴속의 불덩이를 토해냈다.

"강도다, 잡아라!"

"엉?"

그래도 설마? 아니다. 뜨악해진 눈들이 질겁하며 박도를 뽑아 들었다. 그러나 늦었다. 왈도의 육도가 먼저 쌩 하고 칼바람을 일으켰다.

"뒈져라."

곧추 세워져 있던 칼이다. 날의 길이가 두 자밖엔 되지 않았으나 폭이 한 자라, 간단히 말하자면 칼도끼였다. 막아봤자 웬만한 것은 하나의 장작개비에 불과했다. 왈도의 무식한 칼도끼는 날을 막는 박도를 자끈동 부러뜨리며 어깨도 찍어버렸다.

"으악!"

독사에게 삿대질을 해대던 바로 그자였다.

그의 팔 하나가 토막 난 박도를 붙잡은 채로 흙바닥을 펄쩍펄쩍 뛰었다. 이건 살벌 정도가 아니었다. 죽음이었다. 사내는 자신의 몸에서 떨어져 나간 팔을 멍하니 바라보고 있다가는 그대로 넘어가 버렸다.

왈도가 눈을 부라리며 칼날의 피를 쓱 핥았다.

"빌어먹을 으악새 놈, 다음엔 언 놈을 썰어주랴?"

"끄으으……."

왈도의 눈과 마주친 박도 네 개가 주춤하며 물러선다.

번들거리는 눈은 딱 백정 놈, 아니, 왈도의 원래 신분이자 전직은 진짜 백정이었다. 그는 지금 사람을 잡는 것이 아니었다. 소를 잡고 있는 것이다.

"흐흐흐흐……."

한 발이 다가가고 한 발이 물러선다. 그사이엔 오직 공포뿐, 그것을 걷어간 사람은 독사였다.

"왈도, 그만둬라."

"흐흐… 그럽죠, 성님."

왈도가 입맛을 다시며 육도를 거두는 사이 독사는 천천히 팔짱을 풀었다.

"쯧쯧, 그런 실력으로 어디 강도질인들 제대로 하겠느냐? 다 육포를 만들어놓을 것이로되 네 어미들 미역국 먹은 정성을 참작해서 그냥 돌려보내는 것이거니와 앞으로는 반드시 착하게 살도록 하여라."

"으으… 으……."

"얘들아, 문 닫아라."

"옛, 대장."

아침은 그렇게 시작되었다. 포쾌들은 축 늘어진 자신의 동료를 들쳐 메고 떠나갔고, 어찌나 고래고래 저주를 퍼부어대던지 한참이 지나서야 문밖은 조용해졌다.

"뭐라고?"

"그, 그렇게 됐습니다요… 사부님."

독사는 혼쭐이 났다.

아침 일의 자초지종을 보고하고 있던 참이다. 한데 평소의 그가 아니었다. 평소에도 사람을 쥐 잡듯 하는 사부의 얼굴이 지금은 완전히 괴물이었다.

'사실 좀 꺼림칙하긴 했지.'

아차 싶었다. 아니나 다를까, 사부의 입에선 노갈이 터져 나왔다.

"아이고, 이 망할 자식아……!"

"예?"

건양진기라는 것이었다. 가문의 기본 내공심법이었는데, 그것을 속성하는 방법이라며 하루에 두 시진씩이나 이글거리는 태양을 노려봐야 했다. 그 벌을 세우던 사람은 사부, 그는 몸까지 벌벌 떨었다.

아구 달단양, 그는 정말 불같이 노했다.

"이런 닭대가리 밥통이 집순이라니……!"

거기에 왈도가 기름을 끼얹었다.

"두고 보자며 갖은 염병을 다 떨고 가던데요?"

"으으……."

마침내 아구의 손이 떨쳐졌다.

꽝!

맞았으면 묵사발이 되고 말았을 것이다. 사람의 몸이 땅만은 못했을 테니까. 움푹 파인 땅 구덩이 하나, 아구는 이대원의 발치에 큼지막한 구덩이 하나를 남겨놓고는 화르륵 몸을 띠웠다.

일은 바로 터졌다.

점심 무렵이었다. 창검을 번쩍이며 일단의 병사들이 밀어닥쳤다. 물경 백 명도 넘는 대군이 덜커덕거리는 보갑 소리도 요란하게 우르르 문 앞에 도열하더니 말탄 장수 하나가 장창을 꼬나 잡고 달려 나왔다.

"본인은 남경 지부의 순검위장이다! 죄인 허치는 어서 문을 열고 나와 오라를 받도록 하라!"

서슬이 퍼런 것이 금방이라도 들이칠 기세였다. 별수있나, 열라는데.

끼이익.

드디어 문이 열렸다.

이어 한 사람이 사뿐사뿐 걸어 나왔다. 하늘거리는 연분홍 꽃치마의 여자였다. 그것도 눈이 번쩍 뜨일 만한 미녀다. 바로 방희였다.

그녀는 순검위장 앞에 이르러 공손히 허리를 숙였다.

"어서 오소서, 나으리."

여자인 데야, 그것이 절까지 하는 데야.

"어흠."

목청을 가다듬고,

"허치를 나오라 하라. 지엄하신 지부대인의 명령이니 반항을 하거나 거부를 한다면 역적죄로 다스리리라."

"여, 역적이요?"

화들짝하는 것이 딱 한입거리였다.

짜르르 전율이 인다. 말 그대로 군마 앞의 꽃이다. 놀람에 떠는 꽃이라 그래서 더욱 농염하지 않은가. 게다가 저 안됐다는 미안함의 표정이라니……

"한데 어쩌지요? 나리께선 헛걸음을 하셨습니다."

"뭐, 뭣이라고?"

"주인은 지금 출타 중이십니다. 아침에 포쾌 분들을 빙자한 강도들이 나타나 갖은 행패를 부린 일이 있었는데 그것을 신고하러 지부 관아에 가셨습니다, 나으리."

“……!”

“그런 일은 당연히 신고를 해야지요. 포쾌가 어떤 분들이라고 그런 망측스런 패악을 부렸겠습니까. 그런 놈들은 잡아서 모가지를 뎅겅 잘라 버려야지요. 안 그렇습니까?”

“뎅겅?”

“예.”

기가 막혔다. 양귀비 뺨치게 생긴 것이……!

더 더욱 기가 막힌 것은 할 말이 없다는 것이었다. 지금 이 상황에서 그들이 강도가 아니라 진짜 포쾌였다고 어찌 강변할 수가 있단 말인가.

입맛이 썼다. 소태를 씹은 것처럼 썼다. 그 건은 일단 묻어둘 수밖에. 껄끄러운 것은 그 다음이었다. 풍우처럼 관병을 몰아왔던 진짜 목적은 다름 아닌 허치의 포박에 있었으니까.

‘허치는 출두하러 갔다고 했다. 그럼 명은 이행된 것이다. 하나, 만일 저년이 지금 거짓을 고하고 있다면?’

그럼 개망신이다. 뒤통수에 느껴지고 있는 부하들의 시선이 그렇게 부담스러울 수가 없었다. 일개 계집의 말만 믿고 회군을 단행하자니 자신이 없고 닦달을 하자니 명분이 없다.

취할 수 있는 방법은 단 하나.

불쑥.

순검위장은 창끝을 방희의 봉긋한 가슴에 갖다 얹었다.

“공무를 집행하고 있으니 지금은 군중이나 마찬가지다. 군중엔 허언이 없는 법, 네 분명 한 치의 거짓도 없으렷다?”

“호호…….”

계집은 겁도 없었다. 방금 전의 놀라던 모습과는 정말 완전히 딴판이었다. 놀람은커녕 오히려 방실방실 웃는다.

"속고만 살았습니까, 그게 무슨 대수라고 거짓을 고했으리까."

가슴이 아팠나, 밀어내려는 듯이 창날을 붙잡는다.

이어지는 것은 경악이었다. 보라, 무쇠로 만든 창날이 마치 썩은 새끼줄처럼 부서져 내리고 있지 않은가.

순검위장은 입을 쩍 벌렸다.

'무, 무림의 고수다! 그럼 그 만리웅풍이 살아났다는 소문은 사실… 으으, 잘못 왔다. 나는 잘못 온 것이다. 오지 말아야 할 곳을 나는 와버린 것이다.'

방희의 얼굴은 예쁘게 웃고 있었다. 하되 눈만은 아니었다. 그녀의 눈빛은 서리같이 매서운 냉광이었다.

"여인의 가슴을 희롱함은 군자의 도리가 아니지요."

어조도 여전히 산들바람이었다. 그러나 곧바로 이어진 그녀의 전음 한줄기는 투구 속 순검위장의 머리를 통째로 비워 버렸다.

"개잡종. 꼴통을 부숴 버리기 전에 어서 꺼져라. 낭월대가는 위대한 곳, 너 따위 쓰레기가 함부로 아가리를 놀릴 곳이 아니라 이 말이다. 알겠느냐?"

욕설의 험악함은 둘째 치고,

쩌릉.

그것은 정녕 날벼락이었다. 순검위장은 자신이 뒤집어지는지도 몰랐다. 그는 말에서 굴러 떨어졌다.

"우욱."

땅바닥에 뒹굴고 나서야 흘러나오는 신음이다.

천외천이라고, 하늘 밖엔 또 다른 하늘이 있는 것을 어찌 그것을 잊었단 말인가.

"장군."

"어, 어이해 그러십니까?"

허겁지겁 부장 몇이 달려들었다.

말을 타고 있다가 갑자기 경기를 일으킬 것은 또 뭐람. 핼쑥한 것이 창자라도 꼬였나 보다. 부하들은 황망히 그를 마상에 올려 태웠다.

"어떻게… 회군을 명하리까?"

끄덕끄덕.

절반쯤 넋이 나간 상태의 머리가 끄덕여지고 멍해진 눈은 계속 여인을 본다. 하나 초점이 잡혀 있지 않았으니 딱히 보이는 것도 없었으리라. 그런 그를 향해 방희는 재차 정중하게 허리를 숙였다.

"그럼 살펴 가소서."

모양새는 그럴듯했다. 속도 모르는 막하 졸개는,

"이랴."

"회군… 지부로 복귀한다!"

허벅다리에 기름기가 오른 자는 말탈 자격도 없나 보다.

말이 거부했다. 미쳤나, 무엇에 놀랐는지 여태껏 얌전하기만 하던 말이 갑자기 히히힝 울부짖으며 앞발을 치켜들었다.

쿵!

소리도 요란하게, 순검위장은 또다시 볼썽사나운 꼴을 면치 못했다. 어쨌거나 그는 다시 말 위로 올려졌고 그것을 본 여인은 방긋 웃으며 몸을 돌렸다.

"미안하다, 말아. 죄없는 널 놀라게 해서……."

그것이 방희의 작별인사였다.

                    *   *   *

　―농후합니다.

　―역시 놈들이? 그래, 군사는 어느 쪽이라 생각하는가?

　―호호, 지부대인을 움직일 정도는 군림이나 북간 둘 다 가능하지 않겠어요?

　―흐음… 그럴까?

　―들러보심 아실 거예요. 그리고 원행에 조심하세요. 북방 형제들의 접응이 있긴 하겠지만 혼자나 진배없으시니 운영은 불안하기만 합니다.

　―별 걱정을 다 하는군. 추심은 얼른 갔다 오라고만 하던데?

　―그래서 가주는 문제세요.

　―뭐가 말인가?

　―가주께서 출행하시면 주모께서 식솔을 이끄셔야 하는데 주모같이 강단있는 분이 그럼 울고불고 하셨겠어요? 단지 내색을 안 하셨다 뿐이지요.

　―그런가.

　―하나 잊지 마세요. 가주를 가장 그리워하고 가장 걱정하는 사람은 바로 주모님이라는 사실을요.

　―알아, 안다고. 그러기에 내 이렇게 꼼짝을 못하잖나.

　―푸훗.

　―나 없는 동안 자네가 좋은 말벗이나 되어주게. 격이 생기거나 심심하지 않게끔.

　―호호, 아직도 모르시는군요. 창응가의 여자들은 모두가 다 한 자

매보다도 더 허물없이 지낸다는 사실을 말이에요.

　—그럼 다행이고.

　—그나저나 약빙은 어찌하실 거예요? 눈치를 보니 주모께서 언질도 주셨던 모양이던데 날을 잡아야 하지 않겠습니까?

　—언질은 무슨…….

　—더 이상 약빙의 애를 태우지 마세요. 곁에서 보기도 안타까울 정도니 당사자인들 오죽이나 하겠어요. 일간 제가 기회를 볼 터이니 알아서 하세요.

　—허어, 이 사람 자네 지금 내가 어딜 가는 줄 모르고서 하는 소린가.

　—그것과 이것은 다르지요. 호호, 그리고 보니 가주께서도 싫다는 말씀은 안 하시는군요?

　—하하…….

＊　　　＊　　　＊

　신혼다운 신혼도 없었다.

　초야조차 멋대가리없이 그 시커먼 대밭에서 냅다 해치워 버렸으니, 그 이후도 열에 아홉은 그도 나도 독수공방이었다.

　"젠장……."

　관아로 가는 길이었다.

　'쩝…….'

　지난밤 버들은 너무도 고왔었다. 그리고 뜨거웠다. 겨우 새벽녘에야 눈을 붙였는데 그 망할 자식들이 잠을 깨웠던 것이다. 툴툴거리며 내심 입맛을 다시고 있는데,

"주군, 이렇게 무작정 가기만 해도 되겠습니까?"

고수머리 악치였다.

일행은 단 셋이었다. 창응만리가주와 그의 십보장인 좌우쌍치. 걱정이 되었나 보다. 호치도 바싹 다가붙었다.

"변용이라도 하심이… 들자 하니 군림마가에서는 아직도 주군의 생사를 긴가민가하고 있는 모양이던데요."

촉산전의 결과로 호치는 다리를 절었다.

그리 심한 것은 아니었으나 눈에 띌 정도는 되었다. 그래도 그만하길 천만다행이었다. 약왕신단의 신효가 아니었다면 아마도 절단을 해야 했으리라.

셋 다 산뜻한 청색 경장이었다. 가문의 문장인 신응문(神鷹紋)만 소맷자락에 새겨 넣는다면 완벽한 웅풍만리 특유의 복장이 될 것이다. 허방산은 싱긋 웃었다.

"그딴 것은 생각조차 해보지 않았네."

"……!"

"뭐가 두려워 낯가죽을 가리고 다닌단 말인가? 설령 그로 인해 손해를 본다 할지라도 그러고 싶진 않아. 나는 나야."

호방한 어조에 그 내용, 쌍치도 따라 웃었다.

"제가 생각을 잘못했나 봅니다, 주군."

"핫핫, 다시는 그런 잡생각을 하지 않겠습니다."

"그러시게들."

폐관 이후 허방산은 백리향의 묘객 초기 시절만큼이나 밝아졌다.

안색뿐만이 아니었다. 눈빛까지도 밝아졌다. 창응겁에 얽힌 가문의 비사도 촉산전에서의 슬픔도 그에게선 이제 찾아보기 힘들었다.

침잠된 것일까, 아니면 정제된 것일까.

지난 반년간의 폐관수련에서 어떤 성취가 있었는지는 모르나 지금 그에게서 보이고 있는 것은 타고난 천래의 호연함뿐이었다. 하늘의 푸르른 장쾌함 때문인가, 허방산은 이내 경쾌히 보폭을 늘리기 시작했다.

"어서들 가세나. 빨리 돌아오기 위해선 빨리 가야만 하니까."

"그러지요."

"하하."

남경은 북경 이전의 황도이다.

천도 이후 비록 그 성세가 끊겼다고는 하나 남경은 역대 육조(六朝)의 왕도이자 장강이남 제일의 도시였다.

지부 관아는 성내에 있었다.

지부대인은 이정(李梃). 나이 오십도 되기 전에 노른자위 중의 노른자위라는 남경부의 수장에 오른 사람으로 다른 것은 모르되 처세술 하나만큼은 정말 타고났다는 사람이었다.

그는 골방에 틀어박혀 지난 하루 밤낮을 장고에 장고를 거듭했다.

그것은 모든 것을, 지금까지 쌓아온 부와 명예를, 아니, 자신의 목숨까지도 걸어야 할 중대한 사안이었다.

그리곤 마침내 결정을 내렸다.

"잡아들여라, 어서 써억……!"

시험 삼아 일단은 포쾌 몇을 보내봤다.

그랬더니 아! 한 놈이 반송장이 되어 돌아왔질 않은가. 이번엔 작정을 하고 독심을 품었다.

"두오, 순검위장 두오를 들라 하라!"

그에게 중무장한 지부 군졸 백을 딸려 보냈다. 그래도 혹시나 하고 한창 가슴을 졸이고 있는데 어라, 놈이 제 발로 걸어 들어왔다 하지 뭔가. 그것은 전혀 기대치도 않았던 횡재였다.

얼씨구나 좋다 하고 영을 내렸다.

"당장… 당장 하옥시켜라!"

혹여 난동이라도 피울까 싶어 두오에게 붙여 보냈던 군졸을 제외한 지부병사 삼백 전원을 집결시킨 이후에 벌인 일이었다. 희한한 것은 놈도 그랬고 놈을 따라왔던 놈의 종자 둘도 의외로 고분고분했다는 사실이었다. 셋 다 생각 외로 얌전했고 태연했다.

"옥사가 어디슈? 안내해 주면 고맙겠시다."

"으흐흐, 술상도 봐오게. 잔을 칠 보드라운 것들도 두엇쯤 붙여주면 좋겠구먼. 좀 신경을 써야 할 걸세. 여차하면 내던져 버리는 수가 있으니까 말이야. 아시겠는가…… 제씨들?"

이건 태연한 정도가 아니었다.

아예 제집 안방이었다. 종자들은 느물거리고 놈은 빙글빙글 웃기만 하고…….

하여간 꿈자리 뒤숭숭했던 난시는 일단 그렇게 매듭이 지어졌다. 문제가 생긴 것은 다름 아닌 마누라한테서였다.

"뭐… 누, 누구를 잡아 가뒀다고?"

"허치란 놈을……."

그 말이 채 끝나기도 전이었다.

지부대인 이정의 아내이자 마랑이란 이름을 가진 여자의 손이 쌩 하고 날았다.

짜악!

육편이 작렬하는 소리는 참으로 경쾌했다. 손도장이 찍힌 이정의 볼때기는 금세 퉁퉁 부어올랐고 여자는 핏대 선 얼굴로 삿대질을 하기 시작했다.

"어디 다시 한 번 말해 봐라, 천지분간도 못하는 이 등신! 뒈지고 싶으면 제 놈이나 뒈지지 왜 애꿎은 나까지 죽이려고 든단 말이냐, 이 머저리 등신아!"

다시 짝!

이번엔 반대편이었다. 얼마나 매서운 손 때였는지 손찌검 두 대에 이정은 완전히 피투성이가 되고 말았다. 코피를 줄줄 쌍으로 흘리며.

"부, 부인. 대체 어찌 이러시는 게요."

처세술 하나는 타고났다는 사람, 하나 나머지는 영 별로였다. 특히나 부부지사가 그랬고, 그래서였는지는 몰라도 아내한테는 매사가 고양이 앞의 쥐였다. 그 고양이는 독이 오를 대로 올랐다.

"그를 건들지 말라고 했냐, 안 했냐?"

"그, 그거야… 그러나 그들의 명을 어기면 그 즉시로 삭탈관직임은 부인도 잘 아시지 않소이까."

"아이고, 이 등신. 어찌 하나만 알고 둘은 모를까! 네 정녕 낭월대가의 허치가 누군 줄 모른단 말이냐?"

"알… 기야 알지요. 그러나 그들이 지켜줄 거요. 그들이 그리 철석같이 약조했소."

"철석 좋아하네! 그는 무림 세계에서 전설로 통하는 구천사왕의 하나야, 이 등신아! 대체 귓구멍이 있는 거냐, 없는 거냐. 너는 촉산명왕을 패사시켰다는 화신이란 말도 못 들어봤더냐?"

"……!"

"그가 바로 응왕… 만리응왕이 마음만 먹는다면 그까짓 창위 나부랭이 몇이 대수겠느냐? 하물며 이정 너 같은 등신 정도는 발가락 때만큼도 여기지 않을 것이다!"

"그, 그래도… 그가 설마 관부에 칼이야 들이대겠소?"

"돌대가리 자식. 그가 힘이 없어 옥사에 갇힌 줄로 알고 있다면 너는 정말 접시 물에라도 코 박고 죽어버려야 한다."

"으……."

"뭔지는 모르나 깊은 뜻이 있다 이 말이다. 그리고 이것저것을 다 떠나서 너는 절대 그를 그렇게 대하면 안 돼. 그는 너나 내가 무릎이 깨지도록 절을 해도 모자랄 대은공이란 말이다, 이 등신아."

"부, 부인, 그건 또 어인 말씀이시오?"

"넌 알 것 없어."

"……!"

"다시 말하거니와 절대로 무례하면 안 된다. 명심해. 오늘 일은 내 어찌 봉합해 볼 테니까. 알겠어?"

"알… 겠소."

그것이 반 시진 전이었다.

모르겠다는 듯 이정은 설레설레 머리를 흔들었다. 얼얼하고 횡한 것이 아직도 당시의 연속이었다.

'무식한 년, 남편을 개 잡듯이 패다니……!'

하나 어찌하겠는가. 아내는 천하의 여장부이고 자신은 겨자 씨앗만도 못한 좀팽인 것을? 남경 지부대인이란 직함은 그녀의 고린내 나는 발싸개 하나만도 못한 하찮은 것이었다. 이정은 방바닥이 꺼져라 한숨을 쉬었다.

"휘이유… 다음은 또 어찌할꼬."

세상은 참으로 오묘한 곳이었다.

일단은 하릴없이 옥사에 앉아 있는데 계집종 하나가 밤 고양이처럼 살금살금 찾아들었다.

"저기요……."

속삭이는 목소리,

"……!"

허방산은 태평하게 코를 고는 중이었다.

목하 취침 중, 악치는 자기 얼굴을 보면 기절초풍하고 말 것이라며 돌아 앉았고 호치가 느릿하게 계집종의 말을 받았다.

"무슨 일이냐?"

역시 관록은 속이지 못한다. 목소리 하나에도 장몽궁 백대방 시절의 위엄이 자연스럽게 배어 나온다. 어찌 열쇠를 구했는지는 몰랐다. 계집종이 옥사의 자물쇠를 풀어내며 조그맣게 소곤거렸다.

"쉰네를 따라오세요."

"허허, 고마운 아이로구나. 한데 어디로 가는 것이냐?"

"쉬잇. 조용히 하시구요, 가만히 절 따라오시기만 하면 돼요."

"그래 볼까."

잠을 자면서도 귀는 깨어 있었나 보다.

아함, 늘어지게 기지개를 켜며 허방산이 먼저 일어났다.

실은 이제나저제나 하고 있던 참이었다.

제아무리 지부대인이라 한들 그 정도의 그릇으로선 설사 잘못이 있다고 해도 감히 낭월대가에 시비를 걸지 못한다. 뒤가 있음은 불 보듯 뻔한 일이다. 계집종인 것이 의외이긴 했으나 우선은 두말없이 따라 나섰다.

일행 셋, 그들이 계집종을 따라 들어선 곳은 심처의 내실이었다.

내실이라면 침실이다. 영문도 모른 채 분 냄새 가득한 여자의 홍규(紅閨)에 들자니 기분이 묘해진다. 훤한 대낮이었고 혼자가 아니었기에 망정이지…….

어쨌거나 신경이 쓰일밖에.

더 더욱 모를 것은 탁자에 진수성찬이 차려져 있다는 것이었는데, 뭐라 묻기도 전이었다. 계집종까지 고개만 한 번 까딱해 보이고는 휑하니 나가 버렸다.

"이것 참, 귀신에 홀린 것도 아니고……."

"그러게나 말씀입니다."

침실은 화려했다. 분홍빛 휘장이며 바닥에 깔린 양탄자 하나도 전부가 눈이 휘둥그러질 정도의 고급품이었다. 어느 귀부인의 침실일까, 갈수록 의혹만 새록새록 짙어지는데 문득 문이 열렸다.

들어선 사람은 곱게 차려입은 삼십 초반의 부인이었다. 들어서자마자 그녀는 허방산을 향해 나부시 큰절부터 올렸다.

"오랜만에 뵙겠사옵니다, 대인."

황당했다.

생판 처음 보는 여자가 절이라니……!

말 또한 초면이 아니라는 투가 아닌가. 그러나 결코 안면이 있는 여자는 아니었다.

'백리향에서 봤던 여자도 아니고…….'

멀뚱거리고 있는데 웬걸,

"아!"

"당신은 그때 그……."

쌍치가 그녀를 알아봤다. 의아해하는 허방산에게 악치의 전음이 빠르게 날아들었다.

"거 왜 있지 않습니까. 연전 마등의 침실에 실신해 있었다는… 바로 그 여잡니다."

"……!"

그제야 생각이 났다.

낭월대가를 수복했을 때의 일이었다. 마가대원주 염마사혼 마등의 침실에서 새파랗게 굳어 있는 여자 하나가 발견된 적이 있었다. 벌거벗은 채로 사경을 헤매고 있던 여자였는데 여시가 통혈대법을 써서 간신히 목숨을 구해냈었다.

'이후 온데간데없어졌다고 한 것 같은데……?'

여자가 벗고 있는 것과 입고 있는 것은 천지 차이다.

하물며 한번 스쳐 봤던 얼굴임에랴. 한껏 치장을 하고 있는 모습에서 당시의 그녀를 생각해 낸다는 것은 불가능한 일이었다. 그런 의미에서 보자면 쌍치의 눈썰미는 정말 제법이었다.

여자가 다시 한 번 고개를 조아렸다.

"촉망 중이라 그땐 미처 인사도 못 드리고 나왔나이다. 이년 이정의 처인 마랑이라 하옵니다."

"이정?"

이정이 누군가. 바로 지부대인이 아닌가.

깜짝 놀랐다. 머리 속이 잠깐 헝클어진 실타래처럼 혼란스러워졌다. 그도 그럴 것이 마등의 침실에서 발견되었다는 여자가 어떻게 이정의 아내일 수가 있단 말인가. 하지만,

‘알 바 없는 일이다.’

바람을 피웠든 보쌈을 당했든 알게 뭔가. 뭔가 사연이 있었음직도 한데 알고 싶은 것은 그런 것이 아니었다. 궁금한 것은 지금 이 자리의 연유였다.

눈치도 빨랐다. 마랑이 바닥에 무릎을 붙인 채로 입을 열었다.

“대인을 이 자리에 모신 것은 못난 남편의 잘못을 용서받기 위함이옵니다. 부디 그이를 용서해 주소서.”

당돌한 여자였다.

아니면 겁이 없다고 해야 하나, 마랑은 정면으로 눈을 들어왔다.

낭월대가주의 신분을 알고서도 보내는 시선이라면 그것 하나만으로도 마랑은 대단한 여자라고 할 수 있었다.

아름다운 얼굴이었으되 선이 굵은 여자였다. 여장부라고 할까, 칼을 차도 어울릴 것만 같은 용모에 당찬 시선이었다. 어찌나 당찼던지 마등과 연루되었으리라는 생각 같은 것은 단숨에 날아가 버렸다.

허방산은 천천히 의자를 당겨 앉았다.

“그래… 오늘 일을 말하는 것인가?”

“용렬한 위인이라서 저지른 실수이오니 다 잊으시고 너그러이 용서를…….”

마랑이 말끝을 흐리며 급급히 고개를 숙였다.

다름이 아니었다. 올려다보고 있던 허방산의 눈빛이 돌연 불꽃처럼 무섭게 변했기 때문이다. 아니나 다를까, 냉엄한 호통이 쩡 하고 터져 나왔다.

“고약한 계집이로다! 네 얼마나 잘난 계집인지는 모르겠으나 그래도 그렇지 어떻게 자신의 지아비를 용렬하다 폄하할 수 있단 말이냐?”

단번에 식은땀이 솟는다. 마랑이 이마를 바닥에 찧었다.

"용서를… 천한 년이 입을 잘못 놀렸나이다."

원래 대가 센 그녀였다.

과거 마등에게 추행을 당했을 때만 해도 그의 뺨을 후려쳤던 그녀였다. 오죽이나 드셌으면 지부대인 이정이 쥐어 사는 것도 모자라 갖은 욕설에 매를 맞고 살면서도 쥐 죽은 듯 고요했으랴.

아마도 그래서였을 것이다. 마랑이 천하의 화신, 만리웅풍의 웅왕에게 서슴없이 눈을 마주쳐 왔던 것도……!

"고약한 것이로다."

허방산은 자리에서 일어났다.

나가려는 것이다. 그러자 마랑이 발딱 고개를 치켜들었다. 창백해진 것이 여간 놀란 게 아니었다. 그런 얼굴로 마랑은 크게 외쳤다.

"대인, 오늘 일의 사단은 황도의 창위오이다! 가셔도 그 연유는 듣고 가소서."

"……!"

허방산의 눈에서 신광이 일어난 것은 그때였다.

'그러면 그렇지, 창위라……!'

불현듯이 떠오르는 놈이 있었다.

능시우, 그놈. 별별 잡스런 여우 짓을 다하다가 결국은 몽니에게 정혈을 빼주고 바싹 마른 송장이 되었던 놈, 찰나적으로 뇌리를 스쳐 갔던 자는 북간의 밀영대주 바로 그놈이었다.

그럼 북천밀가가……?

'아닐 수도 있지. 북경유가일 수도 있다. 하지만 중요한 것은 그것이 아니다. 문제는 이 일의 배후가 어떤 놈이냐 하는 것이 아니라 무엇

때문에, 어떤 의도로 이 일을 벌였느냐 하는 것이다.'

우려했던 것은 관부와의 충돌이었다. 있을 수 없는 일이었으되 오늘처럼 실제 상황이 되어버릴 수도 있었으니까. 크게 걱정할 정도는 아니었으되, 요는 그 내막이었다.

허방산은 마랑을 내려봤다.

"북경에서 사람이 왔었더냐?"

발길은 멈춰진 것은 물론이었다. 살았다 싶었는지 그때서야 비로소 마랑의 얼굴엔 핏기가 돌았다.

"이틀 전이었습니다. 창위 일곱이 와서 잠시 머물다가 떠나갔사온데 그들이 하달한 명령은 남경 일대를 주름잡고 있는 암흑가의 두령들을 모두 잡아들이라는 것이었사옵니다."

"암흑가의 두령?"

"예. 보름간을 구금해 두라 했사옵니다."

"그래, 연유가 무엇이라더냐?"

"그것은 말하지 않았사옵니다, 대인."

"이상하군. 왜 그랬을까? 좋아, 그건 뭐 그렇다 치고, 한데 그것이 나와 무슨 상관이 있지?"

"저어기… 말씀드리기 송구하오나 그중 진회하의 색주가 총책인 허 대인은 어떤 죄목을 붙여서라도 반드시 모셔두라는 특명이 있었사옵니다."

"허어, 나를 집어서 말이냐?"

"예, 대인."

"음……."

진회하의 총책, 그 말은 사실이었다.

진회하는 장몽궁 산하였고 장몽궁의 총방은 자신이었다. 창응이 빠져나왔는지라 비록 그 의미는 퇴색되었다 할지라도 세상이 알고 있는 장몽궁의 대표자는 여전히 그였다.

'그러고 보면 꼭 나를 겨냥한 것만도 아닌 것 같은데 대체 무슨 일일까? 어쨌거나 고약하게 되었다. 힘으로 어찌해 볼 수 있는 일도 아닌 것 같으니……'

일이 난감하게 꼬였다.

한시가 급한 것이 북행이었다. 유마옥을 잡아야 군림태상의 정체를 알아낼 수 있고 사도헌을 잡아야 북천밀왕이 누군지를 알 수 있게 된다. 그런 연후에는 천응을 모두 모아 폭풍처럼 일거에 휘몰아쳐 버릴 작정이었다. 한데 이런 어처구니없는 일에 발목을 잡히고 말 줄이야.

허방산이 묵묵히 있자 마랑이 마른침을 꼴깍 삼켰다.

눈을 반짝이고 있는 품이 뭔가 생각이 있는 듯, 그녀의 어조가 갑자기 은근해졌다.

"대인."

"……!"

"이리하시면 어떻겠사옵니까. 스스로 출두하신 명분도 있고 하니 뒤는 모두 이년이 감당하오리다. 하오니 가능한 며칠 만이라도 창위와의 대면을 유의해 주소서."

"흐음, 무슨 묘수가 있기라도 한 것이냐?"

"대인의 신분이 진회하의 총책뿐이라면 모르겠으되 천하의 화신께서 직접 소명까지 하러 오셨는데 일신을 모셔둘 그 어떤 구실이 있을 수 있겠사옵니까."

"……!"

"연유라도 설명해 주고 협조를 구했어야 마땅했지요. 잘못은 아무

말도 해주지 않은 창위, 그들에게 있는 터, 그들도 뭐라 추궁은 못할 것
이옵니다.”

구구절절 옳은 소리뿐이다.

허방산은 마랑을 다시 봤다. 사내 뺨치는 배포에 겁도 없는 것이 마
랑은 정말 여걸이었다. 허방산은 얼굴에 빙긋 웃음기가 만들어졌다.

“그럼 신세를 지겠네.”

“신세라니요, 대인. 당치 않사옵니다. 그런 말씀 마오소서. 이년 대
인께 머리칼을 잘라 신발을 삼아 올려도 갚지 못할 큰 은혜를 입은 계
집이옵니다.”

“하하, 별 소릴 다 하는군.”

그때였다.

그의 웃음 띤 얼굴이 살짝 굳어졌다.

날카로운 표창 한 자루가 월동창을 뚫고 날아든 것은 그 직후였다.
바로 코앞이다. 허방산의 우수가 자로 잰 듯 정확히 앞을 훑었다.

팟!

표창은 손에 잡혀들었다. 그 순간,

“어떤 놈이 감히……!”

쌍치가 범처럼 질타해 나갔다. 창이 부서지기 직전이었다. 허방산이
그들을 붙잡았다.

“되었네.”

그 말 한마디에 주르르 누가 당기기라도 한 듯이 돌아와 제자리에
선다. 가공할 운신, 그것은 낭월비류 이상의 경공이었다. 그도 그럴 것
이 허방산이 창응표의 풍가요결 몇 가지를 풀이해 준 덕택에 둘 다 비
약적인 발전을 보았던 것이다.

"아……."

그 광경에 귀신이라도 본 것처럼 마랑의 입이 벌어지는데,

"살기가 없었네. 그것도 이십 장 밖에서 던졌던 것이고… 또 하나는 바로 이것일세."

허방산은 표창을 들어 보였다.

황망 중이라 미처 보지 못했던 것이다. 표창에는 안정된 탄도를 유지하기 위하여 천을 찢어 단 표의(鏢衣)가 있었는데 거기엔 글이 적혀져 있었다.

내일 묘시 초(卯時初). 진회하 백화루. 뭉구리.

아리송한 내용이었다. 그러나 뇌리에서 섬광이 인 것은 맨 마지막의 뭉구리란 글자 때문이었다.

뭉구리. 그것은 과거 낭월각의 전령이자 군림마가의 첩자이기도 했던 군림삼호, 그 대머리의 이름이 아니던가. 허방산의 눈을 번쩍 뜨이게 한 것은 바로 그 이름 석 자였다.

"뭉구리라……."

본명이 왕주어정인가 뭔가 하는 놈이었다.

놈이 밀정임을 알고서도 놓아주었던 것은 그간의 정 때문이었다. 정이 뭔지, 추심을 시켜 해원까지 놓아 보내주었던 것도 실은 같은 맥락이었다.

어쨌거나 놈의 이름자가 나타난 것은 의외였다. 그것도 이같이 공교로운 시점과 장소에서 말이다. 표창을 날렸던 자는 놈이었을까? 하나 누구였든 그것이 무슨 상관이랴. 신경이 쓰이는 것은 내용이었다.

'놈은 군림마가의 휘하, 숨어도 마땅치 않을 놈이거늘 대체 어떤 일로……?'

정상적이라면 오히려 꼬리를 말았어야 마땅했다. 아량은 당시가 마지막이었고 그 사실은 누구보다 본인이 더 잘 알고 있었을 테니까.

'음…….'

좋은 뜻이었다면 이번 일과 관련이 되어 있을 것이고 나쁜 의도였다면 보나마나 함정일 것이다.

결정적인 것은 악치였다. 그가 슬쩍 말을 흘렸다.

"본디가 그리 막돼먹은 놈은 아니지요."

악치 또한 뭉구리와는 사연이 많은 사람이었다.

장몽궁 시절 물론 당시엔 뭉구리가 정체를 숨겼기에 벌어졌던 일이었겠으나 악치는 그의 이를 왕창 부러뜨린 적도 있었다. 그러고 보면 뭉구리도 참으로 독한 놈이었다.

"좋아."

허방산은 싱긋 미소를 지었다.

"가보기로 하지. 더군다나 거기 내 아성이 아닌가."

아성. 그랬다. 진회하의 백화루도 휘하 소속은 소속이었다.

무슨 소린지를 모르는 마랑만이 연방 고개를 갸웃거렸고 쌍치는 스산한 미소를 배어 물었다.

'곤죽을 만들어도 시원치 않을 놈들……!'

어찌 그러지 않겠는가. 잘만 되면 군림마가, 그 통한의 원수들을 오늘 당장 만나볼 수도 있게 되었거늘. 만나기만 하면 활활 타오르고 있는 가슴속의 불덩이들을 죄다 쏟아버릴 참이었다.

남경 지부대인 이정의 침소, 주인도 아닌 사람이 주인 행세를 하기 시작했다.

"자아, 자… 우선 먹고 보세. 마랑이라고 했던가. 이거 우리 먹으라고 차렸던 거지?"

"예? 아, 예."

마랑이 불에 덴 듯이 놀란다.

사내 뺨치는 마랑이었으되 그녀의 요량으론 넘쳐도 너무 넘치는 사람들이었다. 하긴 하늘 밖의 하늘, 그 신비한 무림의 하늘을 그녀가 어찌 짐작이나 할 수 있겠는가.

*   *   *

"아아악!"

외마디 비명은 처절했다.

부들부들 마지막 경련을 일으키고 있는 장신의 중년 검수, 그의 가슴에는 피에 물든 혈수 하나가 깊숙이 박혀 있었다.

"건방진 놈, 내 어찌 너 따위에게… 억!"

혈수의 임자다.

살기에 젖어 있던 그의 눈이 돌연 당혹으로 물들었다.

찰나적인 변화였다. 보라, 푸른 검기가 아른거리는 칼끝 하나가 빛살처럼 가슴을 찔러오고 있지 않은가. 그것은 방심을 노려왔던 필살의 일격이었다.

"이런……!"

다급함이 폭죽처럼 명멸해 올랐다. 피할 틈도 없고 손을 떨쳐 낼 조건도 되지 않는다. 혈수인은 활처럼 몸을 휘며 맹렬하게 손을 밀어 넣었다.

"크으윽."

"헉!"

모든 것이 정지했다. 삼인일체, 두 줄기 숨넘어가는 소리와 함께 생겨난 것은 이미 숨진 시신을 사이로 마주 붙어 있은 두 사람이었다.

찌르고 찔렸다.

찔린 곳은 왼쪽 어깨였다.

"비, 빌어먹을! 외팔이였기에 망정이지……."

혈수인은 왼쪽 팔이 없었다. 팔꿈치 아래로가 텅 비어 있었던 것이다. 하지만 이번의 일격으로 어깨는 뼈까지 부서져 버렸다. 섬뜩한 광경이 아닌가. 어깨에 삼 척 장검 하나를 꽂아 넣은 채로 혈수인은 툴툴 메마른 웃음을 흘려냈다.

"클클클……."

서글픈 웃음이었다.

"세상이 이렇게나 아득할 줄이야. 너무나도 넓지 않은가. 내가 감당하기엔 너무나 넓어."

검은 밤, 별이 총총한 대은하의 밤하늘은 너무나도 광활했다.

감당할 수 없는 크기로 무궁한 하늘, 슬쩍 올려다본 밤하늘은 정말 끝이 없었다.

"나 사마혼이 이 지경에까지 이르고 말 줄이야……."

사마혼.

명왕 사마혼. 흔치 않는 까마귀 부리 인상, 십만 명에 하나 있을까 말까 하다는 그 특유의 인상은 진정 촉산명왕 바로 그였다.

그는 천하사왕의 하나였다. 또한 낭월에 촉산을 내주고 춘추백검가에 패퇴한 연후로는 종적이 묘연해졌다는 사람이기도 했다. 그런 그가 대체 그 어떤 연유로 이 어두운 밤에 외로이 피를 보고 있을까.

"따뜻하군."

손이 따뜻했다. 그럴 수밖에. 손이 들어가 있는 곳은 사람의 가슴속이었으니까. 되로 주고 말로 받은 셈이었으되 탁월한 선택이었다. 그 찰나의 순간에 장신검수의 가슴에 들어가 있던 사마혼의 단장은 그의 등을 관통해 암습자의 목을 찔러 버렸던 것이다.

그 즈음이었다.

쓸쓸하게 자조하며 막 손을 빼냈을 때였다.

쐐에에에─

회초리처럼 날카로운 소리를 내며 또 하나의 검이 무서운 속도로 전면의 어둠을 갈라왔다.

"이젠… 지겹군."

이게 벌써 몇 번째인가. 육신도 지치고 정신도 지쳤다. 포기하고 싶은 마음이 굴뚝처럼 커졌다. 그러나 몸은 벌써 반응했다.

원래대로라면 이형환위로 비꼈다가 반격을 가해야 한다. 하나 그러기엔 힘이 부쳤다. 습관처럼 우측으로 기우뚱했고 그 찰나에 칼날은 만신창이가 된 어깨를 다시금 스쳐 갔다.

쨍!

어깨에 박혀 있던 칼이 반 토막의 팔과 함께 날아갔다.

거의 무의식적인 동작이었다. 그 순간 사마혼의 우수도 빙글 수평의 원호를 그려냈다.

"커흑."

사람의 뒷골 하나가 무참하게 깨져 나간다. 혈마갑 한 짝, 짝 잃은 핏빛 장갑 한 짝은 아직도 위력이 살아 있었다.

그러나 그것이 한계였다.

이인 일조였나 보다. 검광 한줄기가 더 있었다.

무정한 칼날 하나, 감각조차 흐릿해진 사마혼의 동공으로 칼끝 하나가 파랗게 떠올랐다.

"그래… 그만 끝을 내자."

투지를 상실했던 것은 옛날이었다. 한 가지의 사명감마저 없었더라면 연전 검왕자 단목광의 응전검에 자신의 혈왕수가 깨지던 날 벌써 혀를 물었을 것이다.

"고래 힘줄보다도 더 질긴 백검 놈들, 그래… 승자는 너희 단목가의 개자식들이다."

바로 그들이었다. 촉산명왕을 이런 빈사지경에까지 몰아넣었던 것은 바로 춘추백검좌의 고수였다. 하긴, 그들 정도가 아니고서야 어찌 이매가의 지존을 이렇게까지 전락시킬 수가 있겠는가.

사마혼은 질끈 눈을 감았다.

최후. 과연 어떤 맛일까. 화끈할까, 아니면 아플까… 속 창자가 뒤집어질 정도로?

그러나 느낌은 오지 않았다. 눈을 감지 않았더라면 사마혼은 하나의 기경을 목도할 수 있었을 것이다.

슈우우우—

밤하늘을 치달리는 유성이랄까, 그것은 정녕 자색 무지개와도 같았다. 사마혼의 뒤쪽에서 홀연 빛이 일며 석 자 길이의 자죽장 하나가 어기비검식으로 떠올랐고, 떠올랐다 싶은 순간에 이십여 장의 공간을 찰나적으로 가로질렀다.

쾅!

"우와아아악……."

단말마의 절규, 그 때문이었다.

사마혼은 번쩍 눈을 떴다. 그 눈에 비친 것은 죽장에 배가 꿰인 백의의 검수 하나, 새우처럼 몸을 접은 채로 날아가고 있는 자는 자신의 적이 아닌가.

쿠웅.

가공할 역도였다. 어찌나 무서웠는지 이미 숨조차 끊어진 검수는 십여 장을 직선으로 날아가 처박혔다.

단언하거니와 그것은 정말 경이였다. 당금 천하에 천하사왕이 아니고서야 누가 저런 위세를 보일 수 있으랴. 아니, 그것은 축산명왕인 사마혼 자신조차도 감당키 어려운 초상승의 신수였다.

사마혼은 두 눈을 부릅떴다.

"그나 그는 아닐 것이고 그렇다면 설마… 응왕?"

이곳은 풍릉도, 남경의 교외에 있는 장강 어귀로 갈대가 숲처럼 무성한 곳이었다. 구차한 목숨을 이끌고 굳이 예까지 왔던 것은 반드시 만나봐야 할 사람이 있어서였다.

"그는……."

명왕 사마혼은 홱 몸을 돌렸다.

『화우도』 6권에 계속…